和歌でつゞる
千年にきらめく皇后史

秦澄美枝

武蔵野書院

目次

はじめに

皇后さま……

その方を想う時、みなさまはどのような姿を描かれますか。

*

令和に入って間もない今は、ご即位礼に輝やいていた雅子様の、あの時のお姿でしょうか。

多くの人は、戦後に天から遣わされた女神のよう、一般ご家庭からの初めての后《きさき》となった美智子様を想われますか。三十年程を皇太子妃としてわたくしたちと身近にあり、平成に御代《みよ》が遷っては、そのまま女神のほほえみでより一層に国民に迎えられて皇后へ、只今は上皇后とおなりの美智子様。

世代が上の方には、今では五十年以上も前となりますが、日本が戦後復興して世界に飛翔したオリンピック東京大会や、日本万国博覧会での、豊かにおっとりなさった昭和の香淳皇后でしょうか。

華やかに美しい姿も目に映りましょうが、ごく自然に浮かんでくるのはやはり、近年とみに頻繁に、激しくなってきた自然災害などの時のことでしょう。

今も記憶に、体感に残る東日本大震災のような、予測もできない災害に、いつも、真先に駆けつけ、被災した全てによりそわれた方は皇后様、その方でした。

お見舞を受けた人は、どれほどに守られ、救われた思いを抱き、安らぎにも癒しにも包まれたことでしょう。

加えて、被災の地ばかりではなく、想像を絶する自然の脅威を目にしただけで怯えていた皆をも、希望に導くことへつながりました。

これこそが、皇后ご自身、もっとも大切とするひとつです。

平成の三十年が過ぎても、現在の日本人の多くは、皇后のこのような姿として、平成の后《きさき》であった美智子様を想うことでしょう。

でも、この皇后の大切は、昭和の后《きさき》・香淳皇后も、大正の后《きさき》・貞明皇后も、明治の后《きさき》・昭憲皇太后もまったく同じく大切としてきた心でした。

時代も社会も違いましたが、四代歴史の中で、いつも変わらず大切にしてきた心が、弱く痛み、また病む人人、守らなければならない人人、また救いを求める人人を、守り救い、日本に暮らす誰もが悲痛な思いにならないよう、皆でいっしょに〈幸せ〉になれるよう、とのお心です。

正《まさ》しく慈母の心でしょう。


美智子様はかつて、「皇后の役割」について、その都度、鎖国政策から明治近代の開国時、激しい時代に皇后であった昭憲皇太后を思われると公《おおやけ》にされました(1)。

皇后の役割の変化ということが折々に言われますが、私はその都度、明治の開国期に、激しい時代の変化の中で、皇后としての役割をお果たしになった昭憲皇太后のお上を思わずにはいられません。

（「皇后陛下お誕生日に際し」（平成十四年）宮内記者会の質問に対する文書ご回答）

つづけて美智子様は、昭憲皇太后がなさった新しい様様も話されます。(2)「御服装も、それまでの五衣《いつつぎぬ》や袿袴《けいこ》に、皇室史上初めて西欧の正装が加えられ、宝冠を着け、お靴を召されました。」と述べられた後に、昭憲皇太后が携わられた「新しい時代の女子教育にも」お話は及び、「皇室における赤十字との関係も明治の時代に作られました」とひとつのお話をまとめられました。

ここでご回答なされた「西欧の正装」も「宝冠」も、「外国人との交際」も「新しい時代の女子教育」も、今では皇室で一般になっている洋装の正装や国際親善や女性への教育のことです。

何よりは、「皇室における赤十字との関係」です。

実は、美智子様ももちろんの上、明治・大正・昭和・平成の御代《みよ》の后《きさき》四代方が大切とした日本人皆で共に幸せになれる希望とは、そのまま近代の言葉で、赤十字が理念とした「博愛」につながってゆく精神でした。

この「博愛精神」が継がれて、今の雅子様や愛子内親王様まで、もっともとなさる大切なお心となっています。

次いで美智子様は、欧米思想による近代化と、日本伝統との中で、「広く世界」へ向けた視点から「昭憲皇太后の御時代に、近代の皇后のあり方の基本」が定まったとされました。

そして将来の国際社会へ向けた視野で、先の皇后方は貞明皇后も香淳皇后も時代に応じ、社会に適って多くの新しい使命を果たし、ご自身もそのように「時の変化に耐える力と、変化の中で判断を誤らぬ力が与えられるよう」祈られておいでと結ばれます。(3)

この、明治から継がれて今も変わらず生きつづけ、皆で希望へ導かれる心とは、どのように大切な心でしょうか。

わたくしたち皆が、共に安らぎ癒され〈幸せ〉へ向かえるその大切な何かを、それでは千年の歴史に生きる歴代皇后の〈和歌〉から、ごいっしょに探し求めて参りましょう。

＊

それでも、歴史とか、社会とか言いますと、現代日常からは隔たりがあるむずかしさと思ってしまいましょうか。

そのようではなくて、今回の后《きさき》のお話はまったく違います。

それは、〈后《きさき》四代〉が、彩《いろどり》美しいたくさんの糸を紡いでくれていたからです。それが、

〈和歌〉

なのです。

和歌は、平安時代百年のころ、日本人オリジナルのことば〈日本語〉として、初めての創作意識をもって創られた表現でした。

五・七・五・七・七・一首・三十一音の現代で表現されるポエムの一様式です。

勅撰『古今和歌集』で創られた〈和歌〉は、皇室の伝統の中で帝《みかど》や后《きさき》方が表わしてきましたが、実は気付かれていないでしょうが、海外で流行している連歌・連句も和歌から生まれ、琴曲などにのって歌う歌も和歌そのものと言える表現です。もっと広くニューミュージックの歌詞《かし》や演歌までも、よく聞いてみると五・七調とか七・五調とかの、和歌の語調なのです。

ですから、和歌は、現代での意味や一首のテーマとか、そういうものにはとらわれないで、「五・七・五・七・七・一首・三十一音の韻律」を感覚していただくことから楽しみが始まりましょう。

今回、この『和歌でつゞる　千年にきらめく皇后史』で、千年の古《いにしえ》の平安時代や、明治・大正となる少し前の時代の后《きさき》方の和歌も楽しみますが、そこではことばの流れを快よいと感じていただきたく、そしてその後にもし、一滴ぽとりと透明な雫《しずく》が心に入り、いつしかしみ入ってくれたら、和歌一首は心に生き続けてゆくでしょう。そのように感じていただければ幸いと思われる歌の詞《ことば》を一詞《ことば》、選びました。

明治の后《きさき》は、ご成婚までを公家生家がある京で、その後を文明開化まっ只中の東京で暮らしました。そして、政府が進めるハードな政策を、伝統的なエレガントな歌詞《うたことば》表現に綴るのです。

「ばらの水」、このことばは何でしょうか。今は日常となっていて、当時に開化文明のときめきを集めた香水を表す歌詞《うたことば》です。香りにのって「ばら」の花も視《み》えるようです。

また美智子様がお話なさった洋装の日本化も明治の后《きさき》は、着物と違って今にも美しいウエストラインが見えるような、江戸期までの男女の舞からは想像もできないような「こしぼそのすがる乙女」（明治二十五年み歌・明治四十一年み歌）と描きました。政府一番の政策がこのようなエロティシズム漂うエレガンスに描かれる表現が、伝統の「和歌」、明治以降の近代の后《きさき》の「み歌」と言われる歌でした。

美智子様もまた、平安期以来の雅《みやび》な歌詞《うたことば》で、若菜を摘み香りに染まった手をさしのべ抱き上げた「吾子《わこ》」（わたくしの子）の、健やかを祈る和歌を表わしています。

若

若菜つみし香にそむわが手さし伸べぬ空にあぎとひ吾子《わこ》はすこやか

（上皇后陛下・昭和三十六年）

「若菜摘《わかなつみ》」は、正月初子《はつね》の日にその菜を摘み、長寿を祈る平安期からの宮廷の遊びでした。それが和歌だけでなく、『源氏物語』や『枕草子』でも、優雅な恋の物語に描かれて、「若菜」も「若菜摘」も和歌や物語で表現されながら、和歌の詞《ことば》が、人間もようの様様も含むようになってきました。

すると、美智子様の表現「若菜つみ」からも、若菜の香や、片言で言葉する子の「あぎとひ」の声や、何より、抱き上げたいとおしい子への健やかな成長の〈祈り〉やが、平安朝以来の歌詞《うたことば》に表現することで一首の余情に漂って生きてくるのです。

このように、詞《ことば》に生きている千年以上の和歌伝統の豊潤を自由にイメージし、香や色や音を自由に感覚できる余情こそが、和歌の楽しさとなり、千年の年月に歌詞《うたことば》が内包してきた歴史に生きる表現を、現代の一首の奥に生かせることこそが、和歌の表現効果の特性となるのです。折り毎にその余情にうっとりとしながらも。

それでは、それら〈和歌〉によって、わたくしたちも、むずかしい社会や歴史にとらわれずに、むしろ、〃自由な心遊び〃の中で、永い時を生きている后《きさき》方の大切を、紐といてゆきましょう。

ところで、今回この『和歌でつゞる　千年にきらめく皇后史』では、和歌の発生から現代の詠歌までを辿りますので、総論となるところでは「和歌」と表わしてゆきますが、歴史が近代に入りますと、特に天皇和歌を「御製《ぎょせい》」と、皇后和歌は「御歌《みうた》」と敬称するようになりました。

そのため、明治の后《きさき》・昭憲皇太后の詠歌説明からは「御歌」（みうた）と敬称することになりますものの、それでも平安朝『古今和歌集』において醍醐《だいご》天皇が〃日本語を創造〃するべく「和歌」表現を創造した歴史と共に、その『古今和歌集』撰者のひとりとなった紀貫之による、みなさまもご存知の『土佐日記』などから「平仮名文学」も生まれ、その仮名をしたためる「手（書）」も愛《め》でられて、「和歌・平仮名文学・手（書）」は、各各がかけがえのない文化となりながら、相互にも美しい日本文化を生成してきた歴史があります。

明治の后《きさき》・昭憲皇太后も大正の后《きさき》・貞明皇后も、（みうた）一首のほとんどを「平仮名」で綴って今に伝えて下さいました。今回は、この本をお読み下さるみなさまに、少しでも后《きさき》方の和歌に入っていただきたく、わたくし自身もできうる限り后《きさき》方の和歌に添わせていただきたく、明治以降の后《きさき》方の和歌を「み歌」と平仮名で表わさせていただきます。和歌本来の一片に、「平仮名文学」と「女性の手（者）」がその後に永く日本文化の大切な要素となる女性文化を形成してきた歴史事実に、わたくしも共にさせていただきたく。

とは申せ、この本は、わたくしの長い年月の和歌研鑽に基づく広い方方への啓蒙書として公とするもので、「凡例」や「文献」一覧等の学術的部分は「御歌《みうた》」と記述して区別致しました。

*

ここで最後に少しだけ、わたしたちが暮らす地球を眺めてみましょう。

急激な温暖化で激しい気候変動が続き、食糧や水への不安も始まり、難民となってしまった子供たちへの涙から戦争までも、悲しみは次次に広がっています。

それでも同じ地球に暮らす人間として、皆でより良い社会を創れるよう求めたいのです。

実は、后《きさき》四代が最もとなさり、さらに次代の皇后へと継がれる大切な尊さとは、日本千年の歴史で、本来に変わることなく生き続けてきた〈人間社会全体の平穏〉と言う普遍なるものでした。それこそが、将来の国際社会で、日本の皇后の使命のひとつともなって、永遠の価値にある尊さなのです。

ひとつの星に生きるひとりひとりがみな平安に過ごせる未来社会、その理想社会に貢献できるよう、日本千年の歴史と〈普遍〉となってきた大切によって、〈永遠を志向〉して、その尊さを求めてゆきたいと願います。

註

(1)上皇后陛下「皇后陛下お誕生日に際し(平成十四年)」「宮内記者会の質問に対する文書ご回答」

(2)前掲(1)

(3)前掲(1)

記　この本の執筆目的

和歌の発生から現代日本へ生き続ける和歌文化へ

ここでこの『和歌でつゞる　千年にきらめく皇后史』を記す目的を明示させて下さい。

和歌の発生は、古代の呪術の折りなどに舞や音曲《おんぎょく》にのって謡《うた》った人人の、魂の奥底からの自然な謡《うた》い調「五・七・音」や「七・五・音」とかのことばからと考えられましょう。それがいつか『万葉集』に見られる「五・七・五・七……七・七音」形式の長歌や、「五・七・五・七・七音」形の、現代で言う短歌とは異なる意味の、しかしこれも短歌と呼ぶ同じ形式の歌になって、多くの形式で表現されるようになりました。

そして平安時代に入って百年の醍醐《だいご》天皇の御代《みよ》です。未だ日本語となる言語が確立していなかった時代にあって、〈日本語を創る〉という国策のもと、意識をもって、〈日本人の感性で感受した美意識〉から〈日本人自らの心に深めた精神性〉も、さらに〈日本人自身の思考を体系化した思想〉までを自らの言語で〈表現〉しうる〈日本語〉が創られました。醍醐天皇は、その、日本語としての〈倭歌《やまとうた》〉を表わし、ここで表わされた一首・五・七・五・七・七音による表現様式を綴る一詞《ことば》一詞《ことば》から五音や七音の歌句、そして三十一音一首全体のあらゆる多様なことばを日本語として創造し、さらには一首三十一音で表現された多彩な和歌を千二百首もの全体で、まるで絵巻とか物語とかのように体系化して『古今和歌集』を編纂させるのです。

日本で初めての勅撰『古今和歌集』による〈日本語の創造〉です。

倭歌はそうして、それまでの漢の国からの詩に対して、〈倭《やまと》の国の歌〉を意味する〈倭歌《やまとうた》＝和歌《わか》〉として多彩な日本語を生み、それらによる表現を熟成させながら五・七・五・七・七・三十一音による一首全体での表現様式を完成させてゆきます。

この平安時代から鎌倉時代初めまでの約四百年間に、醍醐天皇勅撰『古今和歌集』に始まる八集もの勅撰和歌集が編まれ、七集目となる後白河法皇院宣による『千載和歌集』と八集目後鳥羽上皇院宣の『新古今和歌集』に至って、正《まさし》く〈美〉〈霊〉〈智〉が融合する芸術の次元となる〈和歌文学〉が完成します。

ここまでの完成に至るには、平安朝体制の日本歴史で特異な在り方が必然でした。この時代は日本の歴史の中でも、現代までその制度を残す律令制が最も整っていた社会で、それは政《まつりごと》は民《たみ》が選ぶ為政者が執り行ない、天皇は民が選ぶ為政者を親任すると言う君民一体の関係下に、宮廷出仕の公卿達は現代の政治家・行政官・司法官の役割を持ちながら、天皇から与えられた荘園を運営する企業家でもありました。中で、最も重要な使命が文化人としての創作や、それを通しての文化活動を言えましょう。

しかも、平安朝こそは、日本の歴史において唯一に、国軍も死刑制度も存在しない、言わば非軍備〈平和な社会〉でした。

日本の歴史上で稀に見る〈平和〉社会にあってこそ創造された平安朝の宮廷文化であり、その肝心に在って本質を成した文化こそ〈和歌文化〉なのです。

平安朝に創造され熟成した和歌文化はそうして、それを源としながら現在に至るまで、ほとんどの日本文化がそうであると言っても過言ではない程に、源から様様な文化が生まれ、その新しい文化も決して過去の文化を消去することなく、それまでの日本文化を内包しながら、時代毎の社会に誕生した新しい文化として再生、新生、創造の営みを連続しては、常に時代に在る社会ならではの新しい美意識も精神性も思想も表象しつつ現在まで継がれ生き続けてきているのです。

ここに日本文化のひとつの特性もありましょうし、このような文化の歴史を生きてきた日本文化ですからこその、豊かな芳醇も可能となっているのです。

なぜ、現在、歴代后《きさき》の和歌史を志向するのか

このような日本の歴史事実と文化史において、それでは、なぜ、和歌で解明する千年の皇后史執筆となるのでしょうか、さらに『和歌でつゞる　千年にきらめく皇后史』を記す本来の目的へ入りましょう。

先に記すとおりに、和歌とは、歌人たちによる私撰集や歌人の家の私家集となる歌集も伝わりますが、天皇の勅《みことのり》による勅撰和歌集がその創造から継承へ、そして再生やまた新たなる創造へと、時代の中で営みを重ねながら、そこには時代ならではの社会でなくては生まれえない美意識も精神性も思想も源としつつ、かつ社会全体に影響を与えては後世へと絶えることなくつながってきた文化です。言わば、時代に在って和歌創造の先駆者であり、和歌継承を自らの使命のひとつとしていた担い手こそが、天皇の座に在り皇后に立たれた方方でした。

併せて、これも先に記すように君民一体の体制にあった帝《みかど》と后《きさき》方方の使命の最もは、政《まつりごと》とは一線を画しての〈民の平穏を願う〉ことから〈国が平安に在る祈り〉にありました。

和歌を創造し継ぐ使命を支えていた本質と、歴史に在った帝《みかど》と后《きさき》方の使命の本来とが結び合い、ここでひとつとなってきます。

帝《みかど》と后《きさき》方本来においての使命〈祈願〉と日本語としての〈和歌〉表現創造活動とは、そもそもに和歌の発生そのものが地上の人間界を超えた存在への祈願として人間の魂の深奥から生まれ生でたように、平安朝宮廷において

ひとつとなり総合芸術とも言える宮廷文化の要となってゆきます。

平安宮廷において総合芸術と完結した典型のひとつが、この本の「第一章」（＊　皇后定子〈皇后の本来〉）（＊中宮彰子と平安朝文化人）で主に記す年中行事の中の五節句《ごせっく》・五節会《ごせちえ》などとなりましょう。儀式化された総合芸術ともなるこれらの場と時の中では、他者や社会全体への祈りの和歌が詠まれ、「和歌管絃」と言われる音曲《おんぎょく》が奏でられながら、装束やそれを仕立てる糸紡ぎや染色や絹織物も、空間全体を日常から異なる世界へ誘《いざな》うような香《こう》も、季節毎の美しさを食でも愛《め》でる菓子も、宮殿のしつらえも飾りものも、米作りこそ全ての基盤としてきた日本人の稲作やそれによる日本酒造りも、現代の日本文化そのままとなるすべてが生成され熟成されて、豊潤にも豊潤となる文化が絢爛となりました。

現代に日本文化となるほとんど何もこのような中から今へ生きてきたものばかりで、そうして肝心は、これらの本質に民の生活が平穏にあるように、国が平安にあるためにとの〈祈り〉を源とする本質でした。

その祈りを日本に生きるすべての民と地上に生きとし生くるものすべてを超越した存在と、もしその存在を神と言う表現で表象されるのならば、人と神とをつないで祈る方こそ帝《みかど》であり、その帝《みかど》と共にいつもひとつにあった后《きさき》でした。

同時に〈人間が人間としての尊厳を尊重されて生きる〉――この本質をこそ祈り、〈人間がそのように生きる社会への願い〉を表す方法こそ〈和歌〉の本来であるとも考えられましょう。

併せて、わたくしが長くテーマとしてきた〝どのような組織も構成メンバー一人一人が全員共に組織を形成する人間としての責任〟をもって、〝組織全体を健全に営む〟知性・人間性へ自らを高めてゆくという思考は、「安全配慮義務」理念となって、現在、その理念を著した著書が、文部科学省主催の全国全ての大学の管理運営責任者への研修で、学ぶべき書となっていることがあります。そうしてこの組織運営論は広く一国の在り方へ、さらに世界全ての国が全体として形成する国際社会の在り方へと拡大昇華していっています。

わたくしの中で、和歌において祈る究極のテーマと、安全配慮義務理念が象徴する理想社会とは、ひとつに融合してゆくように考えています。

　このような理念から〈和歌〉の本質と、そういう本質が尊ばれながら和歌が二千年の日本の歴史において創造・継承・再生・新生されながら現在に生きる歴史事実とから〝なぜ和歌が一千年以上の時を超えて日本人の中に生きてきたのか〟、そこに秘められる〈普遍〉なるものから〈永遠〉へ〝尊ばれる何か〟は存在するのか、もし存在するのであるならば歴史の中で和歌を創り継いできた作品によってその、〈永遠普遍〉なる〝尊い何か〟を希求したく志向します。

　そこにこの『和歌でつゞる　千年にきらめく皇后史』を記す目的も生まれ、そのために歴史上で明確な資料によって論証しうる光明皇后から、同じく日本の永い歴史資料により作品の歴史性を明らかにできる上皇后陛下までの和歌を考求する必然性も存在します。

　そしてそれは、必ずや明確な〝学問上の根拠〟に基づく〝客観的理論〟によって論理化されなければならず、そのためにこの本はみなさまにおわかりいただきやすい語り調の文体で記してはありますが、一冊の最後に「論拠文献」として提示するわたくしが平安朝八代集の和歌史を体系化し、現代の天皇と皇后御方方の御製《ぎょせい》と御歌《みうた》とを拝見させていただいた研究の積み重ねの上でこそ可能となります新しい表現の研究書(註)となります。

　あくまでも私見の範囲ではありますが、歴代天皇の御製史と歴代斎宮の和歌史については先学の体系が研究史にありますが、后《きさき》方の和歌史もそこから皇后史を考究する思考も今回の試みで初めて成されるものとなりましょう。

　このような執筆目的と表現方法とに、わたくしがこの『和歌でつゞる　千年にきらめく皇后史』に考求してゆく志向をここに明示させていただきました。

註

著者が論拠とした研鑽は、主に次の拙著です。

拙著『八代集表現思想史』（福島民報社・二〇一〇年）

拙著『王朝みやび　歌枕のロマン』（朝日新聞社・二〇〇五年）

拙著『宮廷の女性たち——恋とキャリアの平安レディー——』（新人物往来社・二〇〇五年）

編・釈『皇后美智子《こうごうみちこ》さま　全御歌《ぜんみうた》』（新潮社・二〇一四年）

拙著『昭和天皇　御製にたどるご生涯　和歌だけにこめられたお心』（ＰＨＰ研究所・二〇一五年）

拙著『美智子さま御歌　千年の后』（ＰＨＰ研究所・二〇一七年）

拙著『大学の哲学〈安全配慮義務〉——教員〈質向上〉の方法——』（ＰＨＰ研究所・二〇一八年）

凡例

『和歌でつゞる　千年にきらめく皇后史』は八世紀『古事記』『日本書紀』から、二十一世紀までの長期に渡る時代の文献資料に拠り、しかも、論証に必要な資料もその長期時代の資料の、多岐に及ぶ資料情報を必要としました。そのため、お読み下さる方がお読み下さり易いように、次の手続きを踏まえました。

一、明治の后《きさき》・昭憲皇太后の御歌《みうた》の底本とした『類纂　新輯昭憲皇太后御集』（明治神宮編纂・発行・平成二年）から引用した御歌《みうた》表記漢字は、旧字表記も新字表記に校訂統一しました。

一、昭憲皇太后の御歌《みうた》底本『類纂　新輯昭憲皇太后御集』（明治神宮編纂・発行・平成二年）には異文も表記され、日本文学研究の方法からは異文も併記する所、またひとつに、それは「別の歌」との考え方も存在するため、本書ではその考え方を尊重して底本に表記された異文は省かせていただきました。

一、文献から引用した「和歌」「御製《ぎょせい》」「御歌《みうた》」は、仮名表記・漢字表記・読み仮名表記すべて、作品を尊重して原典のまま引用しました。

一、著者執筆本文については、引用作品原典が旧仮名遣いの読み仮名でも、現代の読者が読み易くご理解いただき易いことを目的として新仮名遣いで表記しています。

一、年次表記は和暦を主に西暦を従で括弧内に記しましたが、「終章」の国際連合関連記述だけは国際的共通課題となり、国際連合・外務省・文部科学省等の国際機関や国家の資料に拠るため、原資料通り西暦を主に和暦を括弧内に記しました。

一、「底本・引用文献・論拠文献」出版年次は、本書執筆に必要な文献が多岐に及び、各著書の出版意図を尊重して各著書の記す西暦と和暦のままで記してあります。

第一章　千年にきらめく皇后史

皇后とは

日本の歴史二千年に、変わることなく生きてきた皇后方の〈普遍〉となる大切、そうして将来の国際社会へ〈永遠〉となってゆく大切、それを求めてゆくに、それでは、そもそも、日本の歴史の中で［皇后］とは、どのような存在だったのでしょうか。

皇后とは本来に、天皇の嫡后を意味して、古代には、内親王から選ばれる原則がありました。でも、それは、原則であって、規定と言うことではなかったようです。

そういう中、八世紀の第四十五代聖武天皇の時代に、みなさまには、東大寺の大仏殿が創建される天平文化の頃と思っていただけば、いつごろのことでしたか、想像されましょうか、その時代に、日本の歴史で初めて、皇族以外の女性から皇后が誕生しました。

臣下であった藤原氏からの光明皇后で、この皇后こそ、日本のその後の皇后の歴史に理想ともなり、規範ともなった女性です。

とりわけ大正の后《きさき》・貞明皇后は、この光明皇后を「さながらの仏にましき」（昭和十五年）と、そのままに仏におわします方と尊ばれ、貞明皇后ご自身も、人人から光明皇后のご再来と敬慕された歴史も残ります。

明治時代の皇室典範で皇后は、皇族か特定の華族出身者とされましたので、明治の后《きさき》も平安朝からの摂関家にあった一條家から、大正の后《きさき》も同じく九條家から、そして昭和の后《きさき》も皇族久邇宮《くにのみや》家からの入内《じゅだい》でした。

しかし、昭和二十一（一九四六）年公布の「日本国憲法」により、現在はそういう制限はなくなっています。

このように歴史の中で時代も社会も移り変わり、皇后も、広く多彩なご人生を歩まれていらした方方が立たれるようになっています。

それでも、どのように時代や社会が異なりましょうとも、どれほど広く多彩な人生の上に皇后に立たれましょうとも、古代から現代まで、歴代皇后方がもっともとなさる大切なるものは〈普遍〉でした。

それでは、その尊い普遍性とはどのようであるのかを希求し、未来社会へさらに〈永遠〉となりますよう、この本では、后《きさき》が自らの表現とされた〈和歌〉から紐ときます。

＊ 光明皇后(1)誕生と上皇后美智子様

奈良の古《いにしえ》、藤原氏から初めて后《きさき》に立った方が光明皇后でした。

その立后は、戦後わずか十余年、一般ご家庭から初めて次代の后《きさき》に立たれる上皇后美智子様の誕生と重なります。

光明皇后の夫、聖武天皇が即位した八世紀初めは、後の天智天皇が、母帝であった斉明天皇と共に、当時としては国際大戦となる白村江《はくすきのえ》（はくそんこう）の戦いで、百済と連合しながら唐国等に敗戦し、百年に及ばない頃でした。

しかし、天智天皇は、その時代にあっての国際社会で日本が新しい国に生まれるために、みなさまもご存知の、大化の改新に着手するのです。

この間の二百年の国創りで、天智天皇の母や皇女方が次次に女性天皇として即位し、現在の日本の国の形から、〈国の姿〉となる源を創り上げました。国を定めるに基本となる大宝律令などによる律令国家への法律制定、政府や行政機関であった宮廷儀式を備えての、律令国家整備などです。天皇を中心とする律令制(2)は、現在も日本の制度の骨格にも生きていて、今回、皇后の歴史に継がれる大切を紐とくために、大枠となる形です。

ここから遣隋使・遣唐使などによる外交も始まり、何よりも、藤原京・平城京という都が造営されてゆきました。

いよいよ国の形も定まり整い、この時代に、日本最古の飛鳥寺から法隆寺・薬師寺・東大寺などの、仏教思想による鎮護国家を目指す寺寺も建立され、日本の歴史で空前絶後となりましょう、仏教理念による飛鳥文化・白鳳文化・天平文化が、奈良を中心とする畿内で、絢爛と咲き誇ります。

天皇の詔《みことのり》による『古事記』や、勅撰の歴史書『日本書紀』が編まれたのも、この時代でした。

六人八代女性天皇による国創りの、このおよそ二百年間の、ほぼ後期ごろに皇后となった方こそ光明皇后だったのです。

千年以上を経、次代の后《きさき》、皇太子妃美智子様のご誕生も重ねてみましょう。

美智子様が皇太子妃に正式な決定となった日は、先の大戦で日本が絶望となった敗戦から、わずか十余年、昭和三十三（一九五八）年十一月二十七日でした。

しかし、この、わずか十余年の間に日本は、昭和二十一（一九四六）年十一月三日に「日本国憲法」を公布、翌昭和二十二（一九四七）年五月三日はその新憲法も施行、昭和二十六（一九五一）年九月八日、いよいよ日本と連合国四十八か国で「サンフランシスコ平和条約」が調印されては、昭和二十七（一九五二）年四月二十八日に発効され、「平和」を理念とする民主主義国日本が、「国際社会の中の独立国」として迎えられる再生を成しました。

この新生日本創建に昭和天皇は、白村江の戦いで敗北してこそ大化の改新を断行した天智天皇を範となさった[3]と記録されています。

国際社会で迎えられた独立国日本へ、美智子様が女神のように天から舞い降りられた良きことは、千年の古《いにしえ》、国際社会に国の形も姿も整えた日本で、光明皇后がそのままの仏のように誕生した歴史と、ひとつに重なって映りましょう。

煌《きら》めく皇后方とは、時代から社会からの要請と言える歴史なのでした。

＊ 光明皇后〈皇后の大切〉

光明皇后が後世に永遠・普遍としたものとはどのような歴史でしょうか。

それが、歴史となった社会救済事業の、悲田院と施薬院です。

悲田院とは、初め養老七（七二三）年に、興福寺に設けられた貧弱者や孤児の救済施設でした。その後、光明皇后が立后すると、平城京に設置され、皇后は生家藤原氏の政治力や経済力を後見に、勢い増す日本の繁栄からこぼれてしまいそうに取り残されている貧しく弱い者や孤児の救済に、積極的に力を注いだと記録があります。

そして、この救済施設は、平安時代に入っては平安京に、鎌倉時代では鎌倉に、大仏悲田院・浜悲田院などとなって各地にも同じような施設が造られました。

光明皇后の、弱く、保護を求める者すべてへの救済の心は、歴史に永くつながってゆき、近代を迎えると、四代の后《きさき》方の大切なひとつとして、今に生き続けます。

そのような后《きさき》方の、その表現を拝見しましょう。

明治の后《きさき》・昭憲皇太后は、すべての人の恵みで育つ「みなし子」は、それらすべての人を親と思っているらしいみ歌を詠まれています。

孤児院

諸人がめぐみにそだつみなし子はみな親なりとおもふなるらし

（昭憲皇太后・明治三十四年）

大正の后《きさき》・貞明皇后も、同じく「孤児院」という題で、慈しむ育ての親の恵みで、人となってゆくでしょう園の「みなしご」への思いを表わされました。

孤児院
うつくしむそだての親のめぐみにて人となるらむそののみなしご
（貞明皇后・昭和六年）

昭和の后《きさき》・香淳皇后の時代に遷ると、母と呼び、皇后に寄ってきた「幼な子」の幸を祈って、頭をなでてあげた触れ合いまで描かれるようになりました。

福祉事業
母とよびわれによりくる幼な子のさちをいのりてかしらなでやる
（香淳皇后・昭和三十一年）

戦後となり、皇室史上初めてご自分の親王・内親王をご自身で育てられた平成の后《きさき》・皇后美智子様は、皇太子妃のころ、「吾子《わこ》」（わたくしの子）を遠く置いて来た旅の母の日に、「母なき子ら」が、自分の子を置いてきたわたくしに、歌ってくれた歌を表されています。

熊本県慈愛園子供ホーム

吾子《わこ》遠く置き来し旅の母の日に母なき子《こ》らの歌ひくれし歌

（上皇后陛下・昭和三十七年）

光明皇后の孤児や貧窮者という、社会から見落とされがちな弱き者への、救い護る大切な使命は、確かに近現代の皇后方のお心となり、時を超えて皇后の大事ともなっているのです。

施薬院も、光明皇后が立后して翌年の天平二（七三〇）年に、貧しく病ある者に薬を施せるよう、皇后宮職に設置した施設でした。この時代、畿内には大地震が起こり、同時期、九州からの非常な疫病が畿内まで暴威をふるい、皇后自身も四人の兄弟を失ないます。皇后は、施薬院の社会事業ばかりでなく、自らで貧しい病人の垢を洗い、癩病患者の膿を吸い取ったとの話まで伝わります。

平安時代になると、施薬院は、職制も定められて五条唐橋の南に置かれ、天正年間（一五七三〜一五九二）には、豊臣秀吉が再興して事業を引き継ぎました。

このような光明皇后の全て、社会の弱く小さき者や病み痛む者へ、自ら向かい自らより添い、自らが持つ心も体も生家の後見力も、惜しみなく放って必要とされる救いを行ない、求められる保護を続けてゆくこと——それが慈母の心からの慈愛救護でした。

そしてこれこそが、光明皇后が歴史とした皇后の大切のひとつでしょう。

そうして、その大切は、永く社会全体の倫理ともなり、人人からは信仰の心さえももって尊ばれるようになるのです。

大正の后《きさき》・貞明皇后は、題もそのまま「光明皇后」に、真実の「光」を崇め、光明皇后が成した偉業を敬しながら、そのままに「仏」の存在のようでおわします歴史を、み歌としました。

光明皇后
さながらの仏にましきみがかししまことの光あきらかにして

（貞明皇后・昭和十五年）


永く日本人の信仰にあった「仏」そのものとまで尊ばれた光明皇后が描かれています。

そして、この、日本人の中に、いつも宿っていた仏そのものとなる光明皇后の大切と、近代に入って戊辰戦争や西南戦争等の、日本人同志の戦さに、敵も味方もなく全ての負傷した人を救う精神、近代の言葉で「博愛」と掲げられた理念がひとつに融合します。

ここで、千年の間に日本人の中だけで生きてきた光明皇后の大切が、今度は、明治の后《きさき》・昭憲皇太后の理想とする博愛精神と言う近代的発想の、国際的視野による理念と融合し、日本の皇后の大切は、さらなる次元へ昇華してゆくことへなります。

それが、この本の「はじめに」で、美智子様の「おことば」に拝見した日本赤十字社での、近代皇后方の活動と、もちろん、そういう活動へのお心でした。

「光明皇后」題でみ歌を詠まれた大正の后《きさき》・貞明皇后が、やはり、その、「光明皇后」の歴史を象徴した「光」という歌詞《うたことば》で、「赤十字社」を題とするみ歌も表わしています。

そこでは、広くも人を十分に救いたい願いを、天に照る日の光にも象徴しながら、そういう「光」のような心で、広く人を救う望みが輝やいていました。

赤十字社

天つ日の光のごとき心もてひろくも人を救ひたらなむ

（貞明皇后・大正十三年）

世界共通の太陽神までイメージが広がるような「天つ日」との歌詞《うたことば》に、これもまた、貞明皇后のみ歌では先の「光明皇后」題（昭和十五年）み歌と、この「赤十字社」題（大正十三年）とのみ歌以外に、あまり拝見しない貴重な歌詞《うたことば》「光」が続いています。

貞明皇后「光明皇后」題み歌（昭和十五年）に表わされた「まことの光」となった光明皇后の「仏」の心は、近代に、世界共通の太陽神へもイメージが国際化され、「赤十字社」題（大正十三年）み歌の表現「天つ日の光」（太陽の光）が象徴する尊さともひとつにつながって、より広く深く、あます所なく十分に人を救う願いへ昇華していると、み歌の表現からも拝見されましょう。このテーマについては、「第三章」でさらに詳しく求めてゆきます。

光明皇后から理想となった歴代皇后の在り方も、その心も、このような〝普遍なる尊さ〟でした。

その普遍性は、海外へ開かれた新しい国際社会となった明治近代において、さらなる国際的視野からの博愛精神も融合させ、近代から現代、そうしてより遠い未来まで、〈永遠なる価値〉へと昇華してゆきます。

それをひとつ、もっとものの大切となさる方方が、日本の皇后と言えましょう。

＊　光明皇后の正倉院

光明皇后は、日本で初めての歌集『万葉集』に、三首の和歌を残しました。
その中の叙景歌を一首、恋歌とも言える哀傷歌の一首を見てゆきます。

朝霧のたなびくたゐに鳴く雁《かり》をとどめえむかも我が宿の萩《はぎ》

（『万葉集』・巻第十九・藤原皇后宮御作）

一面、朝霧がたなびく白い空間、その田居（田）に鳴く雁の鳴き声に、私の家の萩の美しい花によって、帰る雁を止められたらと思う心。叙景に抒情が漂う優しい歌です。
そして恋歌にも深まる、切ないまでの哀傷歌も、光明皇后は詠み上げました。

藤皇后奉二天皇一御歌一首
わが背子《せこ》と二人見ませばいくばくかこの降る雪の嬉しくあらまし

（『万葉集』・巻第八・冬相聞・藤皇后）

夫の聖武天皇が崩御して、光明皇后が奉った和歌です。
今は無常となってしまったわたくしのいとおしい夫、聖武様、その恋しい人ともし、二人で見たならば、この降る雪がどれ程に嬉しくありましょう、が、その大切な聖武様もむなしくなってしまい、雪景色も空虚に思えてしまいます、とのうつろな心。
ひとりの女性であり、ひとりの妻となる人間の切ない虚が広がります。

ところで、みなさまもご存知でしょう、奈良東大寺にある正倉院に伝わる宝物を。

実は、その宝物こそ、聖武天皇が崩御し、仏教に帰依する心の深かった光明皇后が先帝の遺品を東大寺に施入して、盧舎那仏《るしゃなぶつ》に献納した品品でした。

御物は聖武天皇と光明皇后の遺愛品が多彩な歴史を伝え、二人の私的な暮らしの様子もうかがえますが、何よりは、先に記したような、光明皇后時代の、飛鳥・白鳳・天平の、当時にあって国際性華やかな文化が髣髴《ほうふつ》とされる宝物と言えるものなのです。

それによってそして、今のわたくしたちは、既に奈良の昔に、現代でも創れない文化を、典雅に緻密にクリエイトしていた芸術性に、心もときめかされることができます。

たとえば、正倉院には、聖武天皇と光明皇后が、毎年正月初子《はつね》の日に、豊饒《ほうじょう》を祈る行事で使った耕作用の手辛鋤《てからすき》と、養蚕用の目利箒《めときぼうき》が伝在しています。

稲作を人人の生活から、社会全体の経済基盤としてきた農耕国日本にとって、五穀豊穣《ごこくほうじょう》こそは天皇の何よりの願いでした。一年の稲の収穫を感謝し、来る年の豊饒を祈る毎年の新嘗祭《にいなめのまつり(しんじょうさい)》は、古くから宮廷のみならず、民間でも行なってきた、現在も天皇が掌《つかさ》どる行事の中心柱となる祭です。

正倉院に伝わる手辛鋤には、その〈祈り〉の歴史が伝わりましょう。

養蚕も、渡来人の秦《はた》氏によって既に古代日本へ伝えられていて、養蚕から発展した製糸も織布も、稲作同様に、人人の生活から日本全体の豊かさにつながるものでした。

今も宮中に伝わる十二単《ひとえ》の色の襲《かさね》の美しさは、上質な蚕と桑、繊細な糸紡ぎ、彩《いろどり》輝やく染色、そして緻密な機織《はたおり》があって、十二単となる色彩が襲の色目となり、現代のカラーコーディネイトと言える彩《いろどり》が対比する美しさが、目を見張る芸術となってゆくものです。

このような歴史にあって、人人の生活から日本全体の経済繁栄につながる養蚕は、明治以降に皇后方も自らの手で行なう伝統となり、大正の后《きさき》・貞明皇后は、皇居の紅葉山に御養蚕所を建てられるほどでした。

明治の后《きさき》も、養蚕によって国の錦も織り出すでしょう望みを、大正の后《きさき》は、かりそめに始めた養蚕が、ご自分の命の限りと思われるまでの情熱をかける使命を、み歌に表わしました。

養蚕

いたつきをつめる桑子《くはこ》のまゆごもり国のにしきも織りやいづらむ

（昭憲皇太后・明治十二年以前）

養蚕をはじめけるころ

かりそめにはじめしこがひわがいのちあらむかぎりと思ひなりぬる

（貞明皇后・大正二年）

このような御養蚕を継がれた美智子様も純日本種の「小石丸」を慈しまれ、一時、日中や中欧の交雑種が多くなる中で、その純日本種の愛らしく美しい糸の紡ぎを大切にされました。

すると、正倉院で千二百五十年も昔の錦織御軾《おんしょく》（肘掛）の復元には、その、純日本種絹糸でなくてはできないと言うことが、美智子様が伝えた子石丸の繭の糸で実現できたのです。

そのような糸の美しさを、美智子様は、白い色に透《す》き通る感覚に象徴してみ歌に表しました。

蚕

いく眠り過ごしし春蚕《はるご》すでにして透《とほ》る白さに糸吐《は》き初《そ》めぬ

（上皇后陛下・昭和四十八年）

光明皇后が歴史に普遍としたことは、自らのすべてを放って、社会の皆が平穏に生きられる孤児病人たちへの保護救済事業と、何よりもそこに生きる心でした。

永遠としたことは、当時にあって国際性豊かな日本文化を尊い価値に伝えたことと、何よりもそこに生きる深い仏教信仰からの芸術性が、まずありましょう。

美智子様は、この、光明皇后が東大寺に施入して、正倉院で守り伝えられながら今に伝わる「み宝」に、〝文化が永遠〟に伝わる嬉しさと、一首のみ歌に託しています。

正倉院

封じられまた開かれてみ宝の代代《よよ》守られて来《こ》しが嬉しき

（上皇后陛下・平成二十年）

このような文化の継承もそして、本来に、皇后の大切となる使命です。

そこで継がれてゆく文化とは、決して前時代までに伝えられてきただけの文化ではなく、先の御代《みよ》まで培われてきたかけがえのない日本文化を、いずれかで去らせたり消威させたりする方法ではなく、それらすべての価値を包摂し、ある時点で内包し、そこから新しくクリエイトされた文化も融合してゆくような方法で創造される文化でした。そこに、日本文化の特殊性もひとつ生まれ、継承の中で創造してゆく芸術性も生きる文化の在り様でした。それを愛《め》で、〈今に千年の文化が生き、今の千年文化がさらに千年後へ永遠となる文化〉の営みを、慈しまれている方が、日本の皇后と言えましょう。

そして時代と共に、そういう〈時間・空間を超えて現在となる文化〉を伝統として継ぎながら、常に新しい文化をクリエイトし、継承の中で創造を続けることが、皇后の本来のひとつとなってゆくのです。

＊　皇后定子〈皇后の本来〉

都が平安京へ遷り、平安の御代《みよ》を迎えます。

八世紀も末となって遷都したこの時代は、日本の律令制(4)が最も整った時代でした。宮廷は、現代の日本社会での立法・行政・司法にあたるシステムを持ち、宮廷出仕の公卿たちは、それらの役割を担う立法官・行政官・裁判官であると共に、朝廷から与えられた荘園を経営する、言わば企業家としての手腕も求められました。

しかし、平安時代が日本の歴史と成した最大は、〈文化の創造〉で、とりわけ〈和歌文化の創造〉となりましょう。

みなさまが広く知っていて、今や世界で最も高い評価をうけている日本最古の長編小説『源氏物語』も、日本の歴史で稀有な感性の才女・清少納言が綴った『枕草子』も、この時代の文化です。

そして、皇后の、歴史における重要は、自らが日本文化のクリエイターであると同時に、そのように歴史に煌《きら》めく文化をクリエイトできる文化人を育て、そういう文化人による日本文化の、平安朝ならではの芸術を完結させたこと、そこにありましょう。

実は、一般に、平安時代は、一夫多妻制のもと、女性が悲哀の中で人生を送らされた時代と思われているようですが、それは、鎌倉時代から江戸時代までの、男性的価値観を強くする武士政権下で、武士集団による誤った平安時代への発想からの、変質された情報となります。

平安時代は日本の歴史上で、唯一に、軍人にあたる武士もなく、国として持つ国軍もなく、国が人人を処刑する死刑制度もない平和社会でした。

日本で唯一のこの、平和な社会で女性たちは、自らの才能で宮廷出仕をし、自らの文化でキャリア・アップし、その対価として与えられた経済で独力の経済力を持ち、併せてこの時代は親の資産を相続するのも女性でしたので、家での立場も確かにできました。このような平和と自由な社会で、平安時代は、日本の歴史の中で一瞬だけ、この時代だけが創造しえた多彩な文化を、それはそのまま〈多彩な女性文化〉と言えるほどの芸術の次元までの文化を、平安朝文化としたのです。

それを成した存在こそ、平安朝の皇后方でした。

平安時代に入ると、古代から続き、奈良朝にある程度熟成していた宮中行事「五節供《ごせっく》・五節会《ごせちゑ》」が宮廷での儀式として整ってきます。

五節供は、一月七日人日《じんじつ》・三月三日上巳《じょうし》・五月五日端午《たんご》・七月七日七夕《たなばた》・九月九日重陽《ちょうよう》です。

五節会は、一月一日元日《がんじつ》・一月七日白馬《あおうま》・一月十四日または十五日の男踏歌《とうか》と十六日の女踏歌《とうか》・五月五日端午《たんご》・十一月中の辰の日豊明《とよのあかり》です。

現代で生活に一体化している節供・節会の祭で、同じ祭を体験した人も多いでしょう。

が、平安朝宮廷においての五節供・五節会は、全く異なる意味で行なわれていました。

それが、自分のためではなく、他者のために〈祈る〉ことで、そこから広がる社会全体の平安を〈祈る〉ことでした。

医学も科学も発達していない時代に、他者のために長寿を祈り、社会の平穏を祈ることが、すべての人のすこやかな生活と、争いのない平和な社会への本質的大事でした。

光明皇后以来の大切は、平安時代に、美しさや雅《みやび》も内包しながら、儀式としての格式も持つこのような形に成熟していたのです。

上巳は、中国古代の陰暦三月初めの巳《み》の日を節日とし、不詳を除くため、水辺で禊《みそぎ》を行なったところからと伝わります。日本に伝わり、五世紀末ころに、自分の身体を人形《ひとがた》でなでて水に流して、穢《けが》れを祓う行事へ移ってゆきました。七世紀始め推古天皇のころからは、この日に詩を作る文化が加わり、平安時代に入って、水辺に席を設けては、流水に杯を浮かべ、流れ来るまでに和歌を詠む曲水の宴も行なうようになりました。

禊《みそぎ》だけの古俗が、平安時代には人間が生きる根源となる〈祈り〉を行なう儀式へ、しかも無機的行事ではなく、文化的営みとなる有機的儀式の中で、根源の祈りを深める、平安朝ならではの雅《みやび》な文化にまで熟成したのです。

その優美な曲水を詠む平安時代末の「散る花を今日《けふ》のまとゐの光にて波間にめぐる春の盃」(『六百番歌合』)・春下・三月三日・藤原良経《よしつね》)の伝統和歌も伝わり、この後、永く、祈りを本質として宮廷行事となった曲水の宴には、明治の后《きさき》・昭憲皇太后も、盃を浮かべた昔が想われて、流れる水に桃の花が散って行く情景をみ歌に詠みました。

桃

さかづきをうかべし昔おもほえて御溝《みかは》の水に桃のはなちる

(昭憲皇太后・明治十九年)

重陽も、中国漢代に、陽数九が重なる九月九日を慶日として、高山に登り、延命の功があるとされた菊酒を飲み、長寿を祈ったところからと伝わります。日本に入ってやはり、天武天皇の十四（六八五）年を初見として、菊花の宴が愛《め》でられてゆくようになりました。そして平安時代に入り、重陽の宴は、菊花の酒に延命長寿を祈る和歌も詠む雅《みやび》な宮廷行事になったのです。

併せて、九月九日前日に菊花に被せた真綿に夜露を湿らせ、その綿で体をぬぐうと不老になるとの伝承から、一年間をかけて育てた菊の花に、夜露をしみこませた「菊の着せ綿」を、恋しい人や大切に想う人へ、恋歌を添えて贈る雅《みやび》な遊びも楽しまれるようになりました。

紫式部も、後見人藤原道長の「千代」を祈る和歌「菊の露わかゆばかりに袖ふれて花の主《あるじ》に千代はゆづらむ」（『紫式部日記』）を添えて、「菊の着せ綿」を道長へ贈っています。

上巳と同様に永く宮廷行事となった重陽にも、明治の后《きさき》・昭憲皇太后は、中国漢代の伝説上の仙人をふまえて、「谷川」の「菊の花」「きくの花のつゆ」に慶賀する千年も詠まれています。

菊

仙人《やまびと》もいほよりいでて谷川のいはねの菊の花や見るらむ

（昭憲皇太后・明治二十一年）

禁庭菊

さきにほふみそののきくの花のつゆくみて千年をうたふけふかな

（昭憲皇太后・明治三十七年）

また大正の后《きさき》・貞明皇后も、題までそのまま「重陽」で、「菊」に綿を着せる慶びを、一首の中に「雲の上の千代の友」と組み合わせて。み歌を詠み上げています。

重陽
けふもまたちぎりのありて雲の上の千代の友なる菊にわたきす
（貞明皇后・昭和四年）

このような、現在まで生きる人間の根源的〈祈り〉を、多彩な表現の文化として営み熟成させた平安期宮廷でした。そして、そこで、祭を掌どった天皇と共に、文化全容を俯瞰《ふかん》し、ひとつひとつの〈文化の本質〉を尊びながら、文化全体をクリエイトし続けた存在が平安朝の皇后となりましょう。

その、皇后の創造性や、平安朝宮廷全体での祭を、平安期を代表する女性文学者で感性の才女・清少納言は、折り折りの美意識で『枕草子』に綴りました。

五節供ひとつひとつの祭へときめいた才女の美意識から、それぞれの節供に感応する祭の全体を映し出してみましょう。

正月一日、三月三日は、いとうららかなる。五月五日、雲《くも》りくらしたる。七月七日は、曇りて、七夕《たなばた》晴れたる空に、月いと明《あ》かく、星の姿《すがた》見えたる。九月九日は、暁《あかつき》がたより雨すこし降りて、菊の露もこちたうそぼち、おほひたる綿《わた》など、もてはやされたる。つとめてはやみにたれど、曇《くも》りて、ややもすれば、降り落ちぬべく見えたる、をかし。

正月一日と三月三日には、日の光おだやかなうららかを、五月五日には一日中曇っているのを、しかし七月七日七夕は、曇って七夕《たなばた》のころになって晴れている空に月がとても明るく、星の姿が見えている空景色を興趣ある気色とします。九月九日は、夜明け方から雨が少し降って、菊の露もとても豊かに、菊の花をおおっている綿綿が、菊花の香をしみ込ませた露のしめり気で、一層に、その香を芳醇と放つ風情を、その情緒を深く愛《め》でています。それでも早朝には雨が止んでしまった空がまた曇り、ともすればまた、雨が降り落ちて来てしまいそうに見える空の変化にも、目を離さず眺めつつ、心に興趣を覚えて綴ったのでしょう。

『枕草子』は、いろいろな段章で五節供も五節会も綴っていて、そこからは、今ここで見たような、祭の雅《みやび》も和歌の楽しみも宮廷人の嬉しさも細かく印象されてきます。

その中から五節《ごせち》を、清少納言がお仕えする皇后定子のもとから出した折りの話をひとつ見てみましょう。

宮中行事のひとつに新嘗祭《にいなめのまつり(しんじょうさい)》という祭祀があります。その年一年の五穀豊穣《ごこくほうじょう》を祝い、神に感謝を捧げる行事です。農耕国である日本では、豊饒《ほうじょう》を祝う新誉祭は、宮中祭祀の最重要な行事でした。十一月も中の卯《う》の日、天皇はその年に収穫された新米や穀物などを神に奉り、民の平穏を祈願しながら神に感謝をしました。新しい天皇が即位した年には大嘗祭《おおなめのまつり(だいじょうさい)》という特別の儀式も行なわれました。

この一連の儀式の中に豊明節会《とよのあかりのせちえ》があります。新嘗祭の翌日に豊楽殿で宴を催し、天皇自らがその年の新穀を食し、群臣にも与えて国の平安を願うと言う、まさに宮中祭祀の本来といえる一連の行事でした。

この豊明節会を含む五回の宴で行なわれる舞楽が五節です。

ここで舞う舞い手が五節舞姫《ごせちのまいひめ》と呼ばれる乙女たちでした。舞姫はその年に豊饒であった国の国司や、公卿・殿上人のもとから常には四人、大嘗の年には五人が出されて舞う乙女たちで、その年に大きな社会貢献をした所から出される選びぬかれた美しさの女性たちでした。

みなさまには、『百人一首』で広く知られる「天つ風雲の通《かよ》ひ路《ぢ》吹きとぢよ乙女《をとめ》の姿しばしとどめむ」と詠まれた和歌から、この、「五節舞姫」をイメージしていただけましょうか。舞姫とは天上世界の天女にもイメージされる幻想美に舞う乙女たちでした。その舞姫たちの五節舞が終わっても、天女が通る雲の中の通路を吹き閉ざして、舞姫がすぐに天上に帰れないよう、天を吹く風に想うほどに、舞姫が憧憬された伝統和歌です。

ある年、この年は正暦四（九九三）年十一月十五日と思われる年の日のその年に、皇后定子、『枕草子』にはいわゆる中宮さまと記されますが、その皇后定子のもとから五節舞姫を出すことになりました。皇后は、舞姫はもちろん、介添えとする女房までも厳選します。

皇后は、節会当日の辰の日にちなみ、舞姫が身に着ける装束の絹織物も、染色も、模様も特別にしつらえて、正式装束となる十二単《じゅうにひとえ》の一番上にはおる召しものまでもすべて仕立てさせました。

そればかりではなく、特別仕立ての装束とは、彩《いろどり》が対比になるような美しい赤い紐で装束を結ばせ、ふつうは仕上げとなる装束の上にまた着けさせた絹織物には、さらに蛍貝で摺って光沢を出させた絹織仕立の透き通る白い衣までまとわせました。

このような装束の仕立ては、華美ということではなく、一年間の豊饒への神への感謝でした。

そして、絹糸をつむぎ、日本の自然のもので染色し、織を織り、手描きで模様を画《えが》く日本文化の伝統へつながる芸術でした。

清少納言が仕えたこの皇后とは、一条院皇后宮定子《いちじょういんこうごうのみやていし》です。

第六十六代天皇一条帝の后《きさき》となります。

祖父が、摂関家藤原氏の全盛へ向けて勢力拡大を成した藤原兼家という人物で、父はその後に摂政・関白を継いだ道隆となる人物、母も、天武天皇の皇子高市皇子から系譜となる高階家を出自とする高階成忠女貴子でした。

一条帝こそは、日本文化の中で王朝文化最も華やかなりし〈一条朝時代〉を築いた天皇で、同じく定子も、平安時代に入って多くの歴史的歌人を生む、和歌に秀でた高階家の才をひく皇后となります。

とりわけ高階家は、和歌だけでなく、漢学への造詣も深く、女性へのそれらの教育にも秀で、平安時代以降に多くの文化人を歴史にする系譜でした。『百人一首』で知られる「忘れじの行く末まではかたければ今日《けふ》を限りの命ともがな」は、儀同三司母との歌人名で知られる皇后定子の母の一首です。

一条朝の皇后として、何より自身が、系譜から生来の〝天性の才覚〟をもち、〝研ぎ澄まされた美意識〟で、日本史に稀有な〈一条朝文化をクリエイト〉し、その貴重に一瞬となる〈文化を永遠化〉した后《きさき》――その人こそ一条院皇后定子でした。

そして、皇后定子の、この〈文化創造〉と〈文化継承〉こそ、この時代あたりからの［皇后の本来］となってゆく本質そのものなのです。

近代に入り、大正の后《きさき》・貞明皇后も、大嘗祭や新嘗祭に着る宮人の、雪のように真白い「小忌《をみ》」の衣が、青摺りの小鳥模様に美しくて、まるで紅《くれない》色の梅の花が散るように肩から赤紐が垂らされる華やかさをみ歌に残しました。

白

ふりかかるみゆきをはらふ宮人の小忌《をみ》の真そでに梅の花ちる

（貞明皇后・明治三十九年）

そのまま、清少納言が『枕草子』に描いたあの、皇后定子が五節舞姫にしつらえた装束の文化そのもののようでしょう。

そして美智子様も、平安朝以降一千年の文化を継承しながら、千年後に〝永遠〟となる「平成の文化」を創り上げました。

上皇后美智子様は、天皇一代一度となる大嘗祭《おおなめのまつり（だいじょうさい）》に、歴史となる一首を詠み上げたのです。

新嘗祭《にいなめのまつり（しんじょうさい）》は農耕民族日本人の、神への感謝と祈願となる中心の祭で、天皇が代がわりをして初めの祭となる「大嘗祭《おおなめのまつり（だいじょうさい）》」は、その御代《みよ》を寿《ことほ》ぎ、さらなる平穏を神に祈る歴史的祭となります。

その祭ではそうして、その年に豊作であった地方や、占いによって吉とされた地方を「悠紀《ゆき》」「主基《すき》」として、それら二国から奉納された新穀を神に食していただきます。この、「悠紀」「主基」も、平安朝に定まってきた伝統でした。

またひとつ、美智子様は、歴史に生きてきた文化を現代に甦らせ、新しい創造性によって、後世に「平成文化」として伝統化しうる方法を創り上げています。

平安朝以来の和歌の楽しみ方に、み台に砂浜の風景を創って和歌を詠み合ったり、屏風や障子に描いた日本画にイメージして和歌を詠む遊びもありました。これもやはり、平安朝に洗煉されてきた日本画と、和歌を共に愛《め》でる雅《みやび》で、現代までも日本文化のひとつの典型となる芸術です。

美智子様は、一代一度となる大嘗祭《おおなめのまつり（だいじょうさい）》に、「悠紀主基」を、しかもその地の風景を描く屏風の日本画の美しさによって、平成の「悠紀地方風俗歌屏風」（東山魁夷）そのままに、田沢湖の冬も凍らない青い色を見ると詠みました。

平成の御代《みよ》も、一代一度の天皇の大嘗祭も、平安朝以来の宮廷儀式に詠む和歌伝統も、現代まで生きる和歌詠歌も、平安朝以来の日本画伝統も、それらの文化・芸術千年の全てを現在に受け、未来の千年へ平成の文化・芸術とする

〈時空を超えた永遠〉の一首です。

その一首を拝見しましょう。

氷

悠紀主基《ゆきすき》の屏風《びやうぶ》に描く田沢湖は冬も凍《い》てざる青き色見ゆ

（上皇后陛下・平成二年）

このように、それまでの文化すべてを包み込み、そういう中でいつも時代の新しい文化を創造しながら、後世へその御代《みよ》の文化として生かし続けてゆくこと、それが、歴史を重ね継いだ皇后の本来となっていきます。

そして、その、［皇后の本来］は、ほぼ平安朝に本質となっていて、それを今に歴史としたひとりが、〈一条朝文化〉の中心に咲いた天にも舞う大輪の華・一条院皇后宮定子でした。

＊　中宮彰子と平安朝文化人

平安の御代《みよ》の、一条朝時代に皇后の本来となったもうひとりの后《きさき》がいました。

一条天皇中宮彰子《ちゅうぐうしょうし》です。

平安時代あたりからの複数の后《きさき》は、生家の格や父母の立場から、それぞれに身分がありました。

嫡后は皇后ですが、その下に中宮《ちゅうぐう》・女御《にょうご》・更衣《こうい》と続きます。物語世界で広く知られる光源氏の母は更衣でした。更衣であったのに帝の寵愛深く、他の女性たちからの嫉妬も強く受け、光源氏も更衣の皇子なのに、他の身分高い女性たちの生む皇子以上の才能と美貌のために、若い時代の不遇が待っていました。

皇后定子も初めに十四歳で女御として入内し、半年余で中宮へ、それから十年程の長保二（一〇〇〇）年皇后となります。

しかし定子の立后は、彰子の父であった藤原道長が、あの、藤原全盛期に権勢をふるった道長が、自分の大姫《おおいひめ》彰子を中宮に入れるために定子を皇后としてシンボル化したもので、いわば政治的理由を大きくするものでした。

ところが彰子も聡明でした。

父・道長の力による庇護のもと、現在も世界で評価される多くの文化人を育成します。

世界で最古となる長編小説として、日本文学の中で最も世界的評価を受ける作品が『源氏物語』となります。この作品の作者紫式部の才を発見し、道長の意を受けながらも自身の才覚で互いに才能を研ぎ合うサロンを形成して、多くの歌人・文学者を生み育てた女性が中宮彰子でした。

広く知られる『百人一首』に六首も続く女性歌人たちの和歌が、ひとつのまとまった歌のグループとなる歌群《かぐん》として入っています。その女性歌人と『百人一首』での番号が、次のようです。

56　和泉式部
57　紫式部
58　大弐三位《だいにのさんみ》
59　赤染衛門《あかぞめえもん》
60　小式部内侍《こしきぶのないし》
61　伊勢大輔《いせのたいふ》

この女性たちが、中宮彰子のサロンにあった歌人たちでした。
それでは、その六人の女性歌人の、六首で一連の物語のように展開してゆく和歌、六首を見てゆきましょう。

56・和泉式部
あらざらむ比《この》よの外《ほか》の思出《おもひいで》に今《いま》ひとたびのあふ事もがな
（私はもうすぐ死に
この世にはいなくなりましょう。
だから、せめて、
生きたこの世とは別の彼《か》の世への思い出に
もう一度
恋しいあの人とお逢いしたいものです）

57・紫式部
めぐり逢《あひ》て見しやそれ共分《ともわか》ぬまに雲がくれにし夜半《よは》の月影《つきかげ》
（めぐりめぐる月のように
貴女とめぐり逢って
見たのがその月であったとも
わからない位に
貴女ですとも見分けがつかない内に

雲隠れしてしまった夜半の月と同じく
たちまちに姿を隠してしまった
貴女なのね)

58・大弐三位
ありま山《やま》いなの篠原《ささはら》風《かぜ》吹《ふけ》ばいでそよ人を忘れやはする
(有馬山に近い地
猪名の篠原に風が吹くと
笹の葉がそよそよと鳴ります
さあそのことですがね
風に笹がゆれるように心が揺れて
恋しい人を忘れたのはあなたではありませんか、
私がどうして恋しいあなたを忘れましょうか、
決して忘れませんよ)

59・赤染衛門
やすらはでねなまし物《もの》をさよ更《ふけ》てかたぶくまでの月を見《み》しかな
(貴方がいらっしゃらない事をわかっていたなら
ためらいもなく
寝てしまっていたものなのに
来ると言ってくれた言葉を信じて

今か今かと待つ問にとうとう夜も更けて
　西の山へ傾く月を見たごとですよ）

60・小式部内侍
大江山《おほえやま》いくの、道のとをければまだふみもみず天《あま》のはしだて
（母が下って行っている丹後には
　大江山を越えて行く
　生野《いくの》の道を通らなければならず
　その行く道があまりにも遠いので
　まだ踏み入って見たこともない
　そして名勝地、天の橋立の景
　母からの手紙などさえも
　見たこともありませんよ）

61・伊勢大輔
いにしへの奈良の都の八重桜《やへざくら》けふ九重《ここのへ》ににほひぬるかな
（昔の都、奈良の都で咲いた八重桜
　その八重桜が
　時代を経た今日のこの日
　旧都奈良から場所を移して平安の都の
　この九重の宮中で

いちだんと美しく咲き匂い
美しい花々を見せて
栄光に輝いていることでございますよ）

このように、歴史に生きる文学者・文化人の才能を見出し、その才を磨き上げ、その才による作品を創作させ、芸術作品を後世に生かすことは当然に、その創作者たちも文化人芸術家として後世に輝やかせることまでも、この時代からの皇后のひとつの本来となったことでした。

そして、そこに生きていたのは、皇后と仕える女房とか、中宮と女房たちとかの関係性がある中でも、共に才能を理解し合い、その才を高め合い、それによって共に文化人として高く、人間として魂までも昇華し合ってゆけるような共通理解からの一体感でした。

清少納言も、皇后定子への尽きない憧憬を『枕草子』至るところに散りばめて、恋の綴りのように記し続けます。

この二人の心がそのままに伝わる和歌の贈答を見てみましょう。

一条院御時、皇后宮に清少納言はじめて侍りける比、
三月ばかり二、三日まかでて侍りけるに、かの宮より遣はされて
侍りける
いかにして過ぎにし方を過ぐしけん暮《くら》しわづらふ昨日《きのふ》今日《けふ》かな
（『千載和歌集』・巻第十六・雑歌上・皇后宮定子）
（いったい今までどのようにして

貴女がいなかった過去の日日を
私は過ごして来たのでしょうか
一日をどう時を過ごしてよいものかに
当惑してしまうこのごろ
貴女のいない昨日、今日の日々ですよ)

御返事
雲の上《うへ》も暮《くら》しかねける春の日をところがらとも眺めつるかな

(『千載和歌集』・巻第十六・雑歌上・清少納言)

(華やかで美しい宮中にいらしても
お暮らしかねているという春の日を
まだ中宮さまへ出仕する前の私は
趣《おもむき》ない私の里の場所柄によるものと
眺めて過ごしておりました)

清少納言が宮廷出仕してから毎日が楽しく、時のたつのも忘れて過ごして来て、今、わずか二、三日だけを清少納言が里下がりしただけで、長い一日をどう過ごしてよいかわからず、一日も早く宮中に帰ってほしいとの皇后の心に、清少納言も、出仕前は、これと言い、心にひかれることもなく毎日を送っていて、宮中での皇后定子との生活は、毎日いつも心ときめいて過ごす嬉しさとお返ししました。

贈答歌や、二人の他の和歌からは、二人が、皇后と女房という公的立場にありながらも、文化を共有し合え、共に季節のうつろい美にときめき、宮中行事の雅《みやび》にいっしょに生きることができる女性同志とわかりましょう。とりわけ感性が響き合い、充足できる時を共有し合え、魂まで触れ合えるような人間関係であることまでも読み解くことができます。文化人を育て文化をクリエイトする皇后の本来の中には、このような〝文化を共有する人間同志の魂のふれあい〟まで響いてのことでした。

これも平安朝あたりからでしょうか、資料や現存の文学作品からは、やはり平安時代ごろからとなる「皇后の本来」と言えましょう。

そして千年の時を超え、このような平安朝文化の多彩を継ぎ、それらを憧憬するような、そうしてその世界を新しく描くようなみ歌を近代の后《きさき》方は詠まれます。

明治の后《きさき》・昭憲皇太后には、清少納言や紫式部を詠むみ歌も表わされました。清少納言は、雪が大変高く降った日に、『白氏文集』の「香炉峰《こうろほう》ノ雪ハ簾《すだれ》ヲ撥《かか》ゲ看《み》ル」によせて、香炉峰の雪はどうでしょうとの定子の問いに御《み》簾《す》を高く上げた『枕草子』のお話から詠みました。

清少納言
みことばの光や雪にうづもれむ玉のすだれをかかげざりせば

紫式部
露ふかきみかきがはらにさきながらみさをたわまぬ女郎花かな

（昭憲皇太后・明治二十一年）

（昭憲皇太后・明治二十三年）

もっともは、「和歌の女神・衣通姫《そとをりひめ》」を詠む一首です。

衣通姫は『古事記』『日本書紀』に出てくる伝説の女神で、衣を通してまでその美しさが輝やいていたために、この名が伝わるとされ、和歌の女神として平安朝に深く信仰された和歌山県の玉津島神社に祀られる姫神です。『平家物語』にも「衣通姫の神とあらはれ給へる玉津島の明神」と語られて、「和歌浦の玉津島神社の祭神」と信仰される衣通姫は、和歌浦の美景やその地の名称「和歌」にちなみながら、地上の人間界を超えた美しさも相まって現代も〈和歌の女神〉と崇められているのです。その姫神へ昭憲皇太后も、明治になって宮居は遠く離れても、いつも絶える間もなくくもの糸をかけていることに詠みました。

衣通姫

大君の宮居は遠くはなれてもかけぬまぞなきささがにのいと

（昭憲皇太后・明治十九年）

そして大正の后《きさき》・貞明皇后は、和歌で春の女神とされる「佐保姫《さほひめ》」を、春のみ歌の中に詠み込みました。

しかも、平安朝の伝統和歌からの本歌取《ほんかどり》の方法で見事な一首に仕立てながら今に伝えています。

折にふれて

さほひめがくるいとやなぎたえまなくよりかけてゆくさとの春風

（貞明皇后・明治四十五年）

貞明皇后御歌の本歌は「佐保姫の糸染めかくる青柳を吹きな乱りそ春の山風」（『詞花和歌集』・巻第一・春・平兼盛）でした。

春になって景色が桜から柳へ華やぐころ、春の女神佐保姫が青色に糸を染めて懸《か》けている柳の糸を、吹き乱さないで、春の山風よと表現された本歌に描かれた伝統和歌の、春の女神「佐保姫」と共に「糸」と「柳」をそのままに、貞明皇后は、「春の山風」を「春風」として摂取し、見える風景は本歌から転じて佐保姫が繰る糸柳を、絶え間なくよりかけてゆく穏やかな風景の「里の春風」の情景へ詠み上げています。

本歌取とすることで、貞明皇后の一首には、絶え間なく揺れ動く新緑色の糸柳の里に吹く春風の情景の奥に、まるで京の都のような華やかな青柳の風景が映り、そこに平安朝以来千年の「佐保姫」世界が美しく神秘に髣髴《ほうふつ》となってくるでしょう。

このように、一首のみ歌ですのに、その奥に伝統和歌の雅《みやび》を余情とできる本歌取の方法で、近代の后《きさき》も、近代のみ歌に平安朝の雅《みやび》を漂わせ、千年の時を超えて同趣の雅《みやび》を幾重にも同時に感覚させています。

すべてを生み出したのも平安朝歌人たち、それを伝えてきたのも歴史の歌人たち、そうしてそれをクリエイトさせ、伝える本来を使命とした方は、皇后方はじめ多くの和歌びとたちでした。

その本来をさらに受け、憧れ尊重し、今に新しく創作して次代へ継いでゆくことが、皇后となるのです。

このようなみ歌はそうして、美智子様も同じようにお詠みです。

美智子様も歴史を尊び、その世界を現代に生かす多くのみ歌を詠まれていて、その中から一首を拝見しましょう。

古代の葛城《かつらき》王朝から三輪王朝へと続いた日本の原点「三輪《みわ》の里」、その狭井《さい》のあたりに今日もそのようかとある

「花鎮《はなしづ》め」の祭のみ歌です。

三輪山は山そのものがご神体と仰がれる古代信仰の山で、かの地となる狭井も、『古事記』以来の水の聖地でした。そこに今も続く祭が、平安時代に没病を鎮めるために行厄神《ぎょうやくじん》の大神《おおみわ》と狭井《さい》の二神を祀って宮中で行なわれた鎮花祭でした。

この「祭」を詠まれたみ歌です。

歌会始御題　祭

三輪《みわ》の里狭井《さゐ》のわたりに今日もかも花鎮《しづ》めすと祭りてあらむ

（上皇后陛下・昭和五十年）

平安時代は、日本の歴史で、天皇を中心とする律令制(5)が最も整い、内実も充足していた時代でした。とりわけ和歌文化が成熟した平安時代は、永い日本の歴史の中で内戦も対外戦もなく、それを行なう国軍も存在しない時代でもあったことが、和歌創生の大きな社会的要因と言えましょう。

その、芸術創造のすべてに社会も活き活きとしていた平和社会においてこそ、現在に日本文化の本質となる典型が、多彩な表現の分野で、芸術の域までクリエイトされることが可能になったのです。

同時に、そのクリエイターとして今にかけがえのない作品を生かした文化人・芸術家も、日本の他の時代からは類を見ないほどに多彩な才能に煌《きら》めく女性たちでした。

そうしてそういう女性たちを育て、自身も同じく歴史に煌《きら》めく芸術的才能を秘めて、そういう女性たちと人間的一体観のもとに〈平安朝文化〉を創造した方こそ、この時代の皇后方でした。

それこそが、この時代あたりから顕著となり、現代もそのように継がれる［皇后の本来］と言えましょう。

＊ 建礼門院徳子〈民衆が求める女神〉(6)

時代は一転、社会も大混乱の状況へ転換します。

日本で初めての、国を挙げての内戦が、十二世紀終わりから四百年も続いてゆくことになるのです。

武士政権への胎動となる戦乱が始まり、武士による初めての幕府となる鎌倉時代へ入ってゆきます。

鎌倉時代よりおよそ三十年ほど以前の平安時代末期となる院政期ころから、平氏と源氏に代表される武士集団の争いが激しくなり、源平騒乱が始まりました。

最終的勝利を得た源氏によって、鎌倉に武士政権の幕府が樹立されますが、ここから戦乱が治まる徳川氏による江戸幕府開府までの、南北朝・室町・安土桃山と続く四百年もの間、日本は打ち続く内戦の時代へと入りました。

広く知られる鴨長明『方丈記』には、この四百年が始まる源平合戦の頃の京を、戦乱に加えて、大地震・大火・竜巻が続き、人人は飢餓に喘《あえ》ぎ、福原への遷都まで相俟《あいま》って、あたかも地獄図のようで、大路を歩いている人も次の瞬間に倒れ死に、賀茂河原にも死体が積まれ、都の華やかさなど全く消えて死臭が漂っていたと残ります。

人は初めて〝死〟と向かい合い、〝命の無常〟を実感し、〝世の無常〟を切実としました。

この時から民衆が求めたものこそが、「魂の救済」から、「悟りへ導かれて浄土へ招かれる」救いでした。

そこに現れた后《きさき》こそ、建礼門院徳子《けんれいもんいんとくこ》です。

『平家物語』では、西方浄土へ向かうために、仏道修業の道一筋に祈りながら、いつしか華やかに幸せだけを過ごした宮中の人人を恋う和歌や、しかしその昔の栄華も仏の世界では一瞬の「夢」の「無常」と悟る徳子の和歌も入ります。

この頃はいつならひてか我が心大宮人《おほみやびと》の恋しかるらむ
古《いにしへ》も夢になりにし事なれば柴《しば》の編《あ》み戸も久しからじな

（『平家物語』・灌頂巻・建礼門院徳子）

絶世を誇った平清盛の大姫として生を享けた徳子は、十五年の成長の後に後白河法皇の猶子となって髙倉天皇に入内《じゅだい》し、翌年は中宮に、治承二（一一七八）年に二十二の年齢で出産した言仁《たかひと》親王の立太子から安徳《あんとく》帝への治承四（一一八〇）年即位をうけて「天子の国母」となりました。国母と在っては、さらに安徳帝即位翌年の院号宣下《せんげ》を受けて建礼門院となって位を極めます。

『平家物語』は、平家一門の興亡を描いて、「生あるもの必ず滅びる」という摂理を説き、形あるもの全て一瞬たりとも永遠は存在しないという「無常観」で貫ぬかれ、戦乱を歴史として初めて成る作品でした。

そこでの徳子は、（巻一）「吾身栄花」に清盛娘として登場し中宮へ、（巻三）「赦文《ゆるしぶみ》」で皇子出産に平氏勢力をあげての安産祈祷が、（巻六）「横田河原合戦」まで院号宣下を受けて建礼門院徳子となってゆく公《おおやけ》の、そして平家一門の権政拡大の象徴として華やかに美しく語られます。

しかし運命は一変、院号をうけてわずか三年で平家一門と共に都落ち、二年を西海にさまよい、とうとう壇の浦に入水することになってゆきました。

ところがさらなる運命でしょう、偶然にも助けられて京へ生還し、その年の内に出家して、京の東山の麓となる吉田の辺に隠栖をした後に大原寂光院《じゃっこういん》に入って草庵を結び、生涯を終えたと『平家物語』では語られました。

『平家物語』とは、平家滅亡の直後に、琵琶法師たちが、「平曲《へいきょく》」と呼ばれるこの物語の〝語り〟を、琵琶による音曲《おんぎょく》にのせて、全国の神社や仏閣で民衆たちに語り伝えた作品です。

語り伝える中で、当初は上層貴族たちに享受されていた平曲も、様様な地のいろいろな場で民衆に受け入れられ、いつしか今度は民衆が平家の物語に対してリクエストをし、内容の新しさを求めながら、時代に応じて琵琶法師たちも、民衆が願う物語を創ってゆくことへなってゆきます。

このようなプロセスを経て平家滅亡から約百数十年後に、覚一という人物が、それまでの語りや読み本の『平家物語』にはなかった「灌頂巻」という一巻を著します。

ここに、それまでの歴史では存在しなかった后像となる、民衆が求める后《きさき》の理想が描かれることになるのです。

それこそが、打ち続く戦乱で初めて、現世での肉体の虚しさを知り、世の常なきことを実感した民衆が求める「民衆の魂を救い」「悟りへ導き」「極楽浄土へ招く」「女神」でした。

物語で女院《にょういん》として描かれる建礼門院徳子は、この、民衆の願う女神へと、百年以上の年月の中で『平家物語』の「覚一本灌頂巻」にシンボル化されたのです。

このシンボル化された女院の在り方こそ、それまでの時代には存在しなかった后像《きさき》で、民衆が百年以上をかけて物語世界の中に創り上げた理想の后《きさき》となる姿でした。

ここでは歴史事実ではなく、物語世界に創り上げられて百年以上に渡り、日本全国の民衆の心からの祈願によって琵琶法師覚一が必然として創造していった后像の姿を求めてゆきます。

それは、文治二（一一八六）年、源平合戦への院宣を下し、女院には義理の父にあたる後白河法皇の御幸に、女院が、仏教世界で説く「六道《ろくどう》」になぞらえて、自分の人生を語る『平家物語』「灌頂巻」「六道之沙汰《ろくだうのさた》」に語られる話でした。

女院は、平相国清盛の娘として生まれ、名誉も地位も財も権勢も全てが思いのまま、天子の国母となっては天下も思いのままの「六欲四禅《ろくよくしぜん》の雲の上」で、「八方の諸天《しょてん》に囲繞《ゐねう》」される（天の世界の幸福）「天上の果報」の「天上」世界に在りました。

が、清盛の死で一門の運命は一転します。生老病死「四苦」と、愛ある者と必ず別れ、怨み憎む者に必ず会い、求めても得られず、欲望から心身に起こる「八苦」との全ての「苦」の世界「人間界」へと転回したのです。

その「苦」はすぐに、「餓鬼道《がきどう》」へ変わります。都落ちをし、西海をさまよい、海上では食料どころか飲料水さえない飢餓、空腹と渇きの中で周囲一面に堪えられる水も一層の渇きとなる塩水ばかりとなり、満満と溢れる水を目にしながらさえ、一滴も飲むことができない究極の飢餓の苦しみでした。

そこからさらに苦しい「修羅道《しゅらどう》」へ追われてゆきました。明けても暮れても続く戦いの苦しみばかりで、闘争を好む忉利天《とうりてん》の帝釈天《たいしゃくてん》と阿修羅王との闘争もこのようかとの、実感そのものとなる修羅の合戦です。

そして遂に堕ちる「地獄道」でした。

一の谷の戦いで敗北した平家は、隙間なく西へ西へと追い遣られ、「天運尽きて、人の力に及び難し」事態へ、母・二位の尼時子が、女院の皇子・安徳帝を抱いて入水してしまい、海の底へと沈みました。

一門の滅亡です。

ところが女院は、自らも入水自殺をはかりながら、源氏の手に救われて京へと生還します。その、京へ還る途に女院は夢を見ます。京の都の内裏よりもはるか立派な「龍宮城」に、安徳帝はじめ一門の人人が格別に礼を正して控え、母・二位の尼より「龍畜経」に説く苦から逃れるべく、よくよく後世を弔うことを願われました。

夢でお告げをうけた女院は、目覚めてさらに、一層に経を読み念仏を唱え人人の菩提を弔い続けました。女院には、実母・実子・一門全ての者の海底での苦こそが、一人生還した自らの「畜生道」の苦そのものだったのです。

女院が語る「六道廻り」は、仏教で説く「天上」「人間」「飢餓」「修羅」「地獄」「畜生」の世界になぞらえて自身の全生涯を語るというものでした。

浄土教では六道廻りによる語りで悟りへ導かれ、悟ったことで自分が救われます。それは同時に語りの聞き手である者も救済できることへつながり、一度悟りを開いた者は自己救済をされたことで他者救済も可能となり、往生が約束されることになります。そうして後生を弔う者と共共に西方浄土の極楽へ向かうことができるようになってゆくのでした。

女院の母・二位の尼が語る「男の生き残らむ事は、千万が一つもありがたし。（中略）昔より女は殺さぬならひなれば、いかにもしてながらへて、主上《しゆしやう》の御世《ごせ》をもとぶらひ参らせ、我らが後世《ごしやう》をも助け給へ」との、夢のお告げを受け、女院は「六道廻り」を語り、経を読み、念仏を唱えて悟りを開き、説教を説いた人人をも悟りへ導き、みなで往生を遂げました。

それこそが、女院が願った魂鎮《たましず》めと衆生救済となるものでした。

この源平合戦から百数十年の間、琵琶法師の語る平曲を聞いていた衆生は、新しい創作者となって、衆生救済のための悟りの后《きさき》として、女院へ大きな願いを託しました。

おそらく、日本の歴史において、中世の戦乱の時代に入ったからこそ、初めて生まれた、衆生の祈願による衆生救済の願いからの后《きさき》・建礼門院という存在となりましょう。

加えては、女院が「六道廻り」を語る相手を、後白河法皇としたのには、源平合戦への院宣を下して戦乱の社会とした国そのものへの抵抗とも、戦さへの抗議とも考えられてきます。

この、十二世紀・源平合戦から十四世紀・南北朝の大動乱へ、さらに十五世紀・応仁の乱に始まる一六世紀・戦国時代へと、四百年間も絶えることなく続いた戦乱の中で、〈命と現世の無常〉を我身とした民衆が、〈現世での魂を救い〉〈来世での永遠〉を祈願して、文学世界の中に民衆が創り上げた理想の后《きさき》こそ、それまでの時代には存在しなかった〈魂を救い極楽浄土に導く〉［女神］像となった建礼門院徳子でした。

平安な社会から一転した戦乱の長き世に、民衆が虚構世界に希求した后《きさき》像でしたが、時を超え、歴史の流動の後、この后《きさき》の姿もまた、この後の歴史において、后《きさき》の本質となる重要な使命の象徴になってゆきます。

＊　上皇后美智子様〈世界が思慕する祈り〉

戦さで命と無常としたすべて人人への〈魂鎮《たましず》め〉——

二度と決してその悲惨を起こさない〈祈り〉——

后《きさき》の重要なこの使命を、ご使命となさった皇后がいます。

平成の后《きさき》・美智子様、現在の上皇后陛下です。

皇后時代の美智子様のお歩みにもみ歌にも、中世の建礼門院徳子と映り合う姿が深く拝見されてきます。みなさまも良くご存知でしょう。上皇陛下と重ねられました［ご慰霊のお旅］は、その最もとなりましょう。

このお旅こそが、先の大戦での絶望を、ご自身の内になされた上皇陛下と上皇后陛下との、二度と決して同じ悲惨を起こさない〈祈り〉と、その絶望で命を無常とした日本人だけに限らないすべての人人への〈魂鎮《たましず》め〉からの重要なお旅でした。

そして現在、世界中の人人からも両陛下が崇敬をもって仰がれるお旅だったのです。

お旅は平成七（一九九五）年の、先の大戦が終わって五十年という節目の前年、平成六（一九九四）年から始まりました。

平成六（一九九四）年に、「硫黄島」にて詠まれた美智子様のみ歌を拝見します。

硫黄島

銀ネムの木木茂りゐるこの島に五十年《いそとせ》眠るみ魂《たま》かなしき
慰霊地は今安らかに水をたたふ如何《いか》ばかり君ら水を欲《ほ》りけむ

（上皇后陛下・平成六年）

一首目は、先の大戦中に急造した軍事施設を隠すため植樹された「銀ネムの木木」が茂っているこの硫黄島に、五十年、そのまま眠っている「み魂《たま》」への「かなしき」思いが表現されています。まさしく〈御魂鎮《たましず》め〉の表現でしょう。

二首目に入っては、慰霊地は今、安らかに水をたたえる景が描かれ、しかし五十年前の激戦時に亜熱帯の地で、「君ら」は一体、どれほどに水を欲しただろうかとの想いが、結句「けむ」に表わされました。

亜熱帯の地での、餓えと渇きに苦しみながら戦い続け、命を無常とした人人への〈鎮魂《ちんこん》の祈り〉でしょう。

建礼門院徳子が語った食料どころか飲料水さえもない海上戦での飢餓が、すぐ想起されましょう。空腹と渇きの中で周囲一面に満満と湛えられる水も一層の渇きをもよおす塩水で、水を目にしながらも一滴さえも飲むことができない究極の苦しみとなる「飢餓道」、この世界がそのままに想起されてきます。

平成七（一九九五）年に美智子様は、只今の上皇様とごいっしょに戦争の災禍の最も激しかった長崎・広島・沖縄・東京をご訪問されました。

広島には題もそのまま「広島」で、「被爆五十年」の現在、同じ「広島の地に」今は「静かにも」「雨」は「降り注《そそ》ぐ」雨本来の「香のして」との情景の奥に、五十年前の被爆時、この広島の地に、地獄のような原爆の音がして、雨も降り注ぎながら、それは色も香も本来を失なって、と映るような情景が想われましょうみ歌「被爆五十年広島の地に静かにも雨降り注《そそ》ぐ雨の香のして」（平成七年）を、まるで一行の現代詩のように創られました。読み手のわたくしたちもそのようなみ歌に、一瞬に命を失くした多くの人人への鎮魂と現在から未来への平和の祈りを抱いてしまいます一首です。

沖縄へも、「死者の名を負《お》ふ」「礎《いしじ》」の「重」さに鎮魂を、「クファデーサーの苗木添ひ立つ」平和の礎に、平和への深い祈りをいただく一首「礎」題み歌「クファデーサーの苗木添ひ立つ幾千の礎《いしじ》は重く死者の名を負《お》ふ」（平成七年）を象徴されました。

平成十七（二〇〇五）年六月二十七日と二十八日の二日間に、両陛下は戦後六十年にあたり、米国の自治領である北マリアナ諸島のサイパン島へご慰霊のご訪問をされます。

その地に建つ中部太平洋戦没者の碑が、地域で亡くなった戦没者のために国が建てた碑でした。

昭和十九（一九四四）年六月十五日のサイパン島では、七月七日日本軍玉砕まで、陸海軍の約四万三千人と在留邦人の一万二千人が、米軍も三千五百人近くの人が、サイパン島民まで九百人を越える人が命を失ないました。

そして両陛下は、かの地の多くの人が身を投じたスーサイド・クリフとバンザイ・クリフでご慰霊をされます。

そこでの美智子様の一首。

サイパン島

いまはとて島果ての崖踏みけりしをみなの足裏《あうら》思へばかなし

（上皇后陛下・平成十七年）

いまはこれまでとして、島の果ての崖を踏みけった、その女性の足裏を思えば「かなし」、とのお思いが結句に凝集されて表現されています。

強い覚悟をもって、一寸の余地もなく追い詰められて崖を踏み蹴った女性たち、その女性たちの〝瞬間〟への尽きせぬ思いの表現「かなし」が深い余情も生み、とめどなく広がりましょう。

深い魂鎮めと、尽きせぬ祈りが、女性同志の共感の中から一層に伝わる一首です。

平成二十七（二〇一五）年、先の大戦の終結から七十年の節目、かつて日本の委任統治領であったパラオ共和国へご慰霊のお旅に向かわれました。

パラオ共和国は、ミクロネシア連邦とマーシャル諸島共和国と共に、第一次世界大戦まではドイツ国の植民地でしたが、その大戦後はヴェルサイユ条約及び国際連盟の決定で日本国の委任統治下に置かれて多くの日本人が移住、昭和十年頃には島民より多い五万人を越える日本人がそれらの島島に住むようになっていました。しかし昭和十九年には、その地域でも激しい戦闘が行なわれ、敗戦が決定的となった日本人は幾つもの島で玉砕したのです。

この年の四月八日に両陛下はパラオ共和国バベルダオブ島とコロール島を、九日にはペリリュー島へご訪問をされました。

その、ペリリュー島御訪問を詠まれた美智子様の一首が公《おおやけ》とされています。

ペリリュー島訪問

逝《ゆ》きし人の御霊《みたま》かと見つむパラオなる海上を飛ぶ白きアジサシ

（上皇后陛下・平成二十七年）

パラオ国となる海上を飛ぶ白いアジサシを、逝った人の御霊かと見つめられたことを残されました。実は、この、ペリリュー島ご訪問の十年前、やはりご慰霊のお旅で訪れたサイパン島のスーサイド・クリフでも、同じく美智子様は白色のアジサシが飛ぶお姿をご覧になっていました。そこから十年を経ての、ご慰霊のお旅のひとつの結びのように考えられるパラオ共和国ご訪問でのペリリュー島でも、美智子様は、同じ白色の、飛ぶアジサシをご覧になったのです。

十年を経ての二度の外地でのご慰霊に、美智子様の表現ではもっとも崇高と憧憬なさる「白」色のアジサシの飛翔をご覧になられ、戦争で逝った人の御霊かと見つめられました。

逝った人の「御霊《みたま》」を見つめた「時」の中に、逝った人人への御魂鎮めも深く漂いましょうか。

そして、そのような方方の、かけがえのない長逝によって現在の平穏もあり、必ずや未来へ〈永遠の平和〉をつなげてゆく祈りが、今はパラオとなる海上で見ていながら、十年前もサイパン島でもご覧になった「白きアジサシ」に印象されましょう。

先の大戦で戦争への絶望を御身とも御心ともなさった平成の后《きさき》・美智子様の、すべての人人への魂鎮《たましず》めと、二度と決して、同じ悲惨があってはならないとの、信念にもつながりましょう平和祈念。

中世四百年の内戦で民衆が理想とした后《きさき》の姿が重なって想起されます。

そうして『平家物語』「灌頂巻」で建礼門院徳子に託した民衆の、〝反戦〟への願いも、『平家物語』の中で建礼門院が後白河法皇に語った〝否戦〟への強い求めも、強いご表現が拝見されることの稀有な美智子様のみ歌に、〝否戦〟とも受けとめられる形の表現に重なって参ります。

それはやはり、先の大戦が終結して節目の五十年において、平成七（一九九五）年五月二十一日に広島で開催された第四十六回全国植樹祭で題もそのまま「植樹祭」に、子供たちへ願う表現のみ歌「初夏《はつなつ》の光の中に苗木植うるこの子供らに戦《いくさ》あらすな」（平成七年）においてでした。

強い禁止を意味する終助詞「な」で一首を結び、初夏の光の中に苗木を植えているこの子供たちに「戦《いくさ》」を存在させるなと言う形の表現形式です。希望の輝やきもまぶしい首夏の「光」に、大きな希望を感覚して一首を拝見してゆくと、結句「戦《いくさ》あらすな」の強調表現に、戦争への抵抗とも受けとめられる否戦となる形が現出してきます。

日本の中世、四百年間に民衆が祈願した后《きさき》の姿は、明治近代に入り、明治の后《きさき》・大正の后《きさき》・昭和の后《きさき》へ近代化された姿で生き続けながら、とりわけ、日本国内で実戦が行なわれ、外地で亡くなった人二百四十万人を含む全体三百十万人もの戦没者となった先の大戦を自らもご体験なさった平成の后《きさき》・美智子様の、新しい国際社会における新しい日本の皇后の本質とも敬されましょうご使命を果たされるお姿に、重なるように拝見されましょう。

現在、この［ご慰霊のお旅］を重ねられた上皇陛下と上皇后陛下は、世界中の人人から崇敬の念をもって仰がれています。

そして、そこで仰がれる、御魂を鎮め平和を祈る使命を果たす日本の皇后こそ、世界から求められる日本の皇后の、ひとつの新しい在り方となってゆくように考えられてくるのです。

普遍から永遠へ

千年の歴史において、皇后の在り方には、大切とするもの、本来とするもの、使命に負うもの、民衆が理想とする姿、世界から求められる在り方、と、時代の変化、社会の変遷で多彩な理念が紐とかれてきました。

しかし、そこに生きる本質の理念は、決して変わることのない、また、他に代わりえることのない〈普遍なる尊さ〉であり、現在も理想とされるイデアです。

この普遍性と共に、そして多様化されてゆく近代の国際社会の中で、激しく変動する日本にあって、皇后方は、さらに大切とすべきもの、本来となるもの、社会が求める在り方を融合しながら、永遠化してゆきます。

「はじめに」に記したよう、それでは近代に入って国際社会へ開かれた日本の后《きさき》四代がイデアとした〈永遠なる尊さ〉を、次には、さらに紐といてゆきましょう。

註

(1)光明皇后については、本書では、直接には左記の文献に拠りました。
井上薫「光明皇后と皇后宮職」(『ヒストリア』二〇)(昭和三十二年)
和田軍一「光明皇后と正倉院」(『南都仏教』六)(昭和三十四年)
林陸朗『人物叢書(新装版)』『光明皇后』(日本歴史学会編集・吉川弘文館・昭和六十一年)
(2)律令制については、本書では特に大津透『日本史リブレット73 律令制とはなにか』(山川出版社・平成二十五年)に基づきました。
(3)入江為年監修『入江相政日記 第三巻』(朝日新聞社・平成六年)
(4)前掲(2)
(5)前掲(2)
(6)建礼門院徳子については、拙著『清盛平家と日本人 歴史に生きる女性文化』(講談社ビジネスパートナーズ・平成二十四年）に詳細の記述に拠りました。

記　上皇陛下・上皇后陛下の記述は、外務省ホームページ・宮内庁ホームページにて確認の記述です。

第二章　明治の后《きさき》・昭憲皇太后

近代日本初めての皇后

明治元（一八六八）年から始まる明治の時代に前時代と最も異なる変革は、鎖国政策をとっていた幕藩体制から一変し、国際社会へ開かれた開国日本としての明治政府へ政権が移ったことがひとつ、併せて、皇后の在り方を求めるテーマからは、明治維新における天皇の位置が、永い日本の歴史では稀《まれ》と言える位置となったことがあります。

この本でも「はじめに」と「第一章」で記したように、律令制のもと、日本では君民一体として天皇が存在する在り方が伝統でした。君民一体とは、政治は民《たみ》が選ぶ為政者に任せ、天皇はその為政者と共に、民《たみ》の社会全体への俯《ふ》瞰《かん》から文化の担い手等に在る在り方です。[1]

しかし、明治になって新政府が明治憲法に定めた天皇は、統治権の総攬者とされ、文官・武官の任命権も認められ、とりわけ日本の歴史でこの時代から昭和二十（一九四五）年までに特異としたことが、軍の統師権も持たされたことでした。

明治新時代の始まりは、慶応三（一八六七）年十月十四日の江戸幕府第十五代将軍徳川慶喜《よしのぶ》の大政奉還からで、それにより二百六十五年間続いた徳川幕府による武士政権は終焉となりました。

そして同年十二月九日に、天皇が王政復古の大号令を発して、先に記した天皇を頂点とする新政府が成立したのです。

慶応四（一八六八）年八月二十七日には天皇の即位大礼が挙行され、九月八日に元号も明治と改元されると、十月には江戸城も皇居と改められて、翌明治二（一八六九）年に東京遷都となりました。

この、幕藩体制から天皇が中心の中央集権国家へと、日本の歴史上で大転換となる只中において、明治天皇となる新天皇の践祚《せんそ》と共に、慶応三（一八六七）年に、皇后に内定された方が五摂家のひとつであった、一條家に生を享け[2]

た三女・富貴《ふき》君（のち寿栄《すえ》君）でした。六月二十八日のことです。

寿栄君は実名を勝子《まさこ》と改め、また後に美子《はるこ》と改められ、歌道を近衛《このえ》忠熈《ただひろ》が、書道を幟仁《たかひと》親王が授けました。

明治元（一八六八）年九月に天皇が京を発って東京へ向かうと、この年、皇居も定まって孝明天皇三年祭のため京都へ戻った天皇と美子姫は、十二月二十八日にご成婚なさり、第百二十二代明治天皇の皇后となって、近代日本初めての皇后に立ちました。

明治二（一八六九）年三月となり、天皇の東京出発に伴って、十月五日には皇后も東京へ立ちました。

明治三（一八七〇）年一月一日は、皇后にとって東京で初めてとなる新年となり、春四月九日に現在の浜離宮恩賜庭園である浜殿へ初めての行啓をされました。

時代の開化と共に、皇后の〝初めて〟も続きます。

明治四（一八七一）年三月十四日のご養蚕、十一月九日の津田梅子たち日本初の女子留学生との面会、明治五（一八七二）年十月二十一日の外国人で初となるロシア皇子との対面、明治六（一八七三）年六月には日本にとって大事な富国産業であった製糸場ご視察のため、群馬県富岡製糸場へご視察をします。

同じく日本国政府においても、海外へ開かれた近代日本の体制創りとなる次次の新しい政策を実現してゆきました。

明治に改元された慶応四（一八六八）年三月十四日には、明治天皇が維新政権の基本方針となる「五箇條の御誓文《ごせいもん》」が発表されて以後、明治四（一八七一）年七月の廃藩置県、明治五（一八七二）年八月の学制発布、明治十三（一八八〇）年三月の国会開設請願運動開始から、明治二十二（一八八九）年二月十一日の大日本帝国憲法発布、翌年十一月二十九日施行を経た明治二十三（一八九〇）年十一月の第一回議会開催まで、年を追って新政府の新しい国創りは、形を成してゆきました。

近代の、この、新しい国創りをそうして、明治の后《きさき》・昭憲皇太后《しょうけんこうたいごう》は、多くのみ歌に詠み上げ、それら三万六千余首とも残るみ歌がまた、明治のひとつの記録ともなってゆくのです。

先のような人生を迎え、日本で最大の転換期ともなった時代の昭憲皇太后のみ歌はまた、他のどのような后《きさき》や歌人たちも詠みえない、鎖国政策をとっていた旧幕藩体制から、開国政策による新政府の新しい国創りへ、まさに、その、変革期にあってこそ生まれる歴史に稀有なみ歌ばかりとなります。

国創りのみ歌、女性教育のみ歌、「人間としての道」を説くみ歌、そして何より、開化文明を詠むみ歌と、それまでの伝統和歌では詠まれなかった新しい視点からの新しいテーマがめくるめく続きます。

もちろん、光明皇后によって皇后の大切とされた「すべての国民への慈しみの心のみ歌」も、昭憲皇太后は、社会の弱く痛み病む者すべてに細やかなお心を尽くして表わされました。そうして、それらのみ歌の表現の歴史的価値の何よりは、ご成婚までに過ごした京の公家生家一條家で培った平安朝以来の公家文化を内に生かしながら、皇后となって迎える東京の開化都市で体験する近代化も、一首の中に詠み込む巧みさです。

これこそが昭憲皇太后のみ歌の魅力――

一首に平安朝以来の雅《みやび》な表現も織り込みながら、そこに現われてくるのは開化された新しい文明が近代語の中で形成されてくる伝統雅《みやび》と近代創造の三十一音の表現、それが昭憲皇太后のみ歌の楽しさとなります。

他時代の和歌にはない魅力を楽しみながら、明治近代化の国創りの中で昭憲皇太后がイデアとした永遠を、それでは求めてゆきましょう。

＊　国際社会に開けゆく国創り

明治の十年代・二十年代・三十年代と昭憲皇太后は、開国して、新しい世になろうと進み行く日本を慶するみ歌を、次次に詠み始めてゆきます。

「ひらけゆく世」日本の新しい時代に、倣って咲ける伝統の「菊の花」の、新しい色への慶びの一首が残っています。

菊

あたらしきいろこそ見ゆれ菊の花ひらけゆく世にならひてやさく

（昭憲皇太后・明治十九年）

大和朝廷以来、その色も香も日本人に愛《め》でられ、十二世紀後鳥羽上皇からは、自らの紋とした最も伝統の花となる「菊」、題とするその花と開化の世が合う情景でしょう。

慶びと共に昭憲皇太后は、明治二十三年・二十五年・二十七年と、日本国「あしはらの国」（葦原の国・著者）の繁栄「栄」を慶賀してゆきました。

寄国祝

神代よりねざしかはらぬあしはらの国の栄ぞかぎりしられぬ

（昭憲皇太后・明治二十三年）

寄国祝

幾千代とかぎりもあらじしろしめすとよあしはらの国のさかえは

（昭憲皇太后・明治二十五年）

日にすみ月にひらくる葦原のみ国のさかえかぎりしられず

（昭憲皇太后・明治二十七年）

明治三十三年・三十六年には、民も全ての技術を競って「月に日に」富が増す国を、その繁栄をもたらすために、開いてゆく時代に合ってこそ、全ての技術が進歩する世を祝します。

寄国祝

月に日にみくにのとみやまさるらむよろづのわざに民もきそひて

（昭憲皇太后・明治三十三年）

寄世祝

ひらけゆくこの大御代にあひてこそよろづのわざもすすむなりけれ

（昭憲皇太后・明治三十六年）

また新しい天皇の都となって、年毎に賑わいが増してゆく慶びも、「都」を題として「武蔵野の原」に象徴する一首に寿《ことほ》ぎます。

都

大君のみやことなりて年毎ににぎはひまさる武蔵野の原

（昭憲皇太后・明治二十三年）

明治の始まり、「国会」は天皇を補う一機関にすぎませんでしたが、立法権に制約をうけながらも、明治七（一八七四）年からの、板垣退助ら八名による民撰議院設立建白書からの自由民権運動により、政府も、明治二十三（一八九〇）年には、第一回議会を開催とするべく進め、実現します。

それもまた、昭憲皇太后は、それまでの日本で存在しなかった新時代で民主化への一歩となる「国会」を、そのままに題として、「国のまとゐ」を開く時代をみ歌の形へと創り上げます。

国会

大君のみいつあふぎて年ごとに国のまとゐもひらく御代かな

（昭憲皇太后・明治二十五年）

時も同じくして、明治五（一八七二）年十月二十一日は、初めての外国人・ロシア皇子とご対面となり、「支那公使参朝」には、「海原のなみ」も奈良・平安の昔にたちかえって、日本を訪れた唐土船《もろこしせん》が集《つど》う時代を慶び、また「月に日に」時を追って、「外国《とつくに》の人」と国交が広がる御代《みよ》を祝します。

支那公使参朝

海原のなみも昔にたちかへりもろこし船のつどふ御代かな

（昭憲皇太后・明治十二年以前）

交際

外国《とつくに》の人もとひきて月に日にまじらひひろくなれる御代かな

（昭憲皇太后・明治二十三年）

「国会」が詠まれた明治二十五（一八九二）年から十年を重ね、現代に続く「外交」と言う詞《ことば》をそのまま題に、年毎に日本を訪れる国の数が添いゆく状況（明治三十五年）を、昔は存在も知らなかった「西の海の国」と交わる世となった詠嘆（明治三十五年）を、そして国交の「道」が広がってゆくことで、行ってみたこともない国の様子も知られる喜び（明治四十一年）も詠まれるみ歌も重ねてゆきました。

初めての様様にときめき、興味を示されて、活き活きする后《きさき》が、み歌から響き来るようでしょう。

外交

大君のみいつあふぎて年ごとにまゐくる国の数ぞそひゆく

（昭憲皇太后・明治三十五年）

いにしへはありともしらぬ西の海の国にまじらふ世となりにけり

（昭憲皇太后・明治三十五年）

まじらひの道ひろければゆきてみぬ国のてぶりもしられけるかな

（昭憲皇太后・明治四十一年）

年を追い日を追って近代化が整う日本の姿も、新政策実現と共にみ歌に重ねてゆく昭憲皇太后でした。

しかし、その「日の本の国のさかえ」は、成長してゆく国民ひとりひとりの上に見えることと、決して「人」への思いを忘れることのないみ歌も「人」をそのままに題として、昭憲皇太后は残します。

人

日の本の国のさかえはしげりゆく青人草のうへにみえつつ

（昭憲皇太后・明治四十一年）

近代日本で初めて后《きさき》となった昭憲皇太后は、それまでの日本には存在していなかった漸新を、伝統的表現の和歌によって、しかし全く新しい視点や発想で詠み重ね、近代国家日本の国創りを、日本古来の伝統となっている和歌と言う方法でひとつの記録に成してゆきました。

＊　新しい時代の女性教育

昭憲皇太后が特に力を入れて歴史としたことに、女性教育があります。そのお考えをもっとも表わされた一首が、次のみ歌でしょう。

みがかずば玉も鏡も何かせむまなびの道もかくこそありけれ

（昭憲皇太后・明治十二年以前）

「玉」「鏡」共に、昭憲皇太后のみ歌全体では透明に美しい尊さや、時に純粋な心を象徴する歌詞《うたことば》として表現され、このみ歌はその磨きになぞらえて「まなびの道」への努力を諭しました。
女性教育を奨励する奥には、まだ「教育令」が制定される明治十二年以前に既に、題となっている「男女同権」その四字一語からも、「男女同権」と言う、当時にあって大変に斬新なお考えが生まれていたことがわかる一首も今に現存します。

男女同権といふことを
松が枝にたちならびてもさく花のよわきこころは見ゆべきものを
（昭憲皇太后・明治十二年以前）

女性教育推進や、「男女同権」のお考えにより、明治十八（一八八五）年九月、昭憲皇太后は、皇后の令旨《りょうじ》によって華族女学校を設立、明治八（一八七五）年、教育によって女性教師の職業へつながる東京女子師範学校（のち東京女子高等師範学校）開校へも経済的援助を大きく成しました。先の「みがかずば」（明治十二年以前）み歌は、明治九年二月にその師範学校へ下賜したみ歌です。

そして昭憲皇太后は、女性教育についても、母となるべき教えを説く「女学校」題（明治三十三年）、外国の学問を大和なでしこに勧める「洋学」題（明治十二年以前）、外国の文字の綴りの学びを想う「洋学」（明治二十一年）、横文字の学びを大事とする「洋学」題（明治二十二年）と、一連のみ歌でも、お考えを示してゆきました。

女学校

たらちねの母となるべき教をも学の窓にうくる御代かな
（昭憲皇太后・明治三十三年）

洋学
外国《とつくに》の文の林のひとかたになびきなはてそ大和なでしこ
（昭憲皇太后・明治十二年以前）

洋学
石の筆とるおとすなり外国《とつくに》の文字《もじ》のつづりをたれ学ぶらむ
（昭憲皇太后・明治二十一年）

横文字をまなばざる身はをさなごがよみたがへるもしらぬなりけり
（昭憲皇太后・明治二十二年）

新時代の女性教育に力を尽くされた昭憲皇太后でしたが、ご自身には、「外国《とつくに》」と国交を持ち外交を重ねながら、「横文字のふみ」を学ぶことなく年を経たことを詠嘆するみ歌（明治三十二年）も表わされて、ご自身に厳しくあった姿勢が想われます。

洋書
外国《とつくに》にまじらひながら横文字のふみもまなばで年たけにけり
（昭憲皇太后・明治三十二年）

信念とも想われる女性教育理念を支えに昭憲皇太后には、「ただしき道」に一体、何を迷うことがあろうか、との、知性と倫理に裏付けされた一筋が生きていたと考えられます。

その一筋を伺える「道」題となる一首が在ります。

道

かへりみて心にとはば見ゆべきをただしき道になにまよふらむ

（昭憲皇太后・明治十二年以前）

海外へ開かれた新しい時代に、近代日本で初めての皇后となった昭憲皇太后のお心には、知と倫《みち》による「真」が凛《りん》と輝やき生き、后《きさき》として信念とも考えられる「正しき道」に添い、時代に必要な、未来社会に求められる理想社会を、昭憲皇太后その御方として創り上げてゆきました。

＊　フランクリン十二徳(3)

「正しい道」を生きる昭憲皇太后のみ歌の中には、高い知性と品性、豊かな倫理観と道徳観を求め諭すみ歌も多く詠まれています。

平安時代の組歌のよう、複数のみ歌全体でひとつのイデアを表象したみ歌の一組が、「十二徳」と題する十二首のみ歌でした。十八世紀アメリカで独立宣言起草委員となり、憲法制定会議にも出席したベンジャミン・フランクリンが掲《かか》げた十二の徳目をテーマとして、昭憲皇太后が詠み上げた十二首です。

「十二徳」そのものが、人間として品性を高め、心豊かに、社会で求められる人間への道しるべとなりましょうテーマそのものと考えられて、ここでは、昭憲皇太后が表わした十二首のみ歌に詠まれたテーマ「十二徳」に后《きさき》が求めた人間性を求めてみましょう。

「節制」（節度をわきまえましょう）
「清潔」（心こそ清清しくありましょう）
「勤労」（玉も磨かれて光を放つよう、心にも研鑽を積み徳を持ちましょう）
「沈黙」（どのように細《ささ》いなことばも大切に使いましょう）
「確志」（白い珠玉が火にも焼かれないような心を望みましょう）
「誠実」（匂い出る心の清らかさこそ何より麗わしくありましょう）
「温和」（心の和《やわ》らかさ優しさこそ習いましょう）
「謙遜」（理想を高くしても心は謙虚にありましょう）
「順序」（ものごとの本来を順序を正しく、道の深い奥を極めましょう）
「節倹」（程良く節目正しくば、子孫も繁栄しましょう）
「寧静」（身を粉に働いても、心はゆったりとありましょう）
「公義」（国民を救う道は身近から広げてゆき、遠い国の境にある人人へも及ぼしてゆきましょう）

昭憲皇太后は、人間としての「心の品性」「魂の気高さ」を、これほどまで細やかに深い思いで希求していたのです。ここに諭されるすべてが、昭憲皇太后の理想とする人間性への、「心」のあり方と言えましょう。

先に（＊ 新しい時代の女性教育）に入るところの冒頭に掲げた一首で、昭憲皇太后は、透明に美しい尊さや、時に純粋な心を象徴して、「玉」「鏡」と言う歌詞《うたことば》でみ歌を表すことを記していました。「十二徳」で諭す人間性への、「心」のあり方も、そうしてやはり昭憲皇太后は、「玉」「鏡」に象徴して「心」と共に一首の中に、その透明に聖なる美しさに残していました。

ここでは、「玉」「鏡」と、「水」のみ歌三首から、さらに、昭憲皇太后の理想とした「心」を見つめましょう。

玉

みがかれてひかりいでたる玉みれば人のこころにひとしかりけり

（昭憲皇太后・明治二十一年）

鏡

おのづから心のうらもみゆばかりとぎしかがみのかげのさやけさ

（昭憲皇太后・明治二十二年）

水

夕立ににごるやがてもすみかへる水のこころはすずしかりけり

（昭憲皇太后・明治二十一年）

一首目は、磨かれて光が出ている玉と、人の心も同じことを詠みます。磨かれ、「ひかり」を放つ「玉」は、研鑽し、知性・品性を醸《かも》し出す「こころ」そのものへの導きと考えられます。

二首目は、磨かれた鏡の光の清《さや》けさに、自然と、そのように研鑽しつくしていない心の裏も見えるよう、と理解されます。

磨き上げた「鏡」の「かげ」の「さやけさ」（清けさ・著者）こそ、知性・品性を養い尽くした究極の「心」の象徴との戒めでしょう。

三首目は、夕立に濁った水も、やがて清澄に返った水が静かに透明になってゆくことへ、その水の心の清涼感に共感する感覚です。

人の世に生きて、心が濁ろうと、いつかまた知性も品性も培って自らを高め、再び清澄となった「水」こそは「究極にピュアな魂」を象徴しましょうか。

昭憲皇太后が希求した「心」とは、このように「美」も「知」も「霊」も融合されるような、究極の「ピュアな魂」にゆきつく世界と共感されてきます。

その究極を理想とし、生涯に自分磨きを重ねた昭憲皇太后が映り、そういう「心の人間性」を尊重したからこそ、昭憲皇太后は、政府と共に新時代の政策実現に務め、近代の時代から未来へ求められる女性教育も尊重したと考えられます。

＊　西洋装束・舞踏会・宝飾品

昭憲皇太后のみ歌でもっとも魅力豊かなみ歌が、新しく取り入れられた西洋の装束や舞踏会、宝飾品を詠まれた歌歌です。

しかし実は、これらは全て初代内閣総理大臣でした伊藤博文が、日本の近代化や、日本が西洋と同じ価値観を共有することを視覚からも西洋列強の国国から理解を得、不平等条約を改正するために国策としたものでした。

昭憲皇太后が初めて洋服を着用して行啓したのは、明治十九年（一八八六）年七月三十日の華族女学校卒業証書および修業証書授与式です。

その後、明治憲法が発布された明治二十二（一八八九）年の四月から、翌年三月までの一年間に、明治天皇・后《きさき》昭憲皇太后が新調した洋服や靴、帽子などの服飾品の対価は、現代の価値で一億円ともなり、それは明治十六（一八八三）年に完成した鹿鳴館の建設費用にほぼ近い費用とも言われました。

それほどの国策として政府が力を入れた「女性の洋装化・西洋的宝飾の装い」となることでした。

そのハードな政策を、でも昭憲皇太后は、平安朝以来の雅《みやび》な歌詞《うたことば》に綴って、心ときめくエレガントな世界へ、折りに、えも言われぬ上品なエロティシズム世界へみ歌に詠み上げてゆきます。

舞踏会

おもしろきものの音すなりまじらひもひろきうてなにいまや舞ふらむ

（昭憲皇太后・明治二十年）

そらたかく花火ぞみゆる貴人《あてびと》のよるのうたげにまひあそぶらむ

（昭憲皇太后・明治二十年）

それまでの日本になかったようやく完成した西洋式建築による社交場の、広広とした舞踏場で日本人以外の人人と交流しながら、これも初めての西洋音楽が演奏される空間に欧米諸国の人人と交流しながら舞い踊る華麗な姿が流動的に描かれましょう。一首目からは、何の音でしょうか、「おもしろきものの音」が聞こえ、今、まさに舞い始めるときめきが、そして二首目で、それは「花火」の音と知りながら、天高く輝やく「花火」が大きく映り来ます。二首目下句「よるのうたげにまひあそぶ」からは、貴人たちの宴の舞遊びが楽しく伝わってくるようです。
そして次は、そこで舞い踊る女性たちの美しさも輝やくように描かれました。

夜会

ぬばたまの夜のうたげにもをとめらがかざしの玉はかがやきにけり
（昭憲皇太后・明治二十三年）

こしぼそのすがるをとめの見ゆるかなうたげにぎはふ夜はのまとゐに
（昭憲皇太后・明治二十五年）

一首目は「夜」にかかる枕詞《まくらことば》「ぬばたまの」と、伝統的表現から始まりながら、夜の宴に舞う乙女たちの挿頭《かざし》の玉の輝やきへの憧れへ視点は移りゆき、ここで描かれる髪飾りが、日本で初めて見る西洋デザインの宝飾品とイメージされてきます。

二首目に進み、夜の宴に舞う乙女たちの姿は、と言えば、それまでの和装束とは異なって女性の細やかなウェストラインからヒップラインまでそのまま見える洋装束の姿となっていて、しかもこれも江戸期までの女性像にはなかったよう、公の前で男性に身体を委ねてすがる舞いです。時は「夜は」、夜の宴で上品ながらもエロティシィズム漂う雰囲気の中で一夜の「夜会」が過ぎてゆきます。

この雰囲気にエロティシィズムを余情としながら、乙女の美しい「くろ髪」で一層に女性性を想わせながら、しかし昭憲皇太后ならではの高貴な「玉」西洋風宝飾品の眩《まばゆ》さが、一首全体から空間へ放たれて眩い世界が創られゆく歌もまた、昭憲皇太后は表わされました。

玉

こしぼそのすがるをとめがくろ髪にかざしの玉ぞまばゆかりける

（昭憲皇太后・明治四十一年）

どれも昭憲皇太后ならではの高い品性と細やかな美意識によりましょう歌歌ばかりです。昭憲皇太后は明治政府が最もとした政策も伝統的な歌詞《うたことば》でこのように流麗な表現で、典雅な世界へ創りあげたのでした。

これらの洋装とは、明治十九（一八八六）年の「夫人服制」に、第一は大礼服マント・ド・クール、次に中礼服ローブ・デ・コルテ、通常礼服がローブ・モンタント等と、女性皇族正装に定められたものでした。

そして、これら礼服と共にトータルコーディネイトとして宝飾品も定められ、現在の「皇室経済法」（七条）には、宝飾品「ティアラ・ネックレス・胸飾り・腕輪・指輪」等が天皇の受け継ぐ「三種の神器」と併せて「由緒物」と定められて、皇嗣が受けるものとなっています。

とりわけ、ティアラについては、昭憲皇太后が着用したティアラが「A型」の「第一ティアラ」と、大正に入って貞明皇后が着用したティアラを「B型」「第二ティアラ」と伝わります。

このように装束・宝飾が新しくなれば、それに合って新しい女性の装いの仕上げとなりましょう。

「香り」です。

日本では、「香木」を炊き込めて装束や空間に匂いをしみ込ませる「香《こう》」が伝統でした。

時間をかけて香を炊き、衣《ころも》や空間全体に匂いを漂わせる「香《こう》」とはまったく異なって、瞬間に身体や髪に香りの水をふきかける西洋式の、初めとなる香りの「香水」も昭憲皇太后は伝統和歌の表現に優雅に綴りました。

香水

みくしげをとりてささぐる朝ごとにかをれる水の清くもあるかな
（昭憲皇太后・明治十二年以前）

大君のみけしにそそぐ水の香のわがたもとまでかをるけさかな
（昭憲皇太后・明治二十年）

すずしくもかをれる水やそそがまし解き洗ひたるくろかみの上に
（昭憲皇太后・明治二十年）

冬香水

風さむき冬のあしたも衣手にかをれる水をそそぎつるかな
（昭憲皇太后・明治二十一年）

「香水」と題されなければ、そのみ歌とも想われない一首目に表現された『かをれる水」に、清らかなゆかしさが漂ってきます。

はじめの一首ではその、朝毎に香っている「水」の清らかさに心ひかれ、次の二首目は、帝のお召しものに注ぐ「水の香」が后《きさき》の袂《たもと》まで香る朝に新鮮さを覚え、三首目の、解き洗った黒髪にそそぐ「かをれる水」に清涼感を感覚しました。そして最後の「冬香水」のみ歌となって、風の寒い冬の「あした」（朝・筆者）も「衣手」に「かをれる水」を注ぐ楽しみへと、「かをれる水」への愛情は深まってゆきました。とりわけこの「冬香水」題のみ歌には、平安朝以来の男女の恋も感覚できる歌詞《うたことば》「冬のあした」（朝・表記著者）や「衣手」（ころもで・ルビ著者）などの表現が、明治近代に入って西洋から移入された香水を意味する「かをれる水」とひとつに融合して一首を綴っていて、このように、伝統表現と現在の表現が一首に生きて、全体に優雅な世界を創り上げている詠みぶりこそ、昭憲皇太后ならではの歌風と印象される魅力なのです。

明治の近代御代《みよ》を迎えて初めての文化に一瞬毎の新鮮を感覚し、折り折りにみ歌に表現した昭憲皇太后でした。そうしていつしかその文化も、なつかしさを換起する香りとまで身とひとつになってゆきます。

香水

ばらの水そそぎやしけむみやびめが袖なつかしくうちかをるなり
（昭憲皇太后・明治二十九年）

かめにさす花かとおもへばわが袖にそそぎし水のかをるなりけり
（昭憲皇太后・明治三十一年）

さく花のつゆくみためし水なればそでなつかしくかをるなりけり
（昭憲皇太后・明治三十一年）

一首目の「ばらの水」ですが、これが、初めて香水の清らかさを感覚して三十年近くを愛《め》で、「香水」を意味するようになった歌詞《うたことば》です。そしてみ歌は、その香水の匂いを漂わせる女性が、雅《みやび》な雰囲気を漂わせる「みやびめ」であって、その雅《みやび》な女性が袖にしみ込ませた匂いをなつかしく匂わせている姿を描きました。

み歌の発想には、伝統和歌の、五月を待って咲く花橘の香をかぐと、昔に親しかった人の袖の香が漂い、香りでその人を思い出す「五月まつ花橘の香をかげば昔の人の袖の香ぞする」(『古今和歌集』・巻第三・夏歌・読人知らず)がありましょう。

開化から三十年を重ね、輸入文化が日本に融け合った世界を、古典和歌を背景に、「みやびめ」「袖なつかしく」「うちかをる」との王朝的歌詞《うたことば》に表わしながら和歌情趣に展開したのです。

が、そのように雅《みやび》な伝統世界も、新鮮な歌詞《うたことば》「ばらの水」と、この一詞《ことば》で詠み始められて、一首全体は一瞬に新しい世界へ導かれます。これが「冬香水」でも昭憲皇太后ならではの魅力と印象した慶応から明治へ生きた后《きさき》のみ歌と言えましょう。

二首目は、水の香りを花かと思った豊かさを、三首目も袖なつかしく香る花の露の水の芳醇を詠みました。そして三首共に「袖なつかしく」や「袖」と表わされた伝統となっている歌詞《うたことば》で、『古今和歌集』以来の王朝和歌世界を余情に髣髴《ほうふつ》としながら、当時にあって現代となる文明開化をエレガントに詠み上げています。

こうして三十年の間に、開化文明もすっかり日本に融け込み今に一般となってきたのでしょう。

それは洋服文化についても同じようでした。

初めは、「新衣」(にひごろも・著者)を着て立ち居にも慣れず、ともすれば身を飾った宝飾がこぼれそうになっていた着慣れない様子も表わされていました。

婦人洋服

新衣たちゐになれずともすればかざりの玉のこぼれけるかな

(昭憲皇太后・明治二十一年)

しかも絹織物を身にまとってきた后《きさき》には、「外国《とつくに》の毛織のころも」であったウール繊維は塵もつきやすくて、不便さも想像されます。

洋服

外国《とつくに》の毛織のころも朝夕にはらへどちりのつきやすきかな

（昭憲皇太后・明治二十五年）

和装の広く垂れる袖と異なって、洋装では袖が狭くなったけれど、風の寒さは変わらない詠嘆も、また涼し気な水色に染めて着ても夏衣の暑さも変わらない詠嘆も、洋装への多様な感想を昭憲皇太后は残しました。

衣

そでせばみふきかへさねど新《にひ》ごろも風の寒さはかはらざりけり

（昭憲皇太后・明治二十二年）

水いろにそめてきたれど夏衣あつさはなほもかはらざりけり

（昭憲皇太后・明治二十二年）

それでもいつしか、袖の広くない洋服も着なれやすくなって、その思いを表わします。

衣

いつしかと袖ひろからぬ衣手もきなれてやすくなりにけるかな

（昭憲皇太后・明治二十六年）

そうして明治も三十年を重ね、袖が狭くなった洋服の普及に、新しい時代に新しい開化物が広まってきた慶びへと、文明開化への感慨が詠まれました。

洋服

袖せばくなりし衣のうらうへに君がみくにはひろまりにけり

（昭憲皇太后・明治三十二年）

新しくとり入れられた洋装が、初めは着慣れずに、飾りアクセサリーまで落としてしまいそうであったところから、日本の伝統和装と比べて不都合も感じながら、いつの間にか着なれるようになると、その開化文明洋装は広く日本に広がっていた慶びへ、新しい文明による新しい日本社会への寿《ことほ》ぎが伺えましょう。

これらの歌歌にはそして、洋装を通して開化文明が日本に定着してゆくプロセスも想われましょう。

そのハードで困難な政府政策も、昭憲皇太后のみ歌によっては、時に平安朝以来の雅《みやび》世界に、折りに伝統和語にはなかったような、しかし香水「ばらの水」に象徴されるとおり、心ときめくほどまで新鮮な香・色・体感を共に感覚できる色彩の感覚世界に創られました。

そうして、そのようなご成婚前までに培った京の伝統公家文化を御内に、后《きさき》となってから直面する東京の開化文明を現実に、昭憲皇太后は、多くのみ歌で明治のひとつの記録ともなるみ歌世界を繰り広げていったのでした。

＊　すべての国民へ――慈しみ

国際社会へ開かれた新しい日本の国創りを慶び、次代に求められる女性教育を自ら実現し、ご自身の内にも豊かな文化・教養も高い品性も希求して、「心」の透明を研ぎ澄ましてゆかれた昭憲皇太后でした。

一見には華美だけが映る洋装の装束も宝飾品も、政府の強い方針によるものながら、その新政府の新政策を国と共に推し進めると共に、和歌という日本伝統の表現にエレガントに表わして今に伝えています。

その新時代にあってしかし、昭憲皇太后のお心には、この本の「第一章」で丁寧に記してきた「皇后の大切」が広く確実に生きていたのです。

光明皇后のころ八世紀から普遍となってきたその、「大切なお心」が生きる一首を拝見します。

民戸煙
にぎはへる民のかまどの朝煙みこころやすくみそなはすらし
（昭憲皇太后・明治二十九年）

にぎわっている「民のかまど」から立つ「朝煙」を、御心安く明治天皇がご覧あそばすご様子です。

「民《たみ》が飢え凍えることなく」、「平穏な日常を暮らす」社会は、古来に天皇の最もの願いでした。そしてそういう社会を創ることがひとつ、天皇にも皇后にも根幹となる使命でした。

八世紀の勅撰の歴史書『日本書紀』「仁徳紀」に、記紀で聖帝と仰がれた十六代と伝わる仁徳天皇が、民の貧困を案じ、三年間の納物と使役を許したところ、「台《たかどの》」から「烟気《けぶり》」が立つ風景が遠くまで眺められ、「百姓《おほみたから》」が富かになった喜びが記されました。

この記述を詠む仁徳天皇の和歌がそして、十三世紀の勅撰『新古今和歌集』に入ります。

貢物《みつぎもの》許されて、国富《と》めるを御覧じて
高き屋《や》に登りて見れば煙《けぶり》立つ民《たみ》のかまどはにぎはひにけり

（『新古今和歌集』・巻第七・賀歌・仁徳天皇御歌）

「すべての民《たみ》が平穏に暮らす社会」への「皇后の大切」は、同じく天皇の使命のひとつであって、日本の歴史二千年に〈普遍〉なるものとなってきていたのでした。

天皇の使命の根本ともなってきていた使命と同じ「皇后の大切」を表わしたみ歌から、昭憲皇太后がかけられた〝すべての国民への慈しみ〟、しかも光明皇后から生きてきた大切なお心の中の〝弱い民《たみ》への慈しみ〟の心を紐といてゆきましょう。

朝夕の煙もたてかねるような食を嘆く「貧家」への思い（明治十二年以前）も、また軒が傾くまでに身分低い賤《しづ》のわら葺《ぶ》きの庵への思い（明治十二年以前）も、その食や暖やの「庵のけぶり」のために柴を取る「なげき」に「木」を樵《こ》らない日はないらしい柴人への思い（明治二十七年）も、昭憲皇太后は多様なみ歌に表わしていました。

貧家
朝夕の柴のけぶりもたてかねてなげきこるらむやどをこそ思へ

しづがわらやをみて
なれつつもすめば住みぬるものなれや軒ばかたぶくわらぶきのいほ
（昭憲皇太后・明治十二年前）

樵家情
わが庵のけぶりのために柴人のなげきを樵《こ》らぬ日はなかるらし
（昭憲皇太后・明治十二年前）
（昭憲皇太后・明治二十七年）

そして自分はぜいたくな綾錦を重ねても、寒さを覆う衣もない民を思って折りに触れては詠嘆（明治十二年以前）し、厚い寝具を重ねてもやはり寒い夜に、賤《しづ》の粗末な屋《や》を思って詠嘆（明治十四年）します。

をりにふれて
あやにしきとりかさねてもおもふかな寒さおほはむ袖もなき身を
（昭憲皇太后・明治十二年以前）

寒夜
あつぶすまかさねてもなほさむき夜にしづがふせやをおもひやるかな
（昭憲皇太后・明治十四年）

また農民たちへは、引く水も暑くなった日盛りに田草を取る身を思いやり（明治三十一年）、その日盛りに水車を引く身の苦しみを思いやり（明治三十三年）、日盛りにしたたる汗をぬぐいながら氷を売る身の苦しさを案じ（明治三十三年）、日盛りの暑さも厭《いと》わず汗にぬれながら行く郵便配達のあわれさに心痛め（明治三十三年）ます。

夏人事

ひく水もあつくなりぬる日ざかりに田ぐさとる身をおもひこそやれ　（昭憲皇太后・明治三十一年）

夏人事

いかばかりくるしかるらむ日ざかりに水まき車ひきめぐる身は　（昭憲皇太后・明治三十三年）

日ざかりにしたたる汗をのごひつつ氷うる身やくるしかるらむ　（昭憲皇太后・明治三十三年）

ひざかりのあつさいとはず文づかひ汗にぬれつつゆくがあはれさ　（昭憲皇太后・明治三十三年）

同じく農民へ、田にも畑にも出ない日もない労苦「労《いたつき》」をこそ思い遣られ（明治三十五年）、秋になって良く実った稲穂「八束穂」（やつかほ・著者）に苦労を労《いたつ》き続けた人の力を賛美（明治四十年）し、「八束《やつか》たり穂」を賛美しながらも稲が実り豊かになるまでの農民の苦労を必ず思いやり（明治四十二年）ました。

田にはたにいでぬ日もなきさと人の身の労《いたつき》ぞおもひやらるる
（昭憲皇太后・明治三十五年）

農

八束穂のたりほの上に労《いたつき》きし人の力もみゆるあきかな
（昭憲皇太后・明治四十年）

粒粒皆辛苦

苗うゑて八束《やつか》たり穂をみるまでにいたつく人を思ひこそやれ
（昭憲皇太后・明治四十二年）

そうして老いた民《たみ》へも、昭憲皇太后は細やかな心をはせていました。年月を重ねても変わることのない「山松」の姿に向かって年月と共に老いる人間の「ひとり」「身」の恨みを想い（明治十八年）、杖にすがって歩きも難い老人へ小車に乗せてやりたい望み（明治二十一年）も、み歌に込めていました。

山家老翁

山松のかはらぬかげにむかひつつひとり老いぬと身をかこつらむ
（昭憲皇太后・明治十八年）

翁

小車《をぐるま》にのせてやらまし老人の杖にすがりてゆきなやむ見ゆ
（昭憲皇太后・明治二十一年）

しかしある日、海人の船が日も暮れない内に漕ぎ帰ってきたことに、「海の幸《さち》」が大漁であったろうと想っての喜びも昭憲皇太后はみ歌に表わされています。

漁師
海の幸《さち》おほき日ならしあまをぶねくれぬうちにもこぎかへるなり

（昭憲皇太后・明治二十六年）

昭憲皇太后には、社会のあらゆる所で生きる国民《くにたみ》へ、細やかにも深く目をゆき届かせ心をかけていたのです。とりわけ生活に窮する貧しい人、貧しさのため冬の寒さにある人、生活のため夏の暑さに働く人、そうして人人のために農に労苦する人から、「老」となって苦しむ人へまで、社会の弱い人人への思いは至る所の人人へかけめぐっていました。

光明皇后から変わることなく生き続けてきた「皇后の大切」はひとつ、社会全体のとりわけ弱く心をかけるべき人へ、自然と心が向かってしまう人へ大切に継がれていたのです。

このような大切からさらに、親を失くして孤児となってしまった子供や、病にある人へ、何より平穏な日常ではなく、戦争の不条理で身を傷めてしまった人へ、昭憲皇太后の心はより社会的視野からの考えに高まってゆきます。

それをこの本では次いで「第三章」で追ってゆきましょう。

民《たみ》の豊かさから国の富へ

明治の国創りがひとつひとつ整ってゆくことを慶び、次代に輝やく女性たちを薫育し、人間として尊ばれる高い品性と豊かな倫理観を崇び、政府の重要政策を自ら体現した昭憲皇太后でした。

しかし心の芯には、この「第二章」（＊ 国際社会に開けゆく国創り）の最後のみ歌「日の本の国のさかえはしげりゆく青人草のうへにみえつつ」（「人」・明治四十一年）に表わされた、〝成長してゆく国民〟の上にこその〝国の栄〟があるものと言うような「民《たみ》の存在」への願いがまずありました。

それは、目に映って華やかだけの洋装束にも同じでした。

昭憲皇太后は、明治二十（一八八七）年一月十七日に女子の洋装と国産服地使用を推奨する「思召書」を出しています。

ここで昭憲皇太后は、女性の洋装と共に、国産の服地を使用することも奨励しました。

昭憲皇太后は明治六（一八七三）年六月十九日から二十四日までをかけて、群馬県の富岡製糸場へ向けて東京からの視察を行ないます。ここも国が模範工場とした工場で、当時としては新技術のフランス式輸入繰糸器械三百台を操る工女たちを励まし製糸事業を推進するためでした。

養蚕を詠む后《きさき》のみ歌が残ります。

養蚕

いたつきをつめる桑子《くはこ》のまゆごもり国のにしきも織りやいづらむ

（昭憲皇太后・明治十二年以前）

述懐

雨風も心にかけつ国のため蚕飼《こがい》のわざの富をおもひて

（昭憲皇太后・明治四十一年）

一首目「養蚕」題み歌（明治十二年以前）には、（工女たちの）労苦「いたつき」をつめる蚕《かいこ》の繭籠《まゆごもり》に国の錦も織り出されましょう、との、工女の苦労によって国が豊かになる願いが生き、また二首目「述懐」題のみ歌（明治四十一年）は、明治六（一八七三）年の富岡製糸場への行程で豪雨に足止めされた旅への回想と解すると、雨風も案じながら、それでも蚕飼に勤《いそ》しむ民《たみ》の技術が、民《たみ》の生活安定から国の富へつながる強い望みをもって視察へ向かう姿勢がにじみ出ましょう。

昭憲皇太后の日本国の慶びには、富を増す国への願いがあり、さらにその奥には、技術を身につけて安定した生活が得られるように、との民《たみ》への強い望みがありました。

民《たみ》がすこやかに成長し、両親のもとで日日に不足なく穏やかに暮らし、技術を身につけてより富かな生活を送れ、人間として成熟して皆と共に過ごしてゆける人生――光明皇后から生き続いているこの、〈皇后の大切な使命〉を芯に確実として、民《たみ》の豊かさから国の繁栄へ、その願いを生涯とした昭憲皇太后でした。

その后《きさき》の理想が、〈皇后として大切〉とする国策としての文明開化の推進や、未来の日本社会への女性教育・人間教育と言う、社会の目に見える進歩へのお心と共に、〈すべての民《たみ》、とりわけ弱い民《たみ》〉への深い慈愛であり、その慈愛こそがここで紐といてきたみ歌のように、千年の時と共に変わらずに燦然《さんぜん》と歴史に煌《きら》めいているのです。

註

（1）本書での律令制については、大津透『日本史リブレット73　律令制とはなにか』（山川出版社・平成二十五年）に拠りました。

（2）本書の昭憲皇太后記述は、明治神宮監修・打越孝明著『御歌とみあとでたどる　明治天皇の皇后　昭憲皇太后のご生涯』（ＫＡＤＯＫＡＷＡ・二〇一四年）に拠りました。

併せて、明治神宮監修『昭憲皇太后実録』（吉川弘文館・平成二十六年）に基づきました。

（3）打越和子『昭憲皇太后《しょうけんこうたいごう》　ひろく愛《あい》の御手《みて》をさしのべられて』（明成社・平成三十一年）

記　昭憲皇太后関係記述は、各箇所を宮内庁ホームページ・外務省ホームページ・日本赤十字社ホームページ・赤十字国際委員会ホームページにて確認の記述です。

第三章　国際社会へ開かれた近代日本の「博愛」

日本赤十字社

上皇后美智子様が「明治の時代に作られ」たとお話なさった「皇室における赤十字との関係」（「はじめに」）とはどのような歴史でしょうか。

千年の永きに〈普遍〉となってきた「皇后の大切」な「使命」を尊ぶお心と、近代になって国際社会に開かれて日本に生まれた「博愛精神」とから求めてみましょう。

＊　昭憲皇太后（註A）・世界初の国際人道基金

八世紀光明皇后以来の〈皇后の大切〉を、千年を超えて生かされていた昭憲皇太后でした。

それは、この本の「第一章」で紐といた〝弱き人〟への、すみずみまでゆき届いたお心ばかりではなく、光明皇后が皇后宮職に設置した悲田院などへのお心と同じく、全ての人の恵みで全ての人を親と思って育つ「みなし子」への「孤児院」題み歌（明治三十四年）にも、伝染病コレラで命を失くした人人への〝死なせたくなかった〟〝悲しさ〟のみ歌（明治十二年以前）にも伝わります。

孤児院

諸人がめぐみにそだつみなし子はみな親なりとおもふなるらし

（昭憲皇太后・明治三十四年）

コレラといへる病の難波あたりにおほかりしは

きよからぬ川水を日ごとにのみしによりてなど

新聞紙にかきのせしをみて
安治川のにごれる水をそそがずば青人草もかれざらましを
（昭憲皇太后・明治十二年以前）
にごるともしらでくみけむ安治川のみなわときえし人のかなしさ
（昭憲皇太后・明治十二年以前）

また震災によって木下などに寝起きする民《たみ》へ、冬の冷たい時雨が降らないようにと案じられる思いも、今に拝見することができます。

岐阜愛知のわたりに震災ありしころあまたの民の木のかげなどにおきふしするよし聞きて
民草の上をおもへばもみぢばをそめむ時雨もまたれざりけり
（昭憲皇太后・明治二十四年）

〝社会の弱き人〟はもちろん、〝両親を失くした子〟〝病に痛む人〟〝災害に苦しむ人〟皆への、社会で保護しなければならないすべの人皆への心は、光明皇后以来に明治の后《きさき》も千年の心に同じでした。

加えて、武士政権から明治新政府となる大変革期ゆえの、〈日本の皇后の使命〉が必然となることに歴史が変動します。

新政府樹立に至る　慶応四（一八六八）年から明治の御代に入った明治二（一八六九）年まで戊辰《ぼしん》戦争が起こり、

同じ日本人同志でありながら、旧幕府勢力と新しい政府の勢力とが争い合う闘いとなりました。

そこから十年となった明治十（一八七七）年に今度は、政府の開明的様様な政策や士族解体に対して、西郷隆盛など旧薩摩藩の士族を中心とする人人が反政府の乱を起こし、ここからまた、日本人同志でありながら闘い合う西南戦争となりました。

この「戦争の悲惨な状況が拡大していること」に、元老院議官佐野常民《さのつねたみ》は「敵味方の区別なく救護を行なう」赤十字社の〈博愛精神〉を理念とし、西南戦争が勃発した明治十（一八七七）年に至り熊本洋学校に博愛社を設立します。

六年の後に、この〈博愛精神〉を尊ぶ昭憲皇太后より博愛社に賜金が下され、賜金はこの後も継続された後の明治四十五（一九一二）年には、世界で最も古い国際人道基金を生む源となってゆきます。

その間に博愛社は明治十九（一八八六）年のジュネーブ条約に調印した日本政府の方針により、翌明治二十（一八八七）年に日本赤十字社となりました。

昭憲皇太后は初代の名誉総裁を務め、ご自分の宝冠デザインであった「桐竹鳳凰《きりたけほうおう》」に拠る紋章であった、「桐竹《きりたけ》鳳凰《ほうおう》赤十字章」を正式な紋章として制定します。

明治二十一（一八八八）年八月に福島県磐梯山が噴火を起こすと、日本赤十字社は昭憲皇太后の意向によって国際的に初めて「平時の災害救護活動」も行ないました。ここから現在も続く大正十二（一九二三）年の関東大震災や、昭和六十（一九八五）年の日航ジャンボ機墜落事故や、平成十一（一九九九）年の東日本大震災等での平時災害救護活動へとつながります。

が、平時の災害時に救護も行なうことだけでは止まらない事が起こりました。

明治二十七（一八九四）年の日清戦争です。

主な理由には朝鮮の支配をめぐって清国と戦うことになった戦いでしたが、日本にとっては近代に入って初めての外国との戦争で、しかも江戸時代までの日本では争いと言っても内乱に止まっていた闘いも、国際社会に開かれた近代にあって戦争となれば、それは対外戦争になるものでした。その危険性にあった対外戦の日清戦争は、日本にとって本格的となる国際戦でした。

この戦争へは二十四万余人が動員され、病死者一万八百九十四人を含む一万三千四百八十八人もの死者を出し、戦費二億余円も使って勝利しては帝国主義列強に連なる道を開きましたが、その道が約百五十年後の絶望を抱くことになるものでした。

この非常時にあって、日本赤十字社も、初めての戦時救護活動として約千四百人を従軍させ、昭憲皇太后も宮中に包帯製作所を設けて、昼夜を問わず製作を続け、三か月で一万七千巻の包帯を傷病兵に下賜した上で、開戦二年目には九名の清国捕虜も交えた百十六の義手義足を作らせる費用も援助しました。

このころに昭憲皇太后は、自らは降り続く激しい雨のしぶきも避けるために窓を閉じて中にあっても、そういう雨にあろう戦さ人を想いやり（明治二十七年）、戦いで逝った友の屍をふみこえて進む戦さ人の苦しみを案じ（明治三十一年）、国のために痛手を負った戦さ人が杖を力に歩む姿を哀れむ（明治三十五年）思いを、み歌に残します。

連日雨

ふりつづく雨のしぶきに窓とぢてみいくさびとをおもひやるかな

（昭憲皇太后・明治二十七年）

をりにふれて

たたかひの友のかばねをふみこえてすすむ心やくるしかるらむ

杖

国のためいたでをおひしいくさびと杖を力にあゆむあはれさ

（昭憲皇太后・明治三十一年）

（昭憲皇太后・明治三十五年）

日清戦争から十年となった明治三十七（一九〇四）年にはまた、明治に入って日本では再びとなる本格国際戦が開始されました。

朝鮮・満州の支配権をめぐるロシアとの日露戦争です。

この戦争では明治三十八（一九〇五）年九月に入り、米大統領セオドア・ローズヴェルトの勧告でポーツマス講和条約に調印しましたが、講和条件に国内からの反対運動も起こり、戦後経営でも国民に大きな負担を強いることとなりました。

やはりこの非常時に直面した、日本赤十字社は、百五十二の救護班に約五千百七十人の救護員を満州・朝鮮等の戦地へ、大陸と日本を往復する病院船へ、国内の軍病院等へ派遣して、日本兵もロシア兵捕虜も区別なく救護します。

昭憲皇太后も、二万五千八百五十三巻の包帯を製作しながら、ロシア軍人百三十九名を含む二千七十一名の兵士のために義手義足を、ロシア軍人二十四名を含む千四十三名の兵士には義眼を下されました。

み歌に表わされる悲痛も深まって、昭憲皇太后は国のため痛手を負った身の写し絵を見て涙をもよおし（明治三十七年）、痛手を負った身を思うと慰める言葉も出なくなってしまった我が身の状況も（明治三十七年）、しかし身に負った痛手も慰えて「つはもの」（兵・著者）が杖もつかない身を見る嬉しさも（明治三十九年）、そうして国のため骨を砕いた「ますらを」（益荒男・著者）たちがどのようにして日を送っているのであろう思いから（明治四十年）、起きる度に伏す度に中国の荒野に折れた軍隊を思いやる心へ（明治四十年）、切切となる悲しみをみ歌に込めました。

写真

国のためいたでおふ身のうつしゑはみるに涙ぞもよほされける（昭憲皇太后・明治三十七年）

をりにふれて

なぐさめむ言葉もいでずなりにけりいたでおふ身のいくさおもへば（昭憲皇太后・明治三十七年）

杖

おひにけるいたでもいえてつはものの杖もつかぬをみるぞうれしき（昭憲皇太后・明治三十九年）

発兵院

いかにして日をおくるらむ国のためほねをくだきしますらをのとも（昭憲皇太后・明治四十年）

おきふしにおもひやるかなもろこしの荒野に折れし蘆のひとむら（昭憲皇太后・明治四十年）

み歌に表現されたこのようなお心をもって昭憲皇太后は、明治時代を通して日本赤十字社に年毎の多額なる賜金を与え、全面的な保護・支援を重ねました。

そして明治四十五（一九一二）年五月、昭憲皇太后はアメリカ・ワシントンで開かれた第九回万国赤十字総会に際して、平時の救護事業の奨励のために、十万円となる、現在の貨幣価値に換算して約三億五千万円にも達する寄付を行ないました。

この後になり、この御下賜金は「昭憲皇太后基金」と命名されます。

これこそが、「世界で最も古い国際人道基金」です。

初めて国際社会に開かれた明治の日本にあって、ひとり目の皇后に立った昭憲皇太后は、今に「国際社会で初めてとなる国際人道基金」を開設したのです。

昭憲皇太后の成した基金は、「歴史上に最初の支援となる開発貢献」の達成でした。

しかも、この基金は、「平時の国際支援を目的」としたもので、この「平時」からの社会形成については、「終章」で詳細に考究してゆきます。

そして昭憲皇太后の命日となる四月十一日には毎年に渡り、基金の利益が世界各国の赤十字社へ配分され、大正十（一九二一）年第一回配分から第百回までで、配分実績は計約十七億円を越えるほどに拡大されました。

その令和三（二〇二一）年の百回を迎えた支援配分は総額約五五九一万円（スイスフラン四七五九九七）が十六か国に、治安悪化の影響を受ける地域でのボランティア育成・応急手当・心理社会的支援から、保健・農業・子供教育等への人道支援に配分されました。

現在、日本赤十字社法の（第一条）には「日本赤十字社は、赤十字に関する諸条約及び赤十字国際会議において決議された諸原則の精神にのっとり、赤十字の理想とする人道的任務を達成することを目的」とされ、（第二条）で「国際性」の見出しのもとに、「日本赤十字社は、赤十字に関する国際機関及び各国赤十字社と協調を保ち、国際赤十字事業の発展に協力し、世界の平和と人類の福祉に貢献するように努めなければならない。」と定められています。

昭憲皇太后は光明皇后以来の皇后千年の〈普遍〉を自らとしながら、時を超え、国際社会に開かれた日本を初めに創ってゆく后《きさき》として、千年の普遍と共に、その先に見通せる「人道的理想」もイデアとしながら、近代用語で表す「博愛精神」により、「国際貢献」も成しました。

その、「世界で初めてとなる国際貢献」こそ、日本の明治の后《きさき》の成した「昭憲皇太后基金」なのです。

＊ 貞明皇后（註B）・日本千年の普遍性と近代博愛の融合

大正の后《きさき》・貞明皇后の時代へと遷ります。

貞明皇后が日本の后《きさき》としても、日本赤十字社最高の保護者という立場からも、今に歴史となっている国際貢献と言えばポーランドの孤児達の救済、そのこととなりましょう。

ロシア革命によって取り残されたポーランド孤児の救済です。

ポーランド孤児救済は、日本赤十字社によって、大正九（一九二〇）年の第一次ポーランド孤児救済と、大正十一（一九二二）年の第二次ポーランド孤児救済とがそれぞれに行なわれました。

貞明皇后はこの救済に臨み、四回もの見舞金を下賜したばかりでなく、実際に単独公務として孤児たちが収容されていた日本赤十字社の中央病院をご慰問なされたり、親しく孤児たちに話しかけられ、何度も使者を遣わしてお菓子なども贈られたと伝わります。

この日本赤十字社の活動で約八百名ものポーランド孤児が祖国への帰還を果たすことができ、現代までもかの地では、最高の保護者であった貞明皇后への感謝が、帰還した孤児の子孫たちからも伝えられています。

貞明皇后の孤児たちへのお心には、ご公務を超えたご自身からの〝ご慈愛〟が想われましょう。

それは皇后千年の〈大切〉とひとつに想われる〝ご慈愛〟そのものです。
光明皇后以来に大切となって生きてきたお心そのままとなる日本の孤児たちへの慈しみも、貞明皇后のみ歌には表わされます。

孤児院
うつくしむそだての親のめぐみにて人となるらむそののみなしご
（貞明皇后・昭和六年）

たとえ両親を失くしてしまっても、慈しむ育ての親の恵みで園のみなしご（孤児・著者）たちよ、人となってゆくことでしょう、なってほしいとの思いが表わされます。
また先の大戦で日本が焼野原になってしまった後でしょうか、昭和二十一年のみ歌には、日が当たる向きに建てた家家は、これから育ってゆく子のために良いことでしょうとの願いも込められました。

家
日あたりにむきてたてたる家々はそだちゆく子のためによからむ
（貞明皇后・昭和二十一年）

貞明皇后も昭憲皇太后と同じよう、皇后千年の〈大切〉が生きてこそ、日本赤十字社が理想とする「博愛精神」をそのまま自らとし、その、新しい近代の用語で表わされる人道的任務も当然にして国際貢献を成したと想われます。

それは災害発生時に被災した人人へのお見舞から救援でも同じでした。とりわけ大正十二（一九二三）年の関東大震災発生時の貞明皇后の行動は今も歴史に成ることで、現在の上皇陛下、上皇后陛下御方方へ受け継がれる大事となったものでした。その歴史についてこの本では、とりわけ関東大震災時の一連について、次の「第四章」で記したいと思います。

貞明皇后の、光明皇后以来となっていた、千年の普遍と共に、昭憲皇太后によって新しく提唱された近代の用語で表わされる「博愛」理念を自らとなされたお心がもっとも深く、また切なくも伝わり来るみ歌が、この後に拝見してゆくように数多く残ります。

先の大戦が始まってからの戦さ人への思いです。

明治時代に日清・日露の対外戦争があったことは先に記しました。大正時代にも第一次世界大戦がありました。もちろん、戦争は絶対にあってはならないことですが、歴史事実として記しますと、それらの二度の対外戦も大正の世界大戦も、日本国内で実際に戦争が繰り広げられる方法ではない形でした。

しかし先の大戦では沖縄において地上戦が続けられ、東京を始めとする多くの地への爆撃も、北海道へのソ連軍の侵入も、何より広島・長崎への原爆投下等と、日本国内での日本人自身の被災が限りなく拡大し重なりました。

その大戦を体験なさってこその、赤十字社の理念である「戦争の悲惨な状況から負傷した人人すべてを救援する」理想を自らとなさりながら、負傷した戦さ人を目のあたりとした深く切ないまでのみ歌に、光明皇后以来の普遍と近代「博愛」の精神を伺ってゆきましょう。

昭和十六（一九四一）年十二月八日の真珠湾攻撃に始まる国際戦の悲惨から、十七（一九四二）年一月マニラ占領・二月シンガポール占領も、一転しての十八（一八四三）年二月ガダルカナル島撤退開始・五月アッツ島日本守備隊全滅へ、そして戦局悪化を窮めた十八年十月には、とうとう大学生達までも徴兵される非人道政策へと、歴史状況は際限なく悪化してゆきます。

この間に貞明皇后は、痛手に悩む姿を見かねて、慰める言葉も知らずに立ち出てしまったみ歌（「傷兵」・昭和十七年）、全ての人へ「君」へ皆のために眼《まなこ》を捧げた益荒男《ますらお》の勇勇しい戦さ人の心の悩みを聞いてあげたいと思うみ歌（「失明軍人を慰む」・昭和十八年）、目を失った益荒男の雄雄しい闘い人が、朗らかに明るく健康であるようにと祈るみ歌（「失明軍人を慰む」・昭和十八年）を表わします。

傷兵

なぐさめむこと葉もしらずたちいでぬいたでになやむ姿みかねて

（貞明皇后・昭和十七年）

失明軍人を慰む

君がためまなこささげしますらをのこころのなやみきかまくもおもふ

（貞明皇后・昭和十八年）

いのるかな目をうしなひしますらをのほがらかなれとすくよかなれと

（貞明皇后・昭和十八年）

慰めよう言葉もなく立ち去る貞明皇后の後ろ姿が、何とも切なく映り、失明軍人の心の悩みを受け入れたい広く深い思いが想われ、病み傷ついた軍人たちの健康への祈りに深く頭が垂れてしまいましょう。

昭和十九（一九四四）年に入ると戦局は悪化するばかりの状況となり、六月マリアナ沖海戦へ、七月サイパン島が陥落に、八月には学童疎開も始まり、十月レイテ沖海戦も、同月にはひとりの人間が生還することなく玉砕する神風特別攻撃隊が出撃することとなり、十一月には遂に本土空襲も開始されて、日を追って翌二十（一九九五）年八月の日本全面降伏を受け入れての敗戦にひたひたと向かいます。

こういう状況にあって貞明皇后は、皇后の立場を離れ「人」として見開きするだけでさえも辛い事、戦いをしている長い年月、（「折にふれて」・昭和十九年）、覚悟の軍人益荒男が戦争に命を捧げた物語、その語りを聞くだけでさえも我が身は置き所もない、（「折にふれて」・昭和十九年）、と、このように体言止《たいげんどめ》による強い表現の形でみ歌を表わしました。

折にふれて

人としてみききするだにうとましきたたかひすなりながき年月　（貞明皇后・昭和十九年）

ますらをの命ささげし物がたり聞くだにわが身おきどころなし　（貞明皇后・昭和十九年）

「うとましき」（苦しい事）・「ながき年月」（長い年月その事）、「命ささげし物がたり」（命を捧げた話自体）・「わが身おきどころなし」（我が身をどうしてよいのか、置き所も無い）、と続く体言止《たいげんどめ》による強い表現。

貞明皇后の苦痛も、身をどうにかしてしまいたいまでにご自身を否定してしまうほどの苦悩も、月日を追って強まっている様子が偲ばれます。

この苦しみ、悲しみ、痛み、そして苦悩はそのまま、光明皇后から〈千年の大切となる仏の慈愛〉に、〈近代赤十字社理念の博愛〉へひとつになって融合してゆきます。

〈千年の慈愛〉と〈近代の博愛〉の融合——そのみ歌を拝見しましょう。

光明皇后
さながらの仏にましきみがかししまことの光あきらかにして
（貞明皇后・昭和十五年）

赤十字社
天つ日の光のごとき心もてひろくも人を救ひたらなむ
（貞明皇后・大正十三年）

題としてみ歌のテーマとなっている「光明皇后」とは、この本でも「第一章」に詳しく記した皇后で、まさしく〈皇后の大切〉も〈日本文化の伝統継承化〉も、皇后のなすべき使命として普遍化した后《きさき》です。仏への信仰心が深くあって、皇后が大切とすべき使命も仏の教理による教えからでした。文化への造詣も豊かで、皇后が伝統継承化した日本文化も当時にあって国際社会に華やかに存在しえた天平の文化でした。

その光明皇后をそのままの「仏」におわしました方と、美麗に磨いた仏の導き説く「まことの光」を明らかにしてご存在した方と仰ぐ貞明皇后は、自らも光明皇后が信仰した仏の〈慈愛〉を御身の内とし、仏の導く〈まことの光〉を追って学び、思考し、活動しました。

貞明皇后にとっては、魂の在りかとも、学び思考する理想とも、活動する拠り所ともなる后《きさき》こそ光明皇后その方と受けとめられましょう。

み歌「光明皇后」題（昭和十五年）は、そのような貞明皇后の光明像を象徴する一首でしょう。

そして「赤十字社」題（大正十三年）み歌も、大正十四年四月に日本赤十字社へ先に記したポーランド孤児救護についてのみ歌を下賜している関連からは同じ心で詠まれた一首と考えられましょう。

天に照る太陽の光のような心をもって広くも人を「救ひ」たい強い願いの心です。

「天つ日の光」は古典和歌でも天に照る太陽の光を表象し、その表現で天空に輝やく日の光が澄みきって美しく照らす世に一体どうして人の心は曇っているのか、と、太陽の光に人の心が清明に浄化される願いも託されました。

万葉集の詞一句を題にて人人に歌よませさせ給けるに、光は清く、と言ふことを
天つ日の光は清く照らす世に人の心のなどか曇れる

（『玉葉和歌集』・巻第十八・雑歌・新院御製）

貞明皇后は、千年近く神の恵みとも受け入れられてきた「天つ日の光」に、「ひろく」「人を救ひたらなむ」と自らの心の理想を求め、思考の彼方と追い、活動の拠り所としたのでしょう。

日本の歴史千年以上永く在る光明皇后そのままの「仏」と、有史以来に人人が仰ぎ求めてきた神とを、まったくひとつの「光」に象徴しては、貞明皇后のお心の内で光明皇后が典型とした〈皇后の大切〉と神の恵みの光のような〈赤十字社の恵み〉とは、ひとつに在ったのでしょうと導かれます。

日本においては神仏習合は、本来に歴史事実だったのですから。

ここで千年普遍に在った〈皇后の大切〉と、近代に入って新しい言葉で表現された〈国際社会の博愛〉とは、大正の時代になり、貞明皇后によって、ひとつの融合した理念へと昇華してゆきました。

赤十字社の理念「博愛」は近代語で表わされた理想ではありますが、明治になって突然に生まれた理念ではなかっ

たと言えましょう。それは、日本の皇后千年の歴史に〈普遍なる大切〉として存在し続けてきた本質に、近代的視点から国際社会全体へまで視野を広げ、共通となる人道救護の精神も融合されたイデアとも考えられましょう。千年皇后の普遍は本質をそのままに、近代の国際社会で共通する精神も融合させてより豊かに広く、高く昇華したのです。

そして光明皇后以来の后《きさき》の普遍性は、この後の香淳皇后・上皇后美智子様御方方によって、さらに国際社会で人類に普遍性なる永遠へ志向され続けてきました。将来においてもさらにその尊さは志向され、昇華してゆくことでしょう。

その〈世界への永遠〉へ導き始めた御方こそ、日本の大正の后・貞明皇后でした。

＊

大正十四年四月に貞明皇后が日本赤十字社へ下賜したみ歌があります。

日本赤十字社に給へる
四方の国むつみはかりて救はなむ幸なき人の幸を得つべく
（貞明皇后・大正十四年）

世界の国が睦み計って救いたい、幸のない人が幸を必ず得られるように、との「つべく」強調表現に結ばれた深く強い祈願です。

大正十四年の詠と言うことからは、ロシア革命やそこに置き去りにされたポーランド孤児たちへの思いがひとつ、背景にあったとも考えられましょう。

貞明皇后が日本赤十字社へ託した願いとは、世界の国国の親睦であり、幸いのない人へも必ずや幸を得られることであり、何よりはそのための〈救い〉でした。

そして貞明皇后のこの望みは、その後の歴代后《きさき》方へ継がれ、国際社会全体のテーマとなってゆきます。

それこそが、

〈国際親善による永遠の世界平和〉

〈世界すべての人の幸い〉

その理想への

〈救い〉

そのことでした。

註

(A)本章での昭憲皇太后記述は主に次に拠ります。

明治神宮監修『昭憲皇太后実録』(吉川弘文館・平成二十六年)

明治神宮監修・打越孝明著『御歌とみあとでたどる　明治天皇の皇后　昭憲皇太后のご生涯』(KADOKAWA・二〇一四年)。

打越和子『昭憲皇太后《しょうけんこうたいごう》　ひろく愛《あい》の御手《みて》をさしのべられて』(明成社・平成三十一年)。

川瀬弘至『孤高の国母　貞明皇后』(潮書房光人新社・二〇二〇年)。

(B)本章での貞明皇后記述は主に次に拠ります。
主婦の友社編『貞明皇后』(主婦の友社・昭和四十六年)。
前掲川瀬弘至著
工藤美代子『国母の気品　貞明皇后の生涯』(清流出版・二〇一三年)

記　この章での昭憲皇太后・貞明皇后・日本赤十字社の記述は、各々日本赤十字社ホームページ・赤十字国際委員会ホームページ・外務省ホームページでの確認です。

第四章　大正の后《きさき》・貞明皇后

特異な時代に在った皇后

光明皇后以来となっていた千年の皇后の普遍を自らとし、国際社会へ開かれた近代明治に生まれる「博愛精神」も融合して、未来の国際社会に〈永遠となる理想〉に導いた大正の后《きさき》・貞明皇后でした。

社会は一瞬一瞬に移りゆき、時代も常に変動してゆきます。

そういう中で歴代皇后は、誰しもが時代と社会の中で善を求め、常に理想へ力を尽くしてきました。

貞明皇后も、近代になってからは、短かい年月の十五年間大正となる特異な時代に、まさしく「命の限り」と言うほどの歴史の変動にあって、いえ、その変動にあったからこそとも考えられましょう、〈魂〉の深奥までのご苦悩から、〈魂すべて〉が救われて、光に包み込まれるような豊かへ、それはわたくしたちもひとつとなれる豊かさへ志向されてゆきます。

貞明皇后は(註)数え年十六歳となった明治三十二（一八九九）年に皇太子嘉仁《よしひと》親王妃に内定し、翌三十三（一九〇〇）年五月十日の数え年十七歳でご成婚なさいました。しかし、ご成婚から約二十年で三十七歳となる大正九（一九二〇）年ごろから天皇の御健康に変化が見え始め、容易ならざる容態になってゆく事態となります。そのため大正十（一九二一）年十一月二十五日には、皇太子裕仁《ひろひと》親王の摂政就任が決定となりました。

天皇の御病状への心痛、全身全霊をかけての看病、皇太子の摂政就任、ついに大正十五（一九二六）年十二月二十五日に天皇は崩御、同時に摂政宮の第百二十四代となる昭和天皇即位となり、ご自分も昭和の時代の皇太后へ立たれることとなります、それによって二十代中ばの新天皇の後見までの使命も自らとなされては、と、近代を迎えてからの他の皇后方には遭遇しなかった特異な時代変動が貞明皇后の人生には在りました。

皇后自身も、十八歳の明治三十四（一九〇一）年に第一皇子迪宮裕仁《みちのみやひろひと》親王を、十九歳の明治三十五（一九〇二）年は第二皇子淳宮《あつのみや》雍仁《やすひと》親王を、二十二歳となる明治三十八（一九〇五）年には第三皇子光宮《てるのみや》宣仁《のぶひと》親王を、三十二歳になった大正四（一九一五）年に至って第四皇子澄宮《すみのみや》崇仁《たかひと》親王をご出産の大事をなしました。

そして四皇子へは母としてよりも、皇太子妃・皇后の立場から公《おおやけ》に厳しい教育の接し方であったとの記録も残ります。

皇太后となってからも先の大戦で戦渦が激しくなる中で、民の平穏を祈願しながら昭和天皇を支えて地下防空壕となる御文庫に対座し、昭和二十（一九四五）年五月二十五日にとうとう大宮御所も炎上すると、駆けつけた第三皇子高松宮の妃へ「これで国民といっしょになった」と、泰然自若に述べたと言う発言も伝わります。

このような時代に在り、数え年六十八歳で崩じる十一年前で、晩年と言える昭和十五（一九四〇）年に、この本の先に「第三章」で記した「光明皇后」へのみ歌（昭和十五年）を表わしました。

光明皇后

さながらの仏にましきみがかししまことの光あきらかにして

（貞明皇后・昭和十五年）

み歌には大正から昭和の、日本の歴史上でも激動期の時代を生きた貞明皇后が、ひとつ、燦燦と輝やく光に導かれる理想を得られた喜びも感覚されましょう。

貞明皇后が重ねた長い年月とみ歌表現から、現在に日本人の真理に生き、皇室に継がれては将来の皇后の使命ともなって、国際社会へ提唱された永遠を求めてゆきます。

＊　生涯のご信仰〈神ながらの道〉

貞明皇后となった節子《さだこ》姫は、明治十七（一八八四）年六月二十五日に五摂家のひとつであった九條家で生を享けました。五摂家とは平安後期以降に摂政・関白を輩出して政治の実権を握り、代代に皇后も立ててきた近衞・九條・二條・一條・鷹司各家となります。

父は天保十（一八三九）年に京都の地で生まれ、明治十二（一八七九）年十月から宮内省へ出仕して、掌典長に任ぜられた後に公爵を授けられた九條道孝でした。生母は中川局と呼ばれて晩年は浄操院と称した野間幾子です。明治天皇の父帝《ちちみかど》・孝明天皇の后《きさき》となった英照皇太后も、九條家から皇太后となった女性で、道考には妹にあたり節子姫には叔母となる人物でした。

節子姫は九條家の昔からの習慣により、明治十七（一八八四）年七月一日をもち、生後七日目にして東京府東多摩郡高円寺村にあった豪農の大河原家に里子に出されました。

九條家は生まれた子を農家に里子に出し、清潔で健康な乳母のお乳で育てながら、世間の中で強くたくましい子供に育てる教育方針であったと言われます。

大河原家には節子姫より七歳上の娘が、また本家にも男の子がいて、二人は心から姫を可愛がり、近くの栗林で「栗ひろい」に戯れた話も残っています。貞明皇后にはその遊びが楽しかったのでしょう。皇太后となってもお若い昭和天皇后《きさき》方と栗ひろいを楽しまれて、昭和天皇后《きさき》であった香淳皇后がその思い出をみ歌に表わされたほどでした。

その大河原家で姫への最もの影響こそ、乳母の「信仰心」でした。

「神仏への信仰」こそはそして、若い貞明皇后の苦悩を救い、いつしかこの、深い「祈り」が后《きさき》にとってかけがえのない尊さへと深まってゆくのです。大正の動乱時代に覚悟をもって皇后に在ることができたのも、この「神仏への祈り」をお心の一筋とし、ご一心に「神ながらの道」を生きたからとも考えられましょう。

明治二十一（一八八八）年十一月十日まで大河原家での養育を受けると、五歳になった節子姫は生家九條家に帰りました。

その後明治二十三（一八九〇）年九月に姫は七歳で華族女学校の初等小学科に入学し、数え年十歳で華族女学校高等小学科に、十三歳で華族女学校初等中学科へ進学し、十六歳の時に皇太子妃と内定してからは、華族女学校を退いて家庭教育を受けることになります。そして数え年十七歳となった明治三十三（一九〇〇）年五月十日に皇太子とご成婚になりました。

この本の「第三章」でも、貞明皇后の内には神仏が説く世界を人の世で豊かな光に包まれるような理想と求められていたと受けとめられるみ歌を、多彩に紐ときました。

貞明皇后がご生涯に一筋として希求した理想への導き、それを地上の人間界を超えた存在「神」と表わせるのなら、貞明皇后がもっとも尊ばれた「神へのご信仰」が貞明皇后のみ歌には多彩に見出すことができるのです。それらの貞明皇后が一筋に励まされた「神ながらの道」へのご精進を、ご生涯のみ歌の中から辿ってゆきましょう。

貞明皇后が入内《じゅだい》してまだ十年に満たない明治四十二（一九〇九）年の二十六歳の時のお作として、次のみ歌が表わされています。

神祇

一すぢにまことをもちてつかへなば神もよそにはいかで見まさむ

（貞明皇后・明治四十二年）

一筋のまことをもってお仕えしたならば、神も無関係のものとはどうしてご覧あそばすことがありましょうか、ご覧あそばしませんでしょう、ご覧あそばさないで下さいませ、との表現です。「まこと」には、「真」「誠」「実」などの表記による（真実）の意が最もに考えられましょう。

この本でみ歌の底本[1]としている歌集以外の、別の貞明皇后についての書物[2]には、この（明治四十二年）「神祇」み歌が次の六首一連の中の一首として入っています。

いかにせむああいかにせむくるしさのやるせだになきわが思ひ川
はてもなく千々に思ひの乱れてはわが身のほども忘れつるかな
来し方はただゆめにして行末の空ながむればまづは涙なり
うきことも悲しきことも忘れけりなれし小犬のあかぬむつみに
一筋に誠をもちて仕へなば神もよそにはいかで見まさむ
へだてなく語らまほしく思へども人の垣根に心おかるる

（貞明皇后）

六首には、一首目からどうすることもできない苦しさが、そして二首目で自らの身も忘れてしまうほどに果てしなく千千に乱れる物想いも、三首目に夢となった過去を想い行末に涙流れるばかりを綴りながらも、四首目へ入って小犬との睦みに憂きことも悲しいことも忘れられる一時を詠嘆し、そうして五首目に先の「神祇」歌に深い信仰が込められては最後、隔てなく語り合いたいと思っても人の垣根に心が置かれている孤独感が、一首毎に表わされましょう。

これら六首が一連として入る『貞明皇后』(3)には、宮中に入ってからの十年の生活が人間らしさを制する苦しみ・物思い・悲しみ・孤独感の年月で、そういう中でもただひたすらに誠心でお仕えすれば、神はよもや自分を見離さないでしょう、見離さないでほしいと至るまでの「一種の悟り」が伝わると記します。そこでは加えて、公《おおやけ》になっている千三百首もの貞明皇后のみ歌の中に、切切と胸に迫る悩みから悟りに至るこのような六首は、どこにも見出すことはできないとまで伝えられています。

「神祇」歌が詠まれた翌明治四十三年には、また次のみ歌も詠まれました。

折にふれて
まことよりほかの心をもたざらば世におそろしきものやなからむ
(貞明皇后・明治四十三年)

「神祇」題(明治四十二年)み歌の、「まこと」をもって仕える一筋から一年を経て、「まこと」ただご一心以外には何の心も持たない信仰へ、より一層の深まりが表わされます。それによれば人の世におそろしいものはないでしょうとまでの強い信念も込められて、表現は貞明皇后の一筋の信念まで伝えましょう。

この後の明治四十四(一九一一)年三月に貞明皇后はご生涯に最も重く、ただ一度となった伝染経路不明の腸チフスによる肉体的苦しみを体験しました。

そしてこれら二つの心身の大きな苦しみから回復して、翌明治四十五(一九一二)年七月三十日には、大正の新しい御代《みよ》を迎えることになるのです。

次のみ歌は大正年間の詠であることは明らかですが、十五年間のいつに表わされたかは確かにできない一首です。

それでも大正時代に詠まれたみ歌と言うことからは、大正の后《きさき》として在る貞明皇后の姿が映し出されましょう。それが「神の道」の教えのままに身をもって、「御代」（みよ・著者）大正の時代を守るべく尽くさせて下さいませ、との覚悟も定まったかのような「祈願」です。

神の道をしへのままに身をもちて御代守るべく尽さしめませ

（貞明皇后・大正年次不詳）

その大正時代となる大正三（一九一四）年からは、五年間にも及ぶ第一次世界大戦がありました。が、日本も参戦はしたものの、戦局は西欧諸国を中心に推移して最終に勝戦国としての利も得て終わりました。

しかし昭和時代に入ると二（一九二七）年の山東出兵から、四（一九二九）年の世界恐慌へ、五（一九三〇）年には昭和恐慌、そして七（一九三二）年の第一次上海事変、「満州国」建国宣言、五・一五事件へと、八（一九三三）年三月に至ってはとうとう国際連盟を脱退し、九（一九三四）年にはワシントン海軍軍縮条約廃棄通告、と、年を追い月を追って歴史は目まぐるしく変動しながら、軍事体制優勢の日本へと情況は進み行きます。

この時にあって貞明皇后は、「大神」に「よごと」（吉事・善事・著者）「まがごと」（禍言・著者）を申し上げて、「清き心」に「みさとし」（御諭・著者）を「いのる」（「神を祈る」・昭和四年）表現を、そのためでしょうか、ご自分のお心に「清くあれ」「うつくしかれ」と願っても、濁りやすいものは心であると詠嘆（「心」・昭和四年）し、それでも生まれるのも退去するのも「神」の「みこころ」と悟れば、世を過ごすにも「安し」（「身」・昭和四年）思いを、「大神」を遙かに拝む庭にあって「富士の白雪」の「清し」姿に感動（「折にふれて」・昭和六年）を覚えては、やはり、年の始めに頼むことは「神の守」（昭和九年）であるとの神への信頼（「迎年言忘」・昭和九年）を詠み続けてゆきました。

神を祈る

大神によごとまがごと聞え上げて清き心にみさとしいのる　（貞明皇后・昭和四年）

心

清くあれうつくしかれとねがへどもにごりやすきは心なりけり　（貞明皇后・昭和四年）

身

うまるるもまかるも神のみこころとさとれば安し世をすぐすにも　（貞明皇后・昭和四年）

折にふれて

大神を遥に拝むにはにして清しとぞ見る富士の白雪　（貞明皇后・昭和六年）

迎年言志

大みいついやますとしのはじめにもたのむは神の守なりけり　（貞明皇后・昭和九年）

とうとう昭和十四（一九三九）年に入り、第二次世界大戦が開始されます。そして翌十五（一九四〇）年には日独伊三国同盟が締結して十六（一九四一）年の日本軍による真珠湾攻撃へと日本の状況は悪化の一途を辿ってゆきました。

貞明皇后もその、昭和十五（一九四〇）年御会始で、新年を迎えて時代の平安を祈る真心は神も受けて、この国も、この国の民《たみ》も、そして今の時代も、お守りあそばしましょう、守ってほしい祈願を詠み上げました。

迎年祈世　御会始

新年に大みよ祈るまごころは神もうけてや守りますらむ

（貞明皇后・昭和十五年）

そして、先の大戦に突入する昭和十六（一九四一）年でした。
次の一首を神に訴えるのです。

社頭祈世

世をまもる神の心にうたへつつふしてこひのむ今のこのとき

（貞明皇后・昭和十六年）

世を護る「神の心」に訴え訴えしながら、伏して乞い「のむ」（祈む・著者）、今のこの時。和歌の表現としては稀有にも稀有に強い詞《ことば》「うたへ」（訴へ・著者）を重ね、それをいつも、何を行なっている時も続けながら、ただご一体、神の心だけに伏して乞い祈る切迫感も、鬼気迫るまでもの「祈世」です。
貞明皇后の祈願は「戦争回避」、その一点と考えられます。
そこから、それによって護られるのは民《たみ》であり、民の暮らすこの国となり、そして民の暮らしが治められている今の御代《みよ》とも思考されてきます。

願うこともただ一点、「平和」です。

ご生涯を「神への信仰」一筋に貫いた貞明皇后でした。

その信仰は初めは若きひとりの女性の苦悩を救い、悟りへ導いた個人への魂救済からでした。

しかし皇后に立ち、天皇と共に民《たみ》と国の平安を願い、国際社会に開いた日本の皇后として、自らの在り方を求め覚悟を定めた貞明皇后には、「神への祈り」こそは民《たみ》と国と時代社会を救い導く本来であったと考えられて参りましょう。

「神ながらの道」に人生をご一心とした貞明皇后がそうして希求し続けたことこそ「平和」——決して崩れることのない［世界全体の平和社会］であって、この理想のために世界のひとつの国・日本の后《きさき》として、貞明皇后は、「神へ祈る」自らを毅然と在り続けたのです。

＊　命の限りのご養蚕

「神ながらの道」を自らの本来となさった貞明皇后ですが、この后《きさき》にはもうひとつ、「命の限り」に情熱をかけられた営みがありました。

「ご養蚕」です。

その、命をかけたご養蚕へのみ歌一首が残ります。

養蚕をはじめけるころ

かりそめにはじめしこがひわがいのちあらむかぎりと思ひなりぬる

（貞明皇后・大正二年）

ふとしたことで始めたわたくしの蚕飼、でも今は自分の命があるでしょう限りの大切と思うことになってしまったことが表わされ、ご養蚕への熱情が溢れ出て伝わります。

近代の宮中で皇后がご養蚕を行なったのは、明治に入ってすぐの四（一八七一）年三月十四日の、まだ満年齢二十一歳であった昭憲皇太后が初めてでした。明治三十三（一九〇〇）年に入内《じゅだい》して貞明皇后も、皇太子妃時代からすばらしい大和錦を織り出す蚕の糸の美しさに魅了されてその心を表わしました。

が、（大正二年）の一首はとりわけでしょう。

わたくしの命あるまで、命を尽くしてとのご決心です。

この大正二（一九一三）年は、貞明皇后が后《きさき》となって、その秋に皇居の紅葉山にご養蚕所を新築した時でした。そのご養蚕所は、坂下門から宮内庁裏の坂を登り、右に折れた後に道灌濠を見下ろすまばらな木立の中に木造二階建で造られました。一階に飼育室が二階には上蔟《じょうぞく》室があって、旧本丸跡には三千坪もの桑畑まで作られて、青青とした葉が見渡す限り広がっている記録が残ります。

貞明皇后のご養蚕には、高松宮妃も後に、「あの乳白色の幼虫を、掌の上にお這わせになって、やさしいお声で『おこさん、おこさん』と、お目を細めていられました。いかにもこの小さな虫が、かわいくてたまらないというご表情でした」と回想します。[4]

十年を経た大正十二（一九二三）年に貞明皇后は、ご養蚕を七首ものみ歌に連作のように詠み上げました。そこには后《きさき》のご養蚕への何と楽しい思い、またこれ以上にない嬉しさ、みなで繭をかく賑《にぎ》わいが、后《きさき》の心のときめきをもって今にもその賑わいが映るように表わされました。

四月二十三日有泉助手とともに養蚕所につめたり
一年は早くもすぎてこがひわざまたはじむべき時はきにけり
（貞明皇后・大正十二年）

五月五日養蚕を始めて
あたたけくはれたる空に心よくおちゐてけふは蚕もねむるらむ
（貞明皇后・大正十二年）

六月三日養蚕所四号室にて
いとなさにおくれぬといふ床がへをたすくるほども楽しかりけり
（貞明皇后・大正十二年）

養蚕につきて
わが国のとみのもとなるこがひわざいよいよはげめひなもみやこも
（貞明皇后・大正十二年）

上蔟後に
日頃へてそだちし蚕等のまゆのいろ光あるほどうれしきはなし
やしなひし時のいたつきかたりつつまゆかくさまの賑はしきかな
（貞明皇后・大正十二年）

五月十六日紅葉山のあづまやのさうじ半ば開きたれば

とのもりがなかばとざさぬ心さへ見えてうれしき岩つつじかな

（貞明皇后・大正十二年）

一首目から四月を迎え一年が早くも過ぎて、わたくしのこがいをまた始める時が来ましたことへの詠嘆に貞明皇后のときめきも伝わり、続く二首目の、五月の暖かく晴れている空に心よく蚕も良く眠っているよう、とご養蚕への安心感も思いやり、三首目六月になると、（わたくしの）暇のなさに遅れないよう蚕の床がえをたすけるのも楽しかったとの詠嘆へ、しかし四首目だけは、国の富の基本となるこがい技《わざ》を地方も都も一層に励みましょうとの奨励も、でも五首目になってはまた、日日を経て育った蚕の繭の色、その色に美しい光があることほど嬉しいことはない喜びへ一気に高揚感をもって表現されながら、その高揚感は六首目には、養った時の労苦を語りながら繭をかく様子の何と賑わしいこと、との感動までへ、最後七首目、官人が東屋の障子を半分閉じない心が見える嬉しさを、ご養蚕所の在る所に咲く岩つつじに表象して、七首は一連にひとつの表現のように完成してゆきます。

これら七首からは貞明皇后のこがいを始める時のわくわく感から、五月の晴天の快よさへ、そこから進む養蚕での楽しみによって心が満ち、嬉しさにときめき、賑わしく華やぐ広がりへ、最後それらの心模様が岩つつじの紅色の彩《いろどり》に象徴されて伝わりましょう。

しかし彩《いろどり》だけではありませんでした。

貞明皇后のお心の奥には光明皇后以来に大切と生きている民《たみ》への慈愛が、ご養蚕においても四首目「養蚕につきて」を詠まれたようにしっかりとありました。しかもその大切はこの本の「第二章」でも記した民《たみ》の生活が基本にあり、その豊かさのために民《たみ》が磨く技の巧みを励まし、それによって国全体の富へとつながる願いからの、昭憲皇太后以来に近代の皇后のひとつの思想となる大切でした。

この理想でも貞明皇后は「養蚕につきて思ふ事どもを」の詞書《ことばがき》による四首の連作をお詠みです。

養蚕につきて思ふ事どもを

よきおきてえらびさだめてこのわざになやめる人をとくすくはなむ

何事もさかえおとろへある世なりいたくなわびそ蚕がひする人

国民のたづき安くもならむ世をひとり待ちつつ蚕がひいそしむ

外国のひとのこころをみたすべくよきまゆ糸のとりひきはせよ

（貞明皇后・昭和七年）

それらは、良い繭を置いて選び定めて、（技術に卓越した人も置いて選び定めて）養蚕の技術に悩む人を早く救いたい一首目から、全て栄枯盛衰のある人の世であり、蚕飼する人よ、それ程に思い悩むことはないようにとの二首目へ、それでもひとり、国民の生計が楽になる世を待ちながら蚕飼に勤しむ三首目では自らの姿も表わされ、最後に日本国民の生計も日本国の経済も豊かになるよう、外国人の心を満たす良い繭の取引をしなさいとの四首目へと、このような四首の一連のみ歌です。

明治以来に富国産業の大きな役割にあった製糸事業への奨励と、当然にその基本となる製糸技術を高めての国民生活の向上への願いでした。

四首連作が詠まれた昭和七（一九三二）年頃とは、日本の養蚕業は不況に陥っていて、一連四首み歌は農民の苦しみを耳にした貞明皇后の心痛からの詠と伝わります。

ご養蚕への慈しみとその技術によって民《たみ》も国も富ませたいとの願いとは、車の両輪のように貞明皇后のご養蚕への思いを支えていたことが伺えます。

先の大戦で敗戦し、まだ日本が復興途上にあった昭和二十二（一九四七）年には、大日本蚕糸会から貞明皇后へ名誉総裁に就任の願いがありました。

それに対しても貞明皇后は、名義だけでなくて実質も伴っての名実ともの総裁のあり方を説かれたと言われます。

そして貞明皇后は、生涯に及び、この事業へも情熱をかけたと記録されています。

その蚕糸会へはそして、遡ること三十年以上の過去となりますが、貞明皇后は長い時代をかけて国の大事な産業とするべく奨励のみ歌を下賜していました。

蚕糸会に
たなすゑのみつぎのためしひく糸の長き世かけてはげめとぞおもふ
（貞明皇后・大正三年）

『古事記』「崇神天皇」に残る女性の手先から降り出した貢納品を指す「たなすゑのみつぎ」（手末《たなすゑ》の調《みつき》・著者）に古代女性たちの織った織物を表わし、その例《ためし》を引くように、織物を織る長い糸つむぎを古代から伝わるように長い時代をかけて励むことを思うみ歌です。

蚕糸はこの本の「第一章」に記したよう、日本でも既に古代において渡来人秦《はた》氏によって伝えられて以来に、上質の良い糸や織物が生産され、国民にとっても国にとっても経済繁栄をもたらす産業となってきました。

貞明皇后み歌には、『古事記』以来の歴史をふまえ、「糸の長」さから「長き世」へと表わした掛詞《かけことば》「長き」で重なって、永い日本の歴史に生き続けてきた蚕糸産業への祈願が込められましょう。

貞明皇后にとって「ご養蚕」はご自分の心もときめく彩《いろどり》として、生涯に「命の限り」熱情を燃やす営みであったと同時に、民《たみ》と国との生計の基盤から経済繁栄をもたらす産業でもありました。

ご養蚕にも見られるよう、何においても、いつの時でも、常に「民《たみ》への慈愛を大切」とする〈普遍〉が、悠久の歴史の日本から世界へ生きる〈永遠〉が、お心の根幹に存在していた貞明皇后でした。

＊ 関東大震災でのお見舞・救護

大正十二（一九二三）年九月一日、歴史的な大震災が発生しました。

関東大震災です。

現代でも平成二十三（二〇一一）年三月十一日の、今も日本中の、いえ、世界中の人の記憶にも体感にも鮮明な東日本大震災ほどの大地震が歴史となっています。地震国の日本では百年単位に起こる大きな地震は国を挙げて防災に当たる自然災害となるものでした。

関東大震災は東京・横浜等を含む南関東と中部地方一部を直撃し、相模湾西部の震源地からマグニチュード七・九もの地震波の範囲が列島の三分の二にも及び、首都東京では下町を中心に市面積の四割強の地域の建物が崩壊ないし焼失、当時の市の現住人口の六割が被災した上で死者・行方不明者合計は九万人余にも達しました。

重大はそこからの二次災害です。

まず激震後に大都市での大火災が発生しました。

加えて情報手段を断たれた市民達のパニック状態から根拠のない噂が広がって、多くの在日朝鮮人への虐殺事件へと、大きな社会問題に拡大した地震がこの関東大震災でした。

この二次災害から社会問題への増幅に見るとおり、現代との最大の相違は、情報の正確な入手・確認から情報の正しい発信方法など、そして確認できた情報に基づく冷静な判断の可能性でしょう。

しかしその中にあって貞明皇后は冷静でした。

震災発生時に皇后は、天皇の静養のため日光の田母沢御用邸に滞在していました。が、大地震にうろたえ騒ぐ女官たちを静めながら、天皇の手を引いて広い庭先へ安全な避難を行なったと伝わります。

当時の情報網であった電話が不通になってしまい、伝書鳩で日光の両陛下と、東京の摂政宮・政府・国民状況との安否確認をまっ先に指示したのも皇后と言われます。

相方の無事が確認できたのは九月三日でした。

日を追って皇后のもとへは被災状況の情報も届けられました。

そして九月二十九日となり皇后は東京へ向かいました。

その時に皇后は、夏の季節に身につけていた洋服と帽子のままで立ったと残っています。被災者が着のみ着のままならご自分も、と、その装いで皇后はこの後も秋になり冬を迎えても、十二月十九日の沼津行啓までの三か月以上もの間を、しかも寒さへ向かう気温の中でその、夏服のままで被災者へのお見舞もご慰問も通したと残されています。

東京に着いた皇后は皇居に入る前にそのまま、上野公園自治館内の被災者収容所を初めとして複数の病院をお見舞し、三十日、十月二日と次次のお見舞からご慰問を重ねます。

十月二日は三万人を越える人人が横死した本所の地で、長く敬虔な黙祷を行なった記録も現存します。

十一月五日には横浜までの現代と異なる交通手段や被災跡の整備体制も不備な中でご慰問を続けました。

この四か月を表わした五首のみ歌があります。

震災のあとのことども見もしききもして

きくにだにむねつぶるるをまのあたり見し人心いかにかありけむ
もゆる火の力に風のふきそひてのがるるみちもたえはてぬとか
（貞明皇后・大正十二年）

避難者の身に水をそそぎて辛くして火を免れしめし警官の
却りておのが身のやかれて命失ひけるよしをききて

まごころのあつきがままにもゆる火の力づよさもおぼえざりけむ
（貞明皇后・大正十二年）

天長節祝日にバラック天幕にも国旗をかかげけるよしききて

たらはぬをしのびてすめる板屋にもみ旗かかげて民の祝へる
（貞明皇后・大正十二年）

病院巡視中の所感

よろこびのふかき心は病人の落すなみだにあらはれにけり
（貞明皇后・大正十二年）

初め、震災の後の事等を自らの眼で見、人からも聞いて、聞くことだけでさえも胸が潰れることを、今度は我が眼に見た人の心は一体どれほどであったろうか、との被災状況への驚きからみ歌への表現は始まります。

次いで、大火災状況に何よりも、その大火災で死に逝った人人へ、燃える火の力にさらに強い風まで吹き添いて、逃れる道も絶え果ててしまったとか聞いたが、と、死者となってしまった人人への哀悼から絶望もへ深まる思いが伝わりましょう。

さらに三首目、避難者の身に水を注いで救助していた警官が激しい災火の中で自分の身が焼かれて命を失なった経緯を聞き、警官の真心の熱いままに一心に避難者の救護に当たっていて、燃える火の力強さも気付かずに命を賭した真心の熱情に、市民の命を優先した使命感の強さへまで心を届かせます。

二か月が過ぎ、復興どころか何も不足する生活を、それでも耐え忍びて住居している板屋にも、十月三十一日の天皇誕生日に国旗を掲げて民が祝っている姿へ思いをはせ、最後、病院を巡視中に病人が流した涙から喜びの深い心が表われたことに詠嘆しました。

しかし、この本でみ歌の典拠としている底本(5)以外の書籍(6)には、次の三首のみ歌も現存します。

そしてそこからは、貞明皇后の全ての被災へ の深く切ないお心が切切と伝わってくるのです。

燃ゆる火を避けんとしては水の中におぼれし人のいとほしきかな
生きものににぎはひし春もありけるをかばねつみたる庭となりたる
くしのはと立ちならびつる家も倉もたきぎとなりし夜のはかなさ

（貞明皇后）

はじめ、燃える火を避けようとして、命が助かるために飛び込む水の中で、しかし逆にその、水の中で溺れた人が何と「いとほしき」思いとの詠嘆が表われました。「いとほし」とはあまりに気の毒に心苦しい心の動きでしょう。

二首目には、人間も動物も花花などの植物もすべての生きもので賑わっていた春もつい半年前にはあったものなのに、今は、その、生きていたすべてから、生の営みを失なった屍が積まれた庭となってしまった状況が描かれます。果ては、かろうじて焼け残り、櫛《くし》の歯のように立ち並んでいた家も倉もそれさえも、今は秋から冬へ寒気が強くなってゆく日日に、薪《たきぎ》となった「夜のはかなさ」へと、情景からの虚無感まで体言止で表現されました。

生あるもの、形あるもの、すべての「無常」――

観想まで深まっていった貞明皇后の「無常観」が共感されます。

これほどまでの観念を強く深くなされたからこそ、この「第四章」（＊ 生涯のご信仰〈神ながらの道〉で拝見したあの、先の大戦となる昭和十六年の一首となる、神の心に訴え訴えしながら、今の、この時、世の護りを乞い祈るみ歌「社頭祈世」「世をまもる神の心にうたへつつふしてこひのむ今のこのとき」（昭和十六年）が生れたのでしょう。貞明皇后のこの、不条理な被災に遭ってしまった国民へ、着のみ着のまま真先に走り寄り心を見舞い、必要ともされ求めもされる救済を行ない、絶えることなく守り続ける活動もお姿も、何よりそこに生きるお心も、現在にわたくしたちがいつも共にしている上皇陛下・上皇后陛下へ、今上の両陛下へと継がれているご活動ともお姿ともお心ともなりましょう。

今に生きる皇后の大切のおひとつを確実とした貞明皇后でした。

それは、近年とみに激しくなっている気候変動のため、予測を越えた自然災害の度毎に寄り添われる皇后御方からだけではなく、在位なされていた天皇が表わされたお詞《ことば》からも、貞明皇后が確実として今に生き続ける大切が伝わります。

平成五（一九九三）年七月十二日に日本海側の地震として近代以降最大となる北海道南西沖地震が発生しました。マグニチュードが関東大震災に匹敵する七・八、最大震度五とも六とも推定される大地震でした。

その被災地である奥尻島の、壊れてしまった建物が散る島の海浜、その浜はこれまで人人が日常を営み、生活に必要な物も生きていた所であったのに、そこが今は次の生活の妨げになってしまった物を焼く煙が立って、悲しいことを、平成の御代《みよ》に御在位なされていた只今の上皇陛下は表わされました。

奥尻島
壊れたる建物の散る島の浜物焼く煙立ちて悲しき
（上皇陛下・平成五年）

「生」から「死」へ、果ては無用となってゆく無常は、貞明皇后「生きものににぎはひし春もありけるをかばねつみたる庭となりたる」からつながりましょう。

関東大震災では大火災が二次災害でした。

平成二十三（二〇一一）年の東日本大震災では津波が二次災害となって、限りない人の命を浚っていきました。

津波のその、あまりに膨張し、あまりの一瞬に無数の人人を連れ去った脅威に、平成の后《きさき》・美智子様は驚き、自問し、何事もなかったかのような海の大波は一体、何であったのでしょうとのみ歌「何事もあらざりしごと海のありかの大波は何にてありし」（「海」・平成二十三年）で問います。

翌年の、国民と共に新年を祝す歌会始ではそうして美智子様は、和歌や短歌・俳句で季節のことばを示す歳時記に、「岸」という文字は見ないことを詠み、津波で浚われた人が帰って来ることを立って待っているのに「季《とき》のなく」と、季節はないみ歌を公とされました。

歌会始御題　岸

帰り来るを立ちて待てるに季《とき》のなく岸とふ文字を歳時記に見ず

（上皇后陛下・平成二十四年）

被災者と共にいつまでも待つ寄り添いのお姿が映りましょう。

しかし美智子様のみ歌はかならずに希望へ導かれてゆく未来へと向かいます。

「失《う》せ」てしまった人人の面影の上にもう一度立ち上がってゆく「村むらよ」、とのみ歌「今ひとたび立ちあがりゆく村むらよ失《う》せたるものの面影の上《へ》に」（「復興」・平成二十四年）による呼びかけです。

共に生きてゆきましょう、とも、いつも、いっしょにいます、とも、多彩に想像される呼びかけの表現でした。

関東大震災以来、何を置いても被災者へ駆けつけ、心を癒し寄り添い求められるすべてを救い、その後も決して離れることなく、いつまでも共にある皇后の在り方、それは根本において関東大震災での貞明皇后のご活動からであったと言えましょう。

その、現代に至る皇后の大切のおひとつを、身をもって確立した貞明皇后でした。

皇后の大切のひとつとなったこの、不条理にうちひしがれた国民への在り方からさらに深く、生涯の悲痛へと追い遣られた国民への慈愛へ、それも現代の皇后方の在り方へ大事となったひとつですが、貞明皇后のその慈愛の広さ深さを次には追ってゆきましょう。

その慈愛こそが後世まで永く貞明皇后を、［光明皇后のご再来］と人人が仰ぐ心を生むことになり、仏へつながる慈愛を。

＊〈光明皇后のご再来〉ハンセン病患者の救済事業

貞明皇后には「そのかみの悲田《ひでん》施薬《せやく》のおん后《きさき》」、つまり「光明皇后のご再来」と仰がれた救済事業の歴史がありました。

〝ハンセン病患者への救済〟です。

貞明皇后は華族女学校に通っていた九條家の節子《さだこ》姫でいらした頃に、通学の途中にあった商店の美しい娘と出会っていました。この女性が他家へ嫁ぐこともなく、いつまでも店番をしていて界隈で噂になっていたと伝わります。やがてその女性はハンセン病にかかっていたと知りました。

貞明皇后はいつまでもその女性を忘れることができず、おそらく、この時が貞明皇后が初めて人の世の不条理を感知した時ではなかったかと言われています。

その後の大正十（一九二一）年頃になり、天皇と共に沼津御用邸へ出掛ける途中であったらしいのですが、御殿場あたりに差しかかった時に皇后が、「フランス人が癩患者の世話をしているのは、どのへんですか」と尋ねられたと残ります。そこでは、フランス人の宣教師であったレゼー神父がハンセン病患者のために神山復生病院を営みながらも、第一次世界大戦のために本国からの送金が途絶えてしまい、神父が非常に困っていた状態であったと言われていて、皇后もそれをお聞きになっていたと伝わります。

それから間もなく皇后はその病院へご慰問の品品をお届けになり、大正十三（一九二四）年には金一封と縞の着物の反物が、裏地まで添えられて患者全員に贈られたことが記録されています。

ハンセン病に対する偏見からの差別は現代では想像も絶するほどであった時代でした。

この病院が建つ東海道線沿いを陛下のお召列車が通ったある時に、軽症の患者三十人が日の丸の旗を立てながら職員と共に頭を垂れていたこともあったと言われます。

そこに至るにも患者たちの望みを知った皇后が、遠くからだけでも拝したいと願う患者たちの申し出を許さなかった当局に、すぐの快諾をなして、走るお召し列車の中と沿道の外との謁見になったとのことでした。

しかも頭《こうべ》を垂れていた患者たちが目遣いに見上げた貞明皇后は、車窓を大きく開き起立までして面《おもて》を傾けて答礼までなさっていたとまで残っているのです。

患者たちも職員たちも一層の感激を深くし、その一人明石海人《あかしかいじん》が和歌(7)を詠みます。

そのかみの悲田施薬《ひでんせやく》のおん后《きさき》いまお坐《わ》すかにおろがみまつる

（明石海人）

「悲田施薬《ひでんせやく》」とはこの本の「第一章」で詳しく記した奈良の時代に光明皇后が設けた貧窮者・孤児救済の施設「悲田院」と、同じく光明皇后が設けた貧しい病人に薬を施す「施薬院」で、「おん后《きさき》」こそは、もちろん他の誰でもない、「光明皇后」その方です。

その光明皇后が今、この大正の時代に甦って今に「お坐《わ》す」かのように神神しく、古《いにしえ》の光明皇后のご再来となった貞明皇后を拝み奉る心でしょう。

歌人はさらに一首を重ねました。

みめぐみはいわまくかしこ日の本のライ者と生《あ》れてわれ悔ゆるなし

（明石海人）

貞明皇后からの御恵は言うにも及ばなく畏れ多く、自分は偏見による差別によって社会から追い遣られていようとも、貞明皇后の「お坐《わ》す」この日本の「ライ者」と生まれてむしろ悔いるもの一切もない、とまでの溢れる感謝が読み取れましょう。

それは不条理による人権侵害で〝尊厳〟を失なわされて生きてきた〝人間〟の、魂の叫びとも聞こえる「人間存在」の主張からの表現でした。

このように「人間」を救い、拝された貞明皇后でした。

貞明皇后もハンセン病患者へのみ歌を五首ほども、これらのみ歌も「ご養蚕」のみ歌と同じく一連となる連作に詠み上げています。

癩患者を慰めて

市町をはなれて遠きしまにすむ人はいかなるこころもつらむ
宮人のおくりし家の建つそのによき日よき月すぐせとぞ思ふ
ものたらぬおもひありなばいひいでよ心のおくにひめおかずして
見るからにつゆぞこぼるる中がきをへだてて咲ける撫子のはな
つれづれの友となりてもなぐさめよゆくことかたきわれにかはりて

（貞明皇后・昭和七年）

五首は初めの、時代にあって偏見・差別が著しく隔理させられていた患者達へ、市町を離れて遠い島に住む人はどのような心を持っているのであろうか、との、患者へ馳せる思いから始まります。

その思いからがそして二首目に、宮人が贈った家が建つ園に良い日と良い月を過ごしてほしい思いへ、願いのようになっている深まりが印象されます。

三首目では、物足りない思いがあったならば言い出しておくれよ、心の奥に秘めて置かないでとまでの、まさしく慈母観音も想われるまでの強い慈愛が伝わりましょう。

しかしその奥では、患者達を隔離している中垣でしょうか、それを隔てて咲いている撫子の花を見るからに、涙がこぼれてしまう悲しみも表わされています。

最後五首目で、「癩患者」のもとへ行くことが難しいわたくしに代わって、皆が各各にもの寂しさの友となっても慰めてほしいまでのいたわりで結ばれました。

五首全体には一首一首から伝わり来る深い慈愛の余情に、「人間の尊厳」をこそ尊重して園に生きる人人へ細やかに、至る所までお考えのご思考も立ち、貞明皇后のお心のままの姿まで浮かび映るように印象されましょう。そしてその中から慈母観音の光を放っているような貞明皇后のお姿まで視《み》えてくるようです。

皇太后となられても、ハンセン病患者への救済事業はより熱心に社会的意識をもって続きます。

昭和五（一九三〇）年八月九日にはハンセン病患者の救済事業の援助に功労者顕彰を思い定め、十一月十日に入ってハンセン病患者を救護する諸団体に毎年の賜金を与える旨を伝達しました。ここで下賜されたお手許金を基金としてライ予防のための協会（後の藤楓協会）が創立されたのです。

その後も昭和二十六（一九五一）年の崩御《ほうぎょ》まで約二十年間に及び、貞明皇后は一貫してハンセン病患者の救護事業につき詳細な聴取から視察などを重ねたとも言われます。

貞明皇后のこの、ハンセン病患者への慈愛は、自然災害で被災してしまった人人への慰めや救済と等しく、いえ、貞明皇后がそれ以上の深いお心であったように、多くの世の不条理に苦悩する人人への幾重もの救済となって現代の皇后御方方へ生き続けています。

平成の御代《みよ》にご在位なさった只今の上皇陛下は、皇太子時代からハンセン病の人人への社会での正しい理解を求められ、平成二十五（二〇一三）年までに全国十四か所のハンセン病療養所中の十二か所をご訪問され続けました。そうして最後は、平成二十六（二〇一四）年に、皇太子時代から四十六年をかけて続けたハンセン病療養所全十四か所療養所全てへのご訪問を果されたのです。

その中で平成十六（二〇〇四）年十月二日に、国立らい療養所大島青松園を前身とする国立療養所大島青松園へ向かわれた折りを詠まれた御製《ぎょせい》が公《おおやけ》とされています。

小豆島より高松港に向かふ
大島に船近づきて青松園の浜の人らと手を振り交はす
（上皇陛下・平成十六年）

大島に船が近づいてきて船が港に接岸できないため、青松園の浜に出ている人人と手を振り交わすことが表わされていましょう。

上皇陛下にいつもおひとつにあってハンセン病療養所へのご訪問をごいっしょに続けた美智子様も、ハンセン病療養所へのご慰問をみ歌に詠まれます。

歌会始御題　坂
いたみつつなほ優しくも人ら住むゆうな咲く島の坂のぼりゆく

昭和五十年沖縄愛楽園御訪問

（上皇后陛下・昭和五十一年）

痛みながらもなお、優しくも人人が住む沖縄愛楽園、その園へのご訪問にゆうなが咲く島の坂を登ってゆくことが表わされています。

沖縄愛楽園とは沖縄県名護市屋我地島に立地する国立療養所です。先の大戦時は日本で唯一の地上戦ともなり、その後も昭和四十七（一九七二）年に施政権が日本に返還されるまで、米国政下で苦難を強いられた沖縄の、その地の療養所へだからこその、深い思いが「いたみつつなほ優しくも人ら住む」に想われてきましょうか。

その沖縄愛楽園交流会館では、ハンセン病問題の歴史から平和や人権や社会やいのちについて共に考える活動も行なわれてきました。

このような歴史を経た沖縄県のハンセン病療養所ですが、しかし美智子様のみ歌にはかならずその一首を、聖なる世界や美しい世界に煌《きら》めかせる表現が生きているのです。

その一詞《ことば》が、このみ歌では「ゆうな」です。

強い日差しを受けながらも美しい黄色を見せて咲く「ゆうなの花」は、オオハマボウの沖縄の方言で花言葉も「楽しい思い出」です。

悲痛な歴史にある沖縄から、明るい黄の彩《いろどり》に光が感覚され、方言の「ゆうな」に土地の風土も想われ、何より花言葉には一首に込められましょう「ご訪問での楽しい思い出」も余情に生きましょう。

新しい沖縄へ将来に輝やく希望です。

ハンセン病患者への救護活動から「光明皇后のご再来」と仰がれた貞明皇后――

このとおり貞明皇后が成した歴史は後世の皇室の大きな使命ともなって、現在まで継がれてきています。貞明皇后が思想とした本質〈人間の尊厳〉につながるすべてのテーマとひとつになって、そのテーマ〈人間の尊厳を尊重〉しながら、そうして貞明皇后の〈人間尊重〉のイデアは、将来の日本社会に一層崇ばれ生き続けて、より昇華された国際的テーマへとなってゆきます。

それをこの本では「終章」に展望してゆきましょう。

＊　衆生救済から〈衆生恩〉へ

大正七（一九一八）年に貞明皇后が詠まれたみ歌があります。

病室にて後よりわが動作に目をとめて見る人のおほきに
ところせき身にしあらずばやむ人の手あしなでてもいたはらましを
（貞明皇后・大正七年）

皇后という立場での自由には振舞えない身でなかったならば、病む人の手足を撫《な》でてもいたわってあげたいものなのに、との思いです。

病《やまい》にある人人への慈愛が深く伝わってくるみ歌でしょう。

同じ年に、病む貧しい人人の治療を目的とする慈善病院へもみ歌を残します。

慈恵会に

うつくしむなさけのつゆを民草にもるるくまなくそそぎてしがな

（貞明皇后・大正七年）

慈しむ人間としての情愛を、国民に一人も漏れる隙間もなく注いでゆきたい願いです。

現在の東京慈恵会医科大学附属病院は、海軍軍医高木兼寛が多くの貧困者を治療する施設の必要を考えて明治十五（一八八二）年に建てた慈善病院でした。

昭憲皇太后もその趣旨を喜び、病院の開業当初に資金援助をした他にも明治十九（一八八六）年には総裁に就任して以後も、この病院の多くの活動に際して様様な支援を重ねられました。

明治十九（一八八六）年の総裁就任に当たってはこの病院の創設趣旨への賛同のおことばと共に、「皇室の祖先」が昔に「施薬院を設けて不幸な民を救済」(8)したことを述べていて、これは「第一章」で詳しく記した光明皇后の社会事業を意味します。

奈良の御代《みよ》に光明皇后が〈皇后の大切〉とした〈歴史的使命〉は、実は近代で明治の后《きさき》・昭憲皇太后が初めに種を蒔き芽吹かせて、継がれた貞明皇后がその中に生きるべき慈愛の心をより深く豊かに育てて、そこで成熟した思想とも近い理念で人人の救護活動へ実際に活動を示されたとも言えましょう。

それは、この後に記してゆく五首のみ歌に表われる貞明皇后の思考からも、明らかになってくることでしょう。

貞明皇后はこの「第四章」で記してきた関東大震災やハンセン病患者やへの社会的救護活動よりさらに広く、さらに深く、一層に細やかに、社会で見え難い弱い人人へどこまでもゆき届いた〝救い〟を考えていたのです。

貧民

うゑになきやまひになやむ人の身をあまねくすくふすべもあらぬか

（貞明皇后・大正五年）

まさしく、題も「貧民」に、飢えに泣き病に悩む人の身を、あますなく皆すべて救う方法もないものであろうか、とのご思考です。

貧しく病む人が一人たりともない社会へ、皆が平穏な日常を健やかに暮せる願いが、大きな慈愛の中から伝わります。

また「老人」題でも、結句に「さびしさ」を込めてみ歌を残しています。

老人

過ぎし世の事にあかるきおい人ののこりすくなくなるがさびしさ

（貞明皇后・大正六年）

過ぎた人の世の事に精通する老人が、人生の時間も残り少なくなってゆくことの寂しさです。

現代でも同じように、人生を重ねて社会への知見を生かせる高齢者を敬しながらも、老人が人生の残りの時間が少なくなる寂しさです。

それは年の暮の、皆が賑わう時だからこそ一層に心を寄せる「貧家歳暮」題のみ歌にも生きていました。

貧家歳暮

もちひをもつきがてにしてとしのくれさびしくすごす人もあるらむ

（貞明皇后・昭和五年）

新年を迎える餅をもつくことができない状態にあって、の歳の暮を、寂しく過ごす人もあるらしい状況へ心をはせ、心を寄せて、その人を想うお心が広がります。

その広がりからは、せめても新しい年を祝う餅などは、あまねくすべての人が食《しょく》せる社会になってほしい、そのように、との思いまで余情から伝わりましょうか。

そうしてわたくしたちの心にしみ入ってくるような一首も、貞明皇后のみ歌には見出されます。

光

めしひたるたけをの書きしその文字のこころの光めにはしむなり

（貞明皇后・昭和十七年）

視力も失なった勇ましい男性「たけを」（猛男・著者）が書いたその文字の、「こころの光」が目にはしみることである、その様子です。

盲目のため書き記す文字の形は見えなくても、実際には見えない文字の形を「こころの光」で視《み》て表わした、その「文字」に貞明皇后も、「こころの光」を視《み》、感得してご自身の眼にしみたのです。

現実に視覚機能を持たない「心」に、視《み》る「光」を感知する尊厳への崇びでしょう。

この「第四章」の、（＊〈光明皇后のご再来〉ハンセン病患者の救済事業）で追い求めたように、貞明皇后には〈人間の尊厳への尊重〉までの思想ともなるイデアが秘められていたと考えられます。科学上の根拠も存在せず科学によって証明することもできない偏見による差別、それが国の力などの、個人があらがうことができない力で社会から追い遣られるとは、どれほどにか〈人間の尊厳〉が圧される苦痛となるものか、深く考えさせられるテーマでした。

貞明皇后のハンセン病患者救護の社会活動には、その〈人間の尊厳を尊重〉する本質が感得されました。

それはご自身におかれても等しいように感知されておいでと、すべてのみ歌からは拝見されます。

この（＊　衆生救済から〈衆生恩〉へ）の初めに記した「ところせき身にしあらずばやむ人の手あしなでてもいたはらましを」（大正七年）み歌をもう一度ふり返ってみましょう。

皇后と言う自由には振舞えない立場でなかったならば、と表わされた仮定表現は、〝ひとりの人間として〟との意味も含む表現でした。そこには、〝ひとりの人間として存在する〟自らの思考も込められると考えられます。

「ところせき身にしあらずば」には、貞明皇后ご自身の自らへも〈人間としての尊厳を尊重〉する思考が、み歌表現の上からだけではありますが感得されましょうか。

このように感知された貞明皇后の思考は、一千年日本の和歌史における歴代后《きさき》の伝統和歌に、私見の範囲ではありますが、未だ同様の伝統和歌として見出すことはできない状況です。

そのため、ここで感得した貞明皇后の思考を鮮明にする一首を、この（＊　衆生救済から〈衆生恩〉へ）の最後に考えてゆきます。

衆生恩

物みなのめぐみをひろくうけずして世にありえめや一時をだに

食べものだけでなく身につけるものまでも生活して生きることに必要な物すべてもの、それらを創る人人皆の「めぐみ」（恵・著者）をも広く受けることなくして、この世に存在しうることができましょうか、たとえ一時をだけでさえも、と表わされた一首です。

（貞明皇后・昭和十五年）

題も、衆生への「恩」をテーマとする「衆生恩」。

「衆生」とは本来に仏教語であって、すべての人間からさらに広く、仏が救済するこの世の中のあらゆる生きものを意味しました。

貞明皇后のこの一首は、皇后の立場から広くすべての人人をあまねく救済を願うと共に、自身でさえも、それら地上の「物みなのめぐみ」を「ひろく」うけることなく「一時」（いっとき・著者）も存在しえないとの［人間観］を象徴しましょう。

ご自身も〝ひとりの人間〟としてこの地上界天上界すべてから恵みを受けながら、そうして〝生かされている〟ことへの「恩」。

貞明皇后の真には、生きとし生くるものすべてに、〝ひとりの人間〟として存在する［人間観］と共通する観念が生きていて、だからこその、ハンセン病患者への社会救護へ導くような〈人間の尊厳への尊重〉思想が、大正の時代にあってもイデアとも言える次元まで昇華していたと考えられるのです。

〈尊厳の尊重〉おひとりの人間となされて

〈人間の尊厳を尊重〉――この次元の思想まで、ご自身の思考を昇華されていたと考えられましょう貞明皇后でした。それは皇后時代・皇太后時代を通したご生涯に、ハンセン病患者の救護を社会事業として続けられた活動に象徴されましょう。

病にある人人が科学に拠る証明もなく、個人が従がわざるをえない国の力による社会からの排斥によって、どれほどまでに〈人間存在〉を否定された苦悩にも痛まされ〈生きる希望〉さえ失なわされていたことまでと想われることでした。

そのような人人への社会事業として、救護活動には貞明皇后の〈人間の尊厳〉を尊ぶ高い次元の魂が生きてのことと考えられます。

人間ひとりひとりの存在への尊重を確かとしていたからこそ、関東大震災でのあの、ご慰問から救護に及ばれたのでしょうし、その本質を確実になさっていたからこそ〈衆生ひとりひとり〉へどこまでも行き届いた〝救い〟を祈願し続けたと言えます。

それはご養蚕へも同じでした。この世に生あるもの、生きとし生くるものすべてへの慈愛は、貞明皇后ご自身の〝命の限り〟の蚕たちへの愛情も生むこととなっていったのでしょう。

しかし、他者の尊厳の尊重への最もの深奥となった慈悲の芯には、ご自分が〈ひとりの人間として在る〉ことへの思いや〈ご自身の尊厳への尊重〉が秘められていたこともみ歌の表現には表われていましょうか。

それが先の（＊　衆生救済から〈衆生恩〉へ）で拝見した「衆生恩」（昭和十五年）の一首でした。

歴史の后《きさき》その方が、地上に生あるものや人が生きるのに欠くことができないものを創る人人や、そういう生きとし生くる命あるものすべてからの「めぐみ」（恵・著者）によって〝一瞬一瞬を生かされている感謝〟を表わした和歌を、あくまでも現時点の私見の範囲ではありますが見ることはできずにいます。

貞明皇后その方のご思想でしょう。

「恩」を抱く「衆生」が本来に梵語《ぼんご》である由来からはそうして、貞明皇后のお心に仏道への信仰も深くあったことが自然に考えられます。

この本の「第三章」に記したように、八世紀にあって仏教仰信が厚かった光明皇后を貞明皇后が理想としたことは、そのまま光明皇后が信仰した仏への祈願も貞明皇后の深い信仰へとなってゆきました。

明治四十一（一九〇八）年の、宮中に入ってまだ八年しか経ない二十五才の貞明皇后に次のみ歌が残ります。

朝蓮

見つつあれどひらきもやらず花蓮《はちす》朝のこころのむすぼほるらむ

（貞明皇后・明治四十一年）

じっと見つめしているけれど開きもしない花蓮《はちす》にご自身の朝の心も結ばれよう、晴れ晴れと開くこともなくて、との思いでしょう。

何らかのもの思いにあったのでしょうか、心が晴れるよう望みながら、「朝蓮」を見つめ続けているのに、「花蓮《はちす》」が開いてくれないため、ご自身の心も晴れ晴れと開かない様子が余情から伝わりましょう。

開く心を「花蓮《はちす》」に求め、その花の導きに〝心の清明〟を求めていたようにも広がって想われましょうか。

「はすの花」に「すめるこころ」を求めたみ歌をもう一首併せて拝見します。

観蓮

なやましき夜半をすぐして池水のすめるこころにはすの花見る

（貞明皇后・大正十二年）

悩ましい夜半を過ごして、池水の澄んでいる心に、蓮の花を見ることを表わしました。気分が優れない一夜が明けた朝に、清澄な池水の美しさへ心の清澄を求めたのでしょう、そこに咲く蓮の花に気分が晴れて清澄な心へ導かれた清清しさが奥から伝わり来るようです。

「蓮《はちす》」とは花が散った後の花托《かたく》が漏斗《ろうと》状になって、表面の蜂《はち》の巣状の穴に果実が入っているところから、言ったことによる古名でした。この「蓮の花」は古くから仏教の世界で人人を苦なく暮らせる極楽浄土の象徴「蓮華《れんげ》」として尊ばれてきたのです。

平安期からの伝統和歌にその「蓮華」へ人人が求めた〝救い〟を追ってみましょう。

日本で初めての勅撰『古今和歌集』から、『法華経』涌出品に説く「世間ノ法ニ染マザルハ蓮華ノ水ニ在ルガ如シ」の教えに拠って、蓮葉の上に置く露が濁った水に染まらず、玉のように美しいことが詠まれていました。

蓮《はちす》の露を見てよめる
蓮葉《はちすば》の濁《にご》りに染《し》まぬ心もてなにかは露を玉とあざむく

（『古今和歌集』・巻第三・夏歌・僧正遍照）

時代と共に、死への不安は人人を覆い、「蓮」によって仏と結ばれて極楽浄土へ救済される願いの心へと、「蓮」は仏教的無常観と共に和歌世界で求められてゆきます。

左大将済時、白河にて説経せさせ侍りけるに

今日《けふ》よりは露の命《いのち》も惜《を》しからず蓮《はちす》の上《うへ》の玉《たま》と契《ちぎ》れば

（『拾遺和歌集』・巻第二十・哀傷・実方朝臣）

そうして仏教的無常観の確立と共に、人人はいよいよ深く「蓮」に悟りを求め、苦なき来世・極楽浄土への願いも深め、心の水を底深くまでずっと清く澄まして悟りの蓮華を求める願いへ、そこに至る心の透明から「蓮華」によって極楽浄土へ導かれる祈りへと志向してゆきました。次の和歌は真言宗で仏が備えると説く「五智」の中の「蓮華智」を信仰し、「心の水」を「底清く」「澄《す》ま」せて「悟《さと》り」を祈念する仏教の歌です。

家に百首歌よみ侍《はべ》りける時、五智《ごち》の心を、妙観察智《めうくわんさつち》

底清く心の水を澄《す》まさずはいかが悟《さと》りの蓮《はちす》をも見む

（『新古今和歌集』・巻第廿・釈教歌・入道前関白太政大臣）

この本の「第三章」のとおり、光明皇后を理想とし、その心も姿も歴史すべても追われたでしょう貞明皇后が、光明皇后が深くした仏への信仰を求められたのは当然に考えられます。

貞明皇后「蓮華」二首のみ歌には、『新古今和歌集』に入った伝統和歌に願う〝心の水を清く澄まして悟りへ導かれる願い〟〝極楽浄土への祈り〟も伝統として生きていましょうか。

人間界を超えた聖なるものや畏敬の対象となる存在への敬虔な畏怖の念を抱かれたからこそ、貞明皇后はこの「第

四章」での〈＊　生涯のご信仰〈神ながらの道〉〉に詳かく追わせていただいた「神ながらの道」へも深く、そして強いご信仰となってゆかれたのでしょう。

「第三章」のこれもそのとおり、日本において神仏習合は歴史事実であったのですから、自然の導きと考えられます。

そうしてこのような、神仏への深い祈念が生きて先の「衆生恩」一首が生まれたのでしょう。

そこにはこの本の「はじめに」から、ここ「第四章」まで求めさせていただいた貞明皇后の〈すべて生あるものへの尊厳の尊重〉となる「人間観」が確かに存在しています。

併せては、皇后ご自身も〈生あるひとりの人間となされて〉ご自分の〈尊厳も大切に〉在る「人間観」も遙かに視《み》えて参ります。

大正期の末だハンセン病への正しい判断も、それに拠る個人への尊重も認識されていなかった時代にあって、このような「人間観」をイデアとされた御方こそが、貞明皇后その人、と、明記させていただき、そうして貞明皇后のこの「人間観」は、貞明皇后が始めたハンセン病患者への社会救済が、只今の上皇陛下・上皇后陛下に生き継がれたように、共通する人間観ともなって上皇陛下・上皇后陛下へ、より社会的思想に深まってきたように、将来においてはさらに高いイデアに昇華してゆくことでしょう。

それは後にこの本の「第六章」で記させていただくこととし、この「第四章」は貞明皇后の歴史に貴重な「衆生恩」み歌に、貞明皇后の御魂を象徴してひとつ、終焉にしましょう。

衆生恩

物みなのめぐみをひろくうけずして世にありえめや一時をだに

（貞明皇后・昭和十五年）

註　貞明皇后に関する直接の記述は、主に次の文献に拠りました。
主婦の友社編『貞明皇后』（主婦の友社・昭和四十六年）
工藤美代子『国母の気品　貞明皇后の生涯』（清流出版・二〇一三年）
早川卓郎編纂『貞明皇后』（大日本蚕糸会・一九五一年）
川瀬弘至『孤高の国母　貞明皇后』（潮書房光人新社・二〇二〇年）
西川泰彦『貞明皇后《ていめいこうごう》　その御歌《おんうた》と御詩《おんし》の世界《せかい》――『貞明皇后御集《ていめいこうごうぎょしゅう》』拝読《はいどく》――』（錦正社・平成十九年）

（1）前掲西川泰彦著
（2）前掲主婦の友社編著
（3）前掲主婦の友社編著
（4）前掲主婦の友社編著
（5）前掲西川泰彦著
（6）前掲主婦の友社編著
（7）前掲主婦の友社編著
（8）打越和子『昭憲皇太后《しょうけんこうたいごう》　ひろく愛《あい》の御手《みて》をさしのべられて』（明成社・平成三十一年）

記　右記典拠文献に加え、ここ「第四章」の記述は、日本赤十字社ホームページ・赤十字国際委員会ホームページ・外務省ホームページ・法務省ホームページ・宮内庁ホームページ等の各ホームページ、加えて警視庁ホームページ・消防庁ホームページ・復興庁ホームページにても確認の内容となります。

第五章　昭和の后《きさき》・香淳皇后

生まれながらの良宮《ながみや》さま

昭和の時代の后《きさき》・香淳皇后には、現在の日本にある六十歳代の方でしょうか、七十歳代の方でしょうか、そのような年代層より高い人人には同時代を共に生き、皇后のお姿を想うのに、身近な感覚を抱かれる方が多いことでしょう。

しかし今もほとんどの日本人の記憶にあって、日本人の中でも高い年齢層の人人に想起される昭和の時代は、昭和二十（一九四五）年八月十五日まで続いた先の大戦の悲惨、八月六日・九日の広島・長崎原爆の日、八月十五日ポツダム宣言受諾による敗戦の絶望、そこからも続いてゆく昭和二十七（一九五二）年四月二十八日「日本国との平和条約」発効までの連合国軍による占領下の日本、何よりは、先の大戦で唯一に本土戦となり、敗戦後も昭和四十七（一九七二）年五月十五日までの長きに及び施政権が日本に帰されることのなかった沖縄、それら一連の歴史事実でしょうか。

それとも、昭和二十七（一九五二）年四月二十八日「サンフランシスコ平和条約」発効から目を見晴って日本の全てが復興し、昭和三十年代の神武景気を契機とする岩戸景気から四十年代のいざなぎ景気へと世界の経済大国に成長して、昭和三十九（一九六四）年十月十日開会のオリンピック東京大会や昭和四十五（一九七〇）年三月十五日開催となった日本万国博覧会等で、いよいよ日本が世界的なスポーツ・文化国に成熟し、平和な文化国家日本として国際社会に友好を深めながら多くの国際貢献を成してきた日本の姿でしょうか。

この長い歴史をいつも昭和天皇とお心をおひとつに、何よりも国民とごいっしょに歩まれてきた后《きさき》が香淳皇后でした。

その香淳皇后はそうしていつも穏やかにゆったりとほほえみをたたえられ、その微笑みはどういう折りも母性愛をいただく母親となされての、まるで慈母観音のような豊かさでした。

「良宮《ながみや》」様とは、昭和天皇が香淳皇后を慈しまれてそのお名を呼ばれていた敬称です。

昭和天皇と香淳皇后(1)がおそろいで公《おおやけ》の記者会見に臨まれた昭和五十（一九七五）年十月三十一日の、前年に金婚式を迎えられての場では、お二人の楽しかった思い出について、お二人そろって昭和四十六（一九七一）年九月二十七日から十月十四日までの西欧七か国御外遊をあげられました。

実はこの西欧七か国ご外遊こそ、昭和天皇と香淳皇后のご人生に最もの思い出となる外遊であったばかりでなく、〈平和を尊重〉する民主主義国家となった新しい日本が、新時代の国際社会の中で各各も新しい歴史を創られた多くの国国と悲惨な歴史を超えて友好を結び、それまでになかった親睦を深めて共に世界全体の平和へ国際貢献を成してゆく歴史的大事となるお旅でした。

その大事を皇后の立場から初めて成した方が昭和の后《きさき》・香淳皇后、その方なのです。

近代を迎えて現在まで五人の后《きさき》の中ではただおひとり旧宮家に生を享け、生まれながらの宮様とされて日本の歴史で唯一となる絶望から、日本の歴史で同じく歴史的となる復興から再生・成熟へ、そうして平和と文化を尊ぶ新しい日本が国際社会全体でいっしょに次代の平和社会を創ってゆけるよう、日本の皇后として初めて歴史的な国際貢献を果たされた方――香淳皇后。

ゆったりとなされた美しい観音様の、后《きさき》としての歴史を紐といてみましょう。

＊　平安朝からの雅《みやび》文化をお身とされて

昭和天皇の后《きさき》でいらした香淳皇后(2)は、明治三十六（一九〇三）年三月六日に久邇宮邦彦王《くにのみやくによし》の第一王女としてご誕生されました。母は島津家の出身であった久邇宮邦彦王妃俔子《ちかこ》です。

大正七（一九一八）年に学習院女子部在籍中の十五歳で後の昭和天皇である皇太子妃に内定され、大正八（一九一九）年にご婚約して、五年後となる大正十三（一九二四）年一月二十六日にご成婚となりました。

そして昭和元（一九二六）年十二月には裕仁皇太子の践祚により皇后に立后します。昭和二十（一九四五）年までは皇后の誕生日が地久節とされていましたので、それまでは香淳皇后がお生まれになった三月六日も祭日となっていました。

昭和八（一九三三）年十二月二十三日に只今の上皇陛下を、昭和十（一九三五）年十一月二十八日に常陸宮正仁《ひたちのみやまさひと》親王殿下をご出産なさいました。

このように成長を重ねた香淳皇后には平安朝以来となる多彩な雅《みやび》文化に親しまれ、その慈しみぶりは趣味と言うよりも、后《きさき》自身の生活そのもののように、后《きさき》の御身にあって生き、昭和の時代に平安朝文化がそのままであるほどになさっていました。

それらはたとえば和歌であり、琴曲であり、日本画や日本刺繍・組紐や香道と、平安朝に「和歌管弦《くわんげん》」として宮廷でたしなみとされた「和歌と日本音楽」から、日本の絵画・刺繍や装束《しょうぞく》などに大切な組紐まで、何より日本の文化の「香」の世界を伝える香道の世界も、文化のすべてにゆき渡ってでした。

とりわけ日本画はご成婚以前から高取稚成に大和絵を習い、その後もご生涯に及び川合玉堂や前田青邨に師事しながら、皇后ならではの世界を描き続けてゆきます。

昭和天皇の侍従長であった徳川義寛[3]は、香淳皇后の画風を「自然が先生。また、そういうふうに師匠たちも勧めたのです。前田さんになってから、よけいに昔風になられた。のびやかで気品高く、品格がある。」と記し、同じく昭和天皇にお仕えした入江相政[4]も、前田青邨が香淳皇后の作品に感動し「これこそ皇后さまのものだ」と評したと伝えています。

これほどまでに日本画を究められた香淳皇后は三月六日の誕生月によるお印「桃」にちなみ、「桃苑」の画号を称されるほどで、画集やそれに類する出版物も多く公《おおやけ》になさっています。

それらの主なお作を掲げてみましょう。

『桃苑畫集』（宮内庁侍従職　蔵版・編集・便利堂・一九六七（昭和四十二）年）
『錦芳集』（朝日新聞社・一九六九（昭和四十四）年）
『錦芳集　増補新訂版』（宮内庁皇太后宮職編・朝日新聞社・一九八九（平成元）年）
『香淳皇后の御絵と画伯たち』（宮内庁三の丸尚蔵館編・三の丸尚蔵館展覧会図録シリーズ：№43・宮内庁・二〇〇七（平成十九）年）

このように平安朝以来の宮廷文化をお身として、日常にひとつとなされた香淳皇后でした。

それはもちろん、み歌においてもそのようでした。

文化を詠まれたみ歌はそれら全体共に、み歌の題からそのテーマを詠む発想も表現した歌詞《うたことば》も、昭和のみ歌でありながら、平安朝の和歌からそのままに生きてきたような世界のみ歌ばかりが詠まれました。

そのようなみ歌からは平安朝雅《みやび》が今にも生命《いのち》あるように存在している世界が展開されてゆきます。

その一首に一点の絵画ではなく、平安朝以来の『源氏物語絵巻』なども想起されるような、后《きさき》の御師の「絵巻物」を、その絵巻物に師の筆跡をなつかしみ、「まきかへし」ながら何度も何度もご覧になる世界が表わされました。

絵巻物

なつかしき師のふであとの絵巻物まきかへしつつたびかさね見つ

（香淳皇后・昭和二十九年）

そして日本画から管弦へと文化の世界は広がります。

習い始めてまだ日も浅い新年の「弾きぞめ」を題に、年の始めに「越天楽《ゑてんらく》」の曲をひく世界を「楽《がく》の琴」を「としのはじめに越天楽《ゑてんらく》ひく」（昭和三十九年）とも表わされて、一首からは、「楽《がく》の琴」の音《ね》や「越天楽《ゑてんらく》」の雅楽の舞台までもイメージされるみ歌もお詠みです。

新年の慶びの中に、弾きぞめでひく「越天楽《ゑてんらく》」の音曲《おんぎょく》が流れ来るようではありませんか。

また、かきならす「琴」に合わせて雅楽「迦陵頻《かりょうびん》」の四人の童が舞い立とうとする世界からは、琴の音曲も迦陵頻の舞もその中の四童の美しさも、すべてが華やかに描かれる舞台芸術も想われてくるみ歌も描かれました。

舞

かきならす琴にあはせて迦陵頻《かりょうびん》わらべ四人は舞ひ立たむとす

（香淳皇后・昭和四十六年）

そうして「香《こう》」の世界はどのような和歌世界にお創りでしょうか。

日本での香《かお》り文化とは香木を長い時間にたきこめて、その長い時のたきものの香で空間全体はもちろんに衣《ころも》などにも香りを移す文化でした。

香淳皇后も「たきものの香」に古人《いにしえ》の心をしのばれる「香」題のみ歌に「なつかしと思ふ」（昭和四十四年）思いを表わします。

さらに、日本文化の中でもとりわけに日本人と共に生きてきた「香」と「組紐」との、みなみなが全体となって平安朝文化の雅《みやび》を今に現出させるような、さらなる文化空間を組み合わせてひとつの世界も構成されました。たきこめた香のかおりを「ゆかしく」、そのように「ゆかしくも」「匂ふ」香りが嬉しく、そのゆかしさと嬉しみの中で組紐を編みゆく時の流れでは空間全体に「たきこめし」香りが漂い、そのゆかしさに心も嬉しく組紐を組みゆく世界です。

匂　二首

たきこめし香のかをりのゆかしくも匂ふがうれし紐をあみゆく

（香淳皇后・昭和四十六年）

つづいてまた一首、巻物の「香のかをり」に長くゆったりと時間も空間も「ひたり」ながら、その香りが喚起する空間の中で「遠きむかし」を想う和歌世界「巻物の香のかをりにひたりつつしばしおもへり遠きむかしを」（昭和四十六年）も創り上げました。

「巻物」にたき込められた香《こう》のかおりにご自身がひたりながら、その流れの時の中で遠い昔を思う世界で、巻物に描く絵や文章ばかりではなく、古典となっている巻物の香りに古《いにしえ》を思う時空でしょう。

日本の歴史に唯一となった絶望から始まる日本復興から再生までを、先の大戦にご生涯をご悲痛とご悔恨に苦悩した昭和天皇にいつもひとつにありながらも、おっとりとなさった微笑みで大らかにいらした香淳皇后の内には、このように平安朝以来に日本人と日本に継がれてきたかけがえのない永い文化の歴史が生きてのことでした。

それによって昭和四十六（一九七一）年の西欧七か国ご外遊ではまだ先の大戦による悲しみが残っていた国もあり、昭和天皇もご苦悩を抱かれた中にありながらも、香淳皇后の行く先行く先での皇后のエンプレス・スマイルによって、平和を尊び文化豊潤な新しい日本が少しずつ理解された上でさらに、慈母のような皇后の品格高い美しさにむしろ、日本の永い歴史にある皇室への尊敬も受け、新しい国際交流の始まりを創るところへまでも海外の人人から日本の歴史文化へも日本へも共感を生み育てました。

日本の歴史文化へも、それへの理解による外交へ国際貢献を果たされるに大切な、平安朝以来の宮廷文化を御内に生かされた香淳皇后でした。

＊　昭憲皇太后より継がれたご薫育

香淳皇后が七十歳にも近くなる昭和四十五（一九七〇）年、初めて「学び舎」に通ひ始めた幼少期に昭憲皇太后のみ歌を、その方の御前で歌ったことを回想した一首のみ歌が公《おおやけ》とされています。「昭憲皇太后」その方をお題となされた「学び舎にかよひそめたるをさなき日金剛石をみまへにうたひき」（昭和四十五年）です。

香淳皇后は明治四十（一九〇七）年九月の四歳になった年に学習院女学部の幼稚園へ入園なさり、明治四十二（一九〇九）年に小学科に入学しています。み歌は、「学び舎」に通い初めた幼ない日に昭憲皇太后の「みまえ」（御前・著書）で、皇太后のお作となる御歌《みうた》「金剛石」を歌った想い出でしょう。

昭憲皇太后が、近代を迎えた明治の時代にあって次代に生きる女性教育に力を尽くしたことは、この本の「第二章」に記しました。

その中で昭憲皇太后(5)が最も心をかけた教育機関が明治十八（一八八五）年に開校した華族女学校でした。当時に華族学校から分離して創立された華族女学校には、十一月十三日の開校式にも昭憲皇太后は行啓していて、この学校が赤坂の仮皇居であった四谷尾張町に隣接していたことから、皇太后はその翌年に二月から五月の各月と七月・十月との六回も行啓を行ないました。

そして明治二十(一八八七)年三月に昭憲皇太后は華族女学校に二篇の御歌《みうた》を下賜します。

それが「金剛石」、そして「水は器」でした。

金剛石

金剛石も　みがかずば
珠のひかりは　そはざらむ
人もまなびて　のちにこそ
まことの徳は　あらはるれ
時計のはりの　たえまなく
めぐるがごとく　時のまの
日かげをしみて　はげみなば
いかなるわざか　ならざらむ

水は器

水はうつはに　したがひて
そのさまざまに　なりぬなり

人はまじはる　友により
よきにあしきに　うつるなり
おのれにまさる　よき友を
えらびもとめて　もろともに
こころの駒に　むちうちて
まなびの道に　すすめかし

右の唱歌二篇は明治二十年三月華族女学校へ賜へるなり
（昭憲皇太后）

その後、「金剛石」と「水と器」には奥好義《よしいさ》が曲を付し、小学校の唱歌の教科書にも収録されて広く普及してゆき愛唱されながら、学習院女子部中等科の副読本『古文の基礎』にも収録されて、学び継承するべき御歌となってきました。(6)

副読本『古文の基礎』には「金剛石」と「水は器」について次のように説明されています。

金剛石

ダイヤモンドももしみがかないならば、珠のような光は生まれてこないだろう。（それと同じように）人も勉強したあとにこそ、本当の人徳があらわれてくるのである。時計の針がたえることなくまわっているように、時間の一時一時を大切にして勉強にはげむのならば、どのようなことができないだろうか。いや、どんなことだってできるのだ。

水は器

水は入っている入れ物の形によって、さまざまな形になってしまうようだ。（それと同じように）人間も親しくする友達によって良くも悪くも変わるのである。自分より優れた良い友達を、選び求めて、（その友達と）一緒にそれぞれの心をはげまして（＝駒は馬のこと。心をたとえている）学びの道に進みなさい。

（『古文の基礎』）

すでに幼き日に初めて「学び舎」に通い始めたその日から昭憲皇太后のみ歌の唱歌を歌い、その唱歌に説く〝人としてのあり方〟〝学び〟〝まことの徳〟〝一瞬の時も惜しまない大切さ〟などから、自分の身に「珠のひかり」を添わせることまでも、また〝水が器によって様様な形になってしまう〟ように〝人〟も〝自分より優れた良い友〟を〝選び求め〟て〝心を励まし〟「まなびの道」に進む諭しを、心身に養い培っていた香淳皇后でした。

このような日日の諭しをごく自然に御身にもお心にもひとつとしていた香淳皇后は、昭憲皇太后の説く「次代の日本女性」として求められる大切も、さらには「次代の皇后」として必要とされる大事も日常の中で当たり前のように御内に修めてゆかれます。

香淳皇后が初めて昭憲皇太后のお目にとまったのは明治四十五（一九一二）年七月三十日で、それは明治天皇崩御の時に母久邇宮俔子妃に伴なわれて、妹二人といっしょの三姉妹そろって宮中へお悔やみに参内《さんだい》した折りと伝わります。

その折りの香淳皇后の色白に京人形のような際立って美しい面立ちが、昭憲皇太后の心に印象深かったと残ります。

そしてその後に香淳皇后は、昭憲皇太后のお召により度度に参内の上で謁見を許されることへつながってゆきました。

併せて学習院での皇族方は他の生徒と別に昼食をとったらしいのですが、この時分の幼稚園では迪宮《みちのみや》裕仁《ひろひと》親王と弟の淳宮《あつのみや》雍仁《やすひと》親王に、香淳皇后と妹君の四人が共にお弁当を召し上がっていたそうで、香淳皇后はもう既に四歳の学習院女学部の幼稚園に入園した時から、後の昭和天皇となる裕仁親王と席を共にする場があったとも言われています。

その後の大正四（一九一五）年になって、皇太子であった昭和天皇が箱根で登山を楽しみ帰りに木賀の里を通った時に、宮内旅館の前で大勢の人に交わりながら、久邇宮家の良子女王であった香淳皇后も見送りを行なった記録も残りました。

このような日日の年月の中で香淳皇后のお心にも御身にも、皇族の女性のひとりとしての大切も、それは皇族の女性の立場で最も責任ある女性としての大切も、ごく自然に自身の内になさってゆかれたでしょうことは想われましょう。

その大切とは多多ありますが、とりわけここでは昭憲皇太后から継がれた大切として、「福祉事業」「日本赤十字大会」をテーマに詠まれたみ歌と、昭憲皇太后も貞明皇后も深く心をかけた孤児たちへ「幸」を望むみ歌二首から紐といてゆきます。

初めに題も「福祉事業」（昭和三十一年）をテーマとして詠まれた一首には、光明皇后以来の慈母の心が伝わります。そこでは母と呼びわたくしに寄ってくる幼な子の「さち」（幸・著者）を祈って頭をなでやったことが詠まれていて、表現からは、生母と離れて暮らす幼な子でしょうか、生母を失くしてしまった幼な子でしょうか、母がいない不幸に「幸い」を望まれた願いも想われましょう。頭をなでやる仕草もおっとり優しい香淳皇后からは、深い母性の祈りや慈しみやが想われます。

孤児への母性あふれる慈しみは、昭和四十一（一九六六）年二月四日の全日空羽田沖墜落事故を詠まれた「東京湾の飛行機事故のためあまたの人を失ひければ　四首」と詞書《ことばがき》された内の一首で、「たのしみは束のまに」消えてしまい、大きな悲しみにうちひしがれた「孤児《みなしご》あはれ」にも悲しみの内に漂いました。千歳空港から東京国際空港に向けて飛行中だったボーイング七二七—一〇〇型機が東京国際空港沖の東京湾に墜落して乗客乗員百三十三名全員が死亡した事故は、当時において世界最大の墜落事故となりました。み歌に詠まれた「孤児《みなしご》」は楽しい旅行からの帰りでしょうか、束の間に楽しみは失くなって悲しみにうちひしがれた子供たちでしょうか、両親の帰京を楽しみに待ちながら一瞬に孤児となってしまった子供たちでしょうか、多くの家庭の多くの背景の中に様様な状況の子供たちが想われ、すると、その、すべての「孤児《みなしご》」への「あはれ」な思いは、より多様に広がって切ないまでに伝わります。

国母としてすべての国民が幸せにあるために、生母や父やを失なってしまった子供たちへの情愛とは慈母のような愛とも想われますが、その心はこの本の「第三章」にも記してきたように、昭憲皇太后からも貞明皇后からも継がれた「皇后の大切なお心」の最もでした。より歴史を遡れば、八世紀光明皇后以来の「皇后の大切」でした。

その大切も幼少期から御内にひとつとして成長してきた香淳皇后でした。

それは、明治の御代《みよ》の昭憲皇太后以来に近代の「博愛精神」と融合して近代日本の皇后の役割とされ、国際社会にある日本の皇后の使命ともなっている日本赤十字社の大会に詠まれた詞書《ことばがき》「名古屋に於ける日本赤十字大会の折」による一首「わざはひを受けしわらべら今見ればあかるく笑みて我を迎ふる」（昭和三十五年）からも拝見されます。

禍いを受けた童《わらべ》たちを心配しながら名古屋の日本赤十字大会に赴かれたのでしょう、が、「今」見ると、明るく笑ってわたくしを迎えると言う、そのお迎えです。

「今」一詞《ことば》に、童たちと会うまでの皇后の思いや子供たちの思いも凝縮されるようです。そして「今見れば」とのただ一句《く》の表現ですのに、その一句からは今に子供たちを見た時の皇后の思いも子供たちの思いも、さらに「今」

「見」て生まれた心の交流からこの後に広がりましょう人と人としての交わりまで、次次に想われ連想されてきましょう一首でしょう。

昭憲皇太后から、また貞明皇后から継がれた近代日本に生まれた「博愛精神」もひとつとなっての、八世紀以来「普遍」となってきた「皇后の大切」は確かに生き、香淳皇后によってさらに時代の中で新しく豊かに広がりゆきます。

幸　二首

めぐまれぬあまたの人もすくはましわが身に受けし幸をわかちて

（香淳皇后・昭和四十四年）

明治・大正の后《きさき》が理想とした社会のこの国に暮らすすべての人人の「幸」――み歌の題とされた「幸」そのものの大切さがまず尊ばれます。

その始めはそして、恵まれない多くの人も救いたい、その「救い」は我が身に受けた「幸」を分けてとの願望からでした。恵まれない人人への「救い」こそ大正の后《きさき》・貞明皇后が生涯のテーマと希求した大切で、その大切にまた広がりを加え香淳皇后の、ご自身が受けた「幸」を分けてとの願いは、昭和の先の大戦を国民と共に超えて生まれ出でた広がりでしょう。

そうしてこの広がりは平成の御代に続いて、この本の「第六章」「終章」で拝見するみ歌に提唱されるように、平成の御代《みよ》の皇后・美智子様の「分かつべくあらむ」（「虹」・平成七年）分かち合いへの多彩へと深まってゆくのです。

次代を追い歴代后《きさき》を次いで、「大切への尊び」は広がり細やかに多様になって生きてゆきました。

「幸」（昭和四十四年）二首目は、手足が自由でなくなり口さえきけないこの子供達に「幸」をお与え下さいませ、と「ただ祈るのみ」のご一念が表わされます。

病にある人へ、しかも病にあって社会で最も弱い子供たちへ、救いも救護も光明皇后以来に普遍となる「皇后の大切なお心」そのものでした。それらのいくつもの悲痛をひとつの身に負う子供たちへ、香淳皇后も自身の力のみならず、自身の力を超えた存在に「祈」って救いを求めます。しかもその「祈り」も「ただいのるのみ」ご一心の祈りです。貞明皇后のご一念の「神への信仰」が思い出されましょう。

神祇

一すぢにまことをもちてつかへなば神もよそにはいかで見まさむ

（貞明皇后・明治四十二年）

折にふれて

まことよりほかの心をもたざらば世におそろしきものやなからむ

（貞明皇后・明治四十三年）

この本の「第四章」で記した貞明皇后ご一念の信仰とつながるご一心の「祈り」が時代を継いで、また昭和の后《きさき》・香淳皇后の「祈り」に新しい生命と共に生まれていると、表現からは受けとめられましょう。

幼少期から学校教育において昭憲皇太后のお諭しを学び、併せては宮家に生を享けた女王として同じく皇太后から薫育をうけ、入内してからは直接に貞明皇后からあるべき皇后の大切を継いでいた香淳皇后でした。

その大切なることの実現は時代と共に社会にあって、様様な多彩へも広がり豊かになってゆきました。

とりわけ昭和というあの、日本の歴史で稀有な絶望から慶びへの歴史に生きた香淳皇后には、八世紀から永く〈普遍〉となっていた「皇后の大切」も多様性をもって尊ぶものとなってゆきました。

そのひとつが歴代后《きさき》が理想としたすべての人人の「幸」を希求し、そのために幸を得られない不幸な人人を「救う」〈祈り〉――

この「救い」のために自らの「幸をわかち」た広がりが、歴代后《きさき》の中に生きていた発想からより具体的な望みとなって、香淳皇后の新しい表現に生きてくるように印象されましょう。

歴代后《きさき》の大切を継ぎながらさらに、近代の皇后五代の后《きさき》ではおひとりだけが宮家に生を享けた生来の宮様ならではの、ここまで記した中では文化性や、文化性によって御内とされた豊かさからでしょうか、継がれた〈普遍性〉をより多彩に表現された香淳皇后――その御方でした。

＊　昭和天皇といつもお心をひとつに
先の大戦へのご悲痛もご悔恨も

香淳皇后はいつもどのような折りもかならず、昭和天皇とお心をひとつにありました。(7)

それは香淳皇后を記す多くの書でも、またみなさまが常常に目にしていた報道からのお二人のお姿からも理解され伝わりましょう。

昭和天皇にとっての最ものお心は、大正期から昭和へかけて日本の体制そのものが軍事化に強固となってゆくことへの憂いから、先の大戦に突入して戦争下にあった日本と日本人への痛みも、そして終戦を決定するに際しての苦悩へと、時代に在っては深く決して払拭することのできない闇がいつも固くあったことが、これも多くの書によって知りえます。

加えて実は、あまり知られてはいないかもしれませんが、昭和天皇には、昭和二十二（一九四七）年五月三日になって新憲法が施行されようとも、昭和二十七（一九五二）年四月二十八日の「日本国との平和条約」が発効しようとも、生涯に渡って決して消えることのない苦悩が生き続けていました。

先の大戦へのご悲痛とご悔恨です。

しかもその思いはむしろ、日本が昭和天皇の理想とする〈自由と平和とを愛する文化国家〉として成熟すればするほどに深い憂慮となっていらしたように、表現の上からは伝わって参ります。

それは、先の大戦の敗戦から十年となる「那須にて」題「八月十五日」右註による御製《ぎょせい》「夢さめて旅寝の床に十とせてふむかし思へばむねせまりくる」（昭和三十年）の表現に初めてに表わされました。

那須にご滞在中に旅寝の床に「夢さめて」ふと十年かと思い、その昔を思うと「むねせまりくる」状況が伝わります。

昭和三十年から十年の昔ですと昭和の二十年の年となり、しかも「八月十五日」右註からは、それが終戦の日と明記されての、読み手の心にまで強い切迫感が波打ってくるような「むねせまりくる」表現でした。

そして、この「胸せまりくる」歌句に表わされたお心の様子やご状況を、昭和天皇は生涯にわたって表現されてゆきます。

「千鳥ヶ淵戦没者墓苑」御製《ぎょせい》（昭和三十四年）に、「日本遺族会創立十五周年」御製（昭和三十七年）に、「桃山御陵三首」の内一首の御製（昭和三十七年）に、そうして、日本が成熟し先の大戦では敵国であったものの、その後の日本再生に多大な「好意と援助」（昭和四十九年十一月十九日・フォード米国大統領歓迎宮中晩餐会）（昭和五十年十月二日・ホワイトハウスにおけるフォード米国大統領夫妻主催歓迎晩餐会）を受けた米国へ、長年となる念願のご訪問を果たした帰途のハワイにおいての「多くの日系人にあひて」御製（昭和五十年）に、御生涯とも拝見されましょう多くの御製に先の大戦へのご悲痛ともご悔恨とも拝見される表現を残されてゆかれました。
それらの御製からは先の大戦へのご悲痛とご悔恨が、昭和天皇の生涯に及ぶ苦悩と受けとめられましょう。香淳皇后の表現には昭和天皇とお心をひとつとする表現や、天皇ゆえに昭和天皇が表わし尽くせない何かを表わされた表現も見られ、時にお二人の表現でひとつを表象したような御製とみ歌も残されました。
昭和天皇の先の、「むねせまりくる」表現とまるで一組になったような、香淳皇后の共にあるように受けとめられる二首を拝見致しましょう。

稚内公園

樺太に命をすてしたをやめのこころを思《も》へばむねせまりくる
（昭和天皇・昭和四十三年）

氷雪の門　二首

なすべきをなしをへてつひに命たちし少女《をとめ》のこころわが胸をうつ
（香淳皇后・昭和四十三年）

先の大戦で終戦となった後に千島列島からも侵攻したソ連軍は、八月二十日未明になって北海道真岡にも砲撃を開始してきました。そして真岡は戦争が終結した後にも係わらず戦闘状況になります。その地の真岡郵便局の九人の若き交換手は最後まで戦場を死守しながら、ソ連が踏み込む寸前に自決したと記録されています。この「九人の乙女の像」が稚内の遥るか樺太を望む「氷雪の門」（樺太島民慰霊碑）と共に立つのです。

その「たをやめ」（手弱女・著者）たちの、樺太に命をすてた心を思うと「稚内公園」題「むねせまりくる」表現に表象される昭和天皇のお思いが、読み手にも悲しく切なく響いて参ります。

併せて、なすべきことをなし終えて遂に命を絶った「少女《をとめ》」の心に、「わが胸をうつ」までの香淳皇后のお胸の内も、二首一体と理解されてさらに読み手の心に悲しみや切なさを深くします。

お二人でおひとつにあった大事を表わされた二首の表現でしょう。

そして香淳皇后は、二首目の「樺太につゆと消えたる少女ら」に「みたま」が安かれと「ただにいのりぬ」（昭和四十三年）に「氷雪の門」を結び、この樺太にはかない露と消えてしまった若く将来ある少女たちの「みたま」が平安にと、ただひたすらに祈ったことを込められて二首が完結されました。

前の（＊　昭憲皇太后より継がれたご薫育）に記したよう、「ご一心の祈り」です。

大正から昭和へ、その中でも先の大戦すべてに対する昭和天皇のご悲痛にもご悔恨にも、とりわけ日本が復興し再生して、昭和天皇の理想とする〈平和を尊重〉する〈文化を崇ぶ〉〈自由な民主主義国日本〉に成熟してゆけばしてゆくほどに深まるご苦悩に、お二人でおひとつにあったような表現も残された香淳皇后でした。

平和を尊び、外交による国際親善で、何より〈平和な国際社会〉を生涯に祈願し続けた昭和天皇には、生涯のお慶びこそ昭和二十六（一九五一）年九月八日になって日本と連合国四十八か国との間でサンフランシスコにおいて調印された「日本国との平和条約」であり、何より二十七（一九五二）年四月二十八日の、その条約発効でした。

このサンフランシスコ講和会議に首席全権として条約に調印し、「条約受諾演説」（昭和二十六年九月七日）を行なった人物こそ吉田茂です。

吉田茂を詠まれた昭和天皇の御製《ぎょせい》からは、立場を超えて日本の独立を念願としながら、その実現に力を尽くした人間的絆による同志観のような吉田茂への強い信頼が伝わります。

その吉田茂が昭和四十二（一九六七）年十月二十日に永眠すると、昭和天皇は二首もの哀傷歌を詠みました。

吉田茂追憶　二首

君のいさをけふも思ふかなこの秋はさびしくなりぬ大磯の里
外国《とつくに》の人とむつみし君はなし思へばかなしこのをりふしに

（昭和天皇・昭和四十二年）

今となっては無常となってしまった故吉田茂の「いさを」（功績や勲功・著者）を、悲しい知らせの後に追憶している詠嘆から、さらに人の世の命の無常と共に季節も秋となり秋愁も重なっては、とりわけ今年の秋はその寂しさが深まってゆくことを、故人の自邸がある地の表現「大磯の里」に象徴して一首目の追憶歌は始まります。

そして二首目に入り、「外国《とつくに》の人」と睦《むつ》み交わして戦後日本の建設を成したあの、吉田茂、「君」は今はもういない、無常となった今の折り折りにその、君の不在を思うと「かなし」きことが表わされました。

深い悲しみの哀傷歌であると同時に、〈日本の歴史〉に故人を讃えて魂に向かう〈鎮魂歌《ちんこんか》〉ともなりましょう。

一首目、「君のいさを」を日本の歴史に列挙するにはあまりありますが、御製の表現からは主に「日本国との平和条約」調印が、「日本国憲法」制定も、加えて平和条約の発効を受けた昭和二十七（一九五二）年六月の国際連合加盟への申請までありましょう。〈外交による平和国家日本〉と〈外交による国際平和〉を何よりも理想とした昭和天皇には、吉田茂こそ立場を超えての〝人間個人の存在〟でもあったのでしょう。

それが二首目の「外国《とつくに》の人とむつみし君」への称讃表現へと続きました。

共に理想とする在り方を同じくする昭和天皇には、二首目の「君はなし」「思へばかなし」「このをりふしに」表現へ、今の折り節の「かなし」きことを表象されたように受けとめられて参りましょう。

この時に香淳皇后も「吉田茂の死をいたみて　三首」と記す詞書《ことばがき》によって、三首のみ歌（昭和四十二年）を詠み上げました。

一首目「君をおもひ国をうれひて九十までありへしものをつひにはかなし」の初句と二句目の表現「君をおもひ国をうれひて」から、故人が常常に公としていた昭和天皇への「君臣《くんしん》」の情も憂国の情も何より、昭和天皇と故人の絆も背景となり、九十歳までもの長寿を全《まっと》うしていながら、遂に儚《はかな》くとうとう現世からは空しくなってしまった表現「つひにはかなし」に「無常観」が伝わりましょう。

そして、二首目の初まりとなる「いとせめて」の、とても痛切と受けとめられる表現から、いつも好み続けていた薔薇の花を供えたいと思っていたものなのに「薔薇の花そなへまほしと思ひしものを」との逆接表現で、それさえ叶わなくなってしまった現在となります。

吉田茂が薔薇を愛《め》でたことは、日本国の第九十二代内閣総理大臣・麻生太郎氏(8)も記しています。

祖父、吉田茂は、バラが好きだった。「日本バラ会」の会長をしていたこともあり、バラ作りでも知られていた。

バラは英国を象徴する花である。英国の国花であり、英国の人々のバラに対する愛着は深い。英国びいきの祖父が、バラを愛《め》でたのは不思議でないかもしれない。……

祖父は、…中でも白バラを好んだ。そして、バラに限っていえばヨーロッパ系の香りのあるものが好きだった。「イギリスにいたころは、バラはもっと香りの強いものだと思っていたんだが、日本の花は香りがないね。日本は雨が多いから湿度のせいで香りがうすくなるんだろう」

祖父はこんな話をしていたが、花の季節ともなれば大磯の家の食堂から居間まですべてが立派なバラで埋められていた。

箱根に避暑に行くと、書生にわざわざ大磯から切りたてのバラを届けさせるほどの溺愛《できあい》ぶりだった。

今上《きんじょう》陛下ご成婚のとき、「プリンセスミチコ」と名付けられたバラがアメリカから献上された。祖父は感激して、丹精込めて自分のバラ園で栽培した。「プリンセスミチコ」は大磯の私邸から日本国内に広まったと聞いている。

今年もまた「プリンセスミチコ」は、日本各地で気品のある花を咲かせているはずである。

（麻生太郎・『麻生太郎の原点　祖父・吉田茂の流儀』）

しかし三首目では「とつくにの人もはせきて」外国の人も急ぎ来て、日本の花「菊の花」を共に捧げることは「こころうれしき」と、外交によって日本と「外国《とつくに》」との間で〈平和な国交に結ぶ理念〉を実現した故人を称えます。故人への〈無常観〉と共に、故人が歴史に成した〈平和外交による日本と国際社会との平和社会〉を〈永遠〉へと願う祈りでしょう。

これら香淳皇后の「吉田茂の死をいたみて」三首は、昭和天皇の「吉田茂追憶」と同じテーマで御製の表現に添いながら、昭和天皇ご自身が表わし難い故人から「君」への「君臣」の情も、故人が愛《め》でた薔薇の花への憧れも表わした上で、〈平和外交による戦後日本の平和社会を確立〉した故人の、国際社会での称讃も、ひいてはその故人が方向付けた日本国のあり方も詠み上げた歴史的み歌となりましょう。

そういう中にあっても二首目の「薔薇の花」から三首目「菊の花」へと、彩《いろどり》もイメージする表現による絵画的展開では、絵画の中でも日本画をご生涯とした香淳皇后の日本画的世界を歌詞《うたことば》によって描かれる手法が、皇后ならではの歴史的表現として精彩を放っています。

何より三首目「とつくにの人もはせきて」から「菊の花ともにささぐるは」へと続いて「こころうれしき」に結ばれた結句表現こそは、〈永遠〉とする〈平和な国際社会〉への祈りとなりましょう。

これらの表現や方法やそれによるみ歌の歌風すべてが、香淳皇后その御方ご自身そのものと表象される世界でした。

＊　皇室史上はじめて、皇后の外国ご訪問

香淳皇后は昭和四十六（一九七一）年九月二十七日となり、昭和天皇に伴なって西欧七か国御外遊に出発しました。このご外遊こそ、歴史的に初めてとなった昭和五十（一九七五）年十月三十一日の、昭和天皇とおそろいでの公《おおやけ》の記者会見において、その前の年に迎えた金婚式を祝され、お二人の楽しかった思い出を尋ねられたことにお二人そろって最もと話された外遊です。

外遊の日程は昭和四十六（一九七一）年九月二十七日から十月十四日までの、二週間以上にも及ぶ長期のものでした。その長い日程での外遊国は、アンカレッジ経由でデンマーク・ベルギー・フランス・イギリス・オランダ・スイス・西ドイツの七か国となりました。

そしてこの外遊で香淳皇后は、この本で底本としている御歌集に公《おおやけ》となっているところでは、経由地やご外遊国や、かの地を題とする十八首ものみ歌を表わされていて、それら一首一首が日本画を自らとなされた絵画的歌風により、全体としてまるで一幅《ぷく》の絵巻物語のような世界を展開してゆくのです。

初まりは、外遊へ向かう経由地であった「アラスカ」に近付いて空から「オーロラ」を見ながら、香淳皇后はご自身が今、「外国《とつくに》の旅」にある身に、わたくしたちにもときめくお心がそのままに伝わり来るみ歌「オーロラを空より

見つつ外国《とつくに》の旅にある身のこころときめく」（昭和四十六年）を、「欧州の旅」題十八首の始まり「アラスカ」題二首の内に一首として詠まれます。

このみ歌の前にはアメリカの空軍の吹くファンファーレが夜空に高く響き渡った光景が詠まれていて、これら二首のファンファーレの響きとオーロラの彩《いろどり》の中から香淳皇后の西欧七か国ご外遊のみ歌もお旅と共に展開してゆきます。

旅の始まりとなった経由地バージニア州ウィリアムズバーグ郊外のパトリック・ヘンリー空港に到着し、空港からウィリアムズバーグ・インへ向かう車にご乗車では天皇がアメリカ式レディース・ファーストのマナーに従がって皇后を先にお乗せしたものの、しかしお二人でお歩きの時は日本でも常にそうであったように、皇后がいつも天皇より数歩下がって続きました。

日本でもホワイトハウスの歓迎晩餐会やポトマック川下りも、またセントラルパークの散策からディズニーランドでのミッキーマウスとの握手などまで報道されて、先の大戦の敗戦から二十五年で日本を復興させ、国際社会に確立する一国へと成熟するまでを共にあった人間宣言をなさった天皇に慶び、その天皇とひとつに年月を重ねられた皇后のおおらかにゆったりとした微笑みにさらなる豊かさを覚えたことでしょう。

それはアメリカ人も同じでした。

かつては敵国として闘った関係が、今はまるで何もなかったかのように日本人が共感した印象と同じ様な印象に受けとめられるような熱い好意をもって、両陛下とアメリカでの一時を共有していました。

これがこのお旅の何よりの大切な歴史となることです。

一時は戦争となった悲惨で対立しながら、その悲惨を超越し、新しい国際社会の次代へ続く平和社会へ向けて新たな友好を結び深めてゆく親睦です。

それが果たされたことが歴史的大事となりました。

この後に外遊もデンマーク・ベルギーへ続き、「欧州の旅」題による先の、「アラスカ」題二首から始まる（「アラスカ」題二首も含む）七か国を詠む十八首一連の「欧州の旅」み歌も、この本で底本とする歌集では進みゆきます。(9)

「デンマーク」題では、空港にお出迎えなさったデンマーク国王王妃に手を差しのべたみ歌を初めに表わしました。「ベルギー　四首」題ではそのままに古い絵に見る心地がして王妃と共に入った「ブリュッセル王宮」から、美しい森にかこまれる王宮に入って「昼餉《ひるげ》」を共にする「ラーケン王宮」へ、同じく古き世の面影が残る広場で旗を振って踊る「オメガング人《びと》」たちの踊りを詠む「ラーケン王宮」へと、そしてまた同じ「ラーケン王宮」題の三首目では「日の丸の花」を使って作ったシャルロワの食堂の「飾」に心をひかれたみ歌へ続きました。

フランスでもその国名「フランス」題により、「フォンテンブロー」の池面《いけも》に「秋の日」が「輝き」ながら、そこにプラタナスも散る風景を、これまでの香淳皇后のみ歌に記したようなフランスの地、フォンテンブローの池、その池の水、水の「面《おもて》」、水の面に煌《きら》めく西洋の秋の日の光、そこに散り来るプラタナスの葉すべてを空間的に構成して、色も光も影も映り流れる絵画的な一首「フォンテンブローの池の面《おもて》に秋の日は輝きにつつ鈴懸樹《プラタナス》散る」（昭和四十六年）を創られます。

しかしイギリスを訪れると、その時もまだ消えずにあった先の大戦による日本への様様な思いが行動となって現われて、昭和天皇は大戦が終わって三十年近くになるのになお恨む人が在ることを思い悲しむ御製《ぎょせい》（「イギリス」・昭和四十六年）まで表わされています。

そうはあってもしかし、多くの人はお二人を暖かく迎えてくれたお嬉しみの御製《ぎょせい》（「イギリス」・昭和四十六年）も昭和天皇は残されていて、十月五日のバッキンガム宮殿へのパレードでは、昭和天皇が半世紀前に昭和天皇が訪れた時と同じコースを「六頭の白馬」が引くオープンの「艤装馬車《みくるま》」に、今はジョージ五世の孫のエリザベス女王と並ばれて乗られ、香淳皇后はウェストミンスター寺院の鐘の音が響く秋の日に、その時、昭和天皇がエリザベス女王とお二人おそろいで乗られる鱶装馬車が、秋の日のまばゆいばかりに光る中で華やかに進みゆく様子を三首のみ歌の世界に構成しました。

その鱶装馬車パレードを香淳皇后は、「イギリス　四首」の内の一首目から三首目に詠み上げます。

そして「イギリス　四首」題による四首目のみ歌が生まれました。

それが「ウェストミンスターアベイ」堂内の無名戦士の墓の上に、昭和天皇とおそろいで花環をお供えして深く祈られた祈念のみ歌でした。

この「深い祈り」を捧げられたお二人の祈りに、初めは様様な思いが残っていたイギリス人へも〈平和を尊ぶ文化国家日本〉の新しい姿が伝わり、昭和天皇と香淳皇后がイギリスをお立ちになる頃には、イギリス国民の惜しみない心がお二人に向けられたと伝わります。

お旅は続きます。

伴なって「欧州の旅」全十八首一連のみ歌も展開されてゆきます。

「オランダ　二首」題に香淳皇后は、一首目で少女から受けた花束を抱きながらユーロマストに登り港を見おろしたことを、次にスーストダイク王宮の静かな庭を、森を廻らす池にはむ鴨も見たことを、二首目の結句「スーストダイク王宮の静かなる庭」と表現した体言止《たいげんどめ》に象徴してこれもまた絵画的に詠み上げました。

「スイス　二首」ではまず初めに、「赤十字」を始めたデュナンの苦しみを、ご自身がジュネーヴの秋にしみじみ思われた思いを表わされました。このみ歌はとりわけこの本の「終章」で、デュナンと赤十字への求めと共に拝見したいと考えます。

昭和天皇と共に歴史的ご使命を背負われていた香淳皇后の内には、昭和天皇と同じようにどの地にあろうとも、どういう折であっても、昭憲皇太后と貞明皇后から継がれた〈皇后の大切〉を深く秘めていた真実が想われましょう。

それでも「スイス」題では摘み取った葡萄の房は「籠《こ》」にあふれ、岡の夕べに香を放っている美しさをもう一首に描き、夕暮方の薄光の中で、小高い岡に、夕陽に美しい葡萄の球形の美も彩《いろどり》も、空間に漂う葡萄の香の芳醇も映り漂うみ歌を今に伝えられて、絵画を愛《め》でられた香淳皇后ならではのみ歌を拝見することができるのです。

七か国目訪問国ドイツでの「ドイツ　二首」題で、お旅も「欧州の旅」十八首一連のみ歌も終焉となります。とりわけ二首のみ歌には、香淳皇后のこれまで展開してきた歌風がロナンティックな雰囲気の中で、より色濃く印象されましょう。

「ドイツ　二首」の一首目のみ歌もまた、香淳皇后ならではに時の流れと共に移り行く空間美を、光も色もその時の流れの中で変わりゆく微妙な美の変化に描いて絵画的に、さらに空間的に構成されてゆくのです。

「ドイツ　二首」題の一首目「黄葉《もみぢ》するラインのほとり霧はれてゆくてに古城たちならぶ見ゆ」（昭和四十六年）でした。

ライン川を舟で行くとラインを囲む右左《みぎひだり》の山山は「黄葉《もみぢ》」していて、水の流れの色に映っては迫る右左の黄葉色の高さから、初めは霧がかかって空間全体が透明感のベールに包まれたようであったのに、その霧が序序に晴れて青緑の水の流れを底に、そこから空へ連なる黄葉も少しずつ鮮やかな色に映り変わり、ゆくてに「古城」が次次にたち並ぶ景が現われて、ドイツの歴史も芸術も伝統も生きる古城が立ち並ぶ景色を見る一首です。

ドイツの風景の中にドイツの歴史やその芸術を深く重く象徴とも印象されながら、そうしてその象徴からの印象はラインを行く〝時〟の中で、少しずつ霧がはれて、ドイツオペラが今にも幕が上がって始まるかのような空間で印象されるみ歌と言えましょう。このような色と空間に構成される絵画的歌風によるみ歌がそして、香淳皇后の芸術となりましょう。

このように芸術とも完結した十八首一連「欧州の旅」み歌は、この本で底本としている御歌集(10)に公《おおやけ》になっているみ歌の最後十八首目み歌に至り、さわやかな「風かよふ」ドイツの秋の朝に、庭に立ちながら「朝絵筆」をとったことを詠まれて閉じることになりました。

「絵筆」をとることと、歌詞《うたことば》表現のみ歌の一体でしょうか。

ここに絵画的歌風で綴った十八首み歌による絵巻物も完結となりました。

そうして西欧七か国ご外遊も終わりへと閉じることになります。

先の大戦という世界人類にとっての絶望の歴史を超越し、〈新しい文化国家〉へ歴史を創り始めた日本として、〈平和を尊重する日本〉が次代の国際社会を形成する国国と新しい友好を結び、親善を深めるために、御重責を果たされた昭和天皇と香淳皇后でした。

七か国のある時には昭和天皇もお悲しみを抱く場面もありました。

その間もいつもどういう折りもゆったりと穏やかに、しかし細やかなことに動じることなくエンプレススマイルをたたえ、御身佇《たたず》まいから醸《かも》し出される優雅さや品格から、人人に日本人女性のあり方や平和な日本を創りゆく日本人女性を理解された香淳皇后でした。

そこには久邇宮家に生を享けて以来に御身に培われてきた日本伝統の雅《みやび》文化も、昭憲皇太后と貞明皇后から継がれてきた〈皇后の大切な使命〉も御内にしっかりと生きてのこととみ歌の表現からは伝わって参ります。

香淳皇后が御身となされたその豊かさによって、先の大戦を超えて新しい国際社会で昭和天皇の理想とする〈平和外交〉によって〈文化と平和を尊ぶ日本〉が国際交流を可能にできた上、次代の国際社会へ貢献しうるひとつの国として世界に尊重される存在へと理解される出発へ、皇后としての立場から初めて外遊にのぞまれて使命を実現した方が香淳皇后でした。

国際社会の平和へ、歴史的貢献

昭和四十六（一九七一）年九月二十七日から十月十四日までとなった昭和天皇と香淳皇后の米国アラスカ州アンカレッジ経由による西欧七か国御外遊は、昭和天皇においても即位して初めての、香淳皇后においても日本の皇后として初めての外遊として歴史的でした。

加えてそこには、先の大戦で一時は敵同志として戦争にあった国国と、その歴史を超越して新しい外交によって次代の国際社会の平和のために、より深くより強く親睦を重ねてゆく意味がありました。

その歴史的重大を成された昭和天皇と香淳皇后でした。

そして昭和四十九（一九七四）年十一月十八日に至り、次の歴史が展開します。

先の大戦で日本にとって最大の敵国となりながら、戦後日本の復興に再生に大きな指針国となり援助国となった米国の、現職大統領として初めてとなるフォードﾞ大統領の来日です。

この時の慶びを昭和天皇は、「迎賓館」題（昭和四十九年）にて、たちなおったこの迎賓館に外国からの賓客を迎える時は来たことを、その詠嘆を「時はきにけり」の表現に、今に至っていよいよその時が来たお慶びと共に沸き立って参るように表されました。

この時のフォード大統領の歓迎宮中晩餐会で、昭和天皇は心からの歓迎の意を表されて、ペリー総督来航以来すでに百二十年にもなる日米関係を述べられた後に、「このような友好的な両国の間にも、一時はまことに不幸な時代をもちましたことは遺憾なことでありました。しかしながら、戦後の日本は、ひたすら平和の理念に徹する国家の建設に邁進して今日にいたりました。」と述べられ、「貴国政府の提唱と協力による対日平和条約が早期に締結され」たことに加えて「また、終戦直後の混乱期において、貴国が我が国に対し、好意と援助を寄せられましたことにつき、この機会に、貴国の政府並びに国民に対し、厚く御礼を申し上げる次第であります。[11]」（昭和四十九年十一月十九日）と結ばれました。

そして昭和五十（一九七五）年九月三十日午前九時三十分のことでした。

昭和天皇と香淳皇后は日航特別機で羽田空港をご出発します。

ジェラルド・R・フォード米大統領の招待による十月十四日まで、十五日間のアメリカ合衆国への公式ご訪問への旅立ちです。

この日、太平洋は波も静かに晴れ広がっていたと記録されています。

昭和天皇はこのお旅について、「北米合衆国の旅行」との詞書《ことばがき》（昭和五十年）で『昭和天皇御製集[12]』に公《おおやけ》となっているお作としては、三十八首もの御製を詠み上げました。

その一連の二首目には長い年月を心に留めたことで、「旅の喜びこの上もなし」（昭和五十年）と表されました。米国との友好の大切を長い年に及び心に留めていたことなので、今日のこの「旅」の「喜び」は「この上もない慶びのこととの表現です。

それは米国でも同じでした。

バージニア州ウィリアムズバーグへ倒着後に、昭和天皇と香淳皇后は、ワシントンD.C.やロサンゼルス各地での大歓迎を受け、十月二日にはフォード大統領との公式会見が行なわれました。三日にはアーリントン国立基地に眠る無名戦士の墓への献花も友好の中で受け入れられ、四日の日はニューヨークロックフェラー邸へ訪問もあるなど、そしてそれら全てが米国報道でも大きく報道されて、ニューヨークでは真珠湾攻撃の生存者たちによる「パールハーバー生存者協会」も天皇を歓迎しました。

この間、十月二日のホワイトハウスにおける大統領夫妻主催の歓迎晩餐会で昭和天皇が述べられたおことば(13)が在ります。

昭和天皇「おことば」

私は多年、貴国訪問を念願にしておりましたが、もしそのことが叶えられた時には、次のことを是非貴国民にお伝えしたいと思っておりました。と申しますのは、私が深く悲しみとする、あの不幸な戦争の直後、貴国が、我が国の再建のために、温かい好意と援助の手をさし延べられたことに対し、貴国民に直接感謝の言葉を申し述べることでありました。

（昭和五十年十月二日）

その上で昭和天皇は「たとえ今後、時代は移り変わろうとも、この貴国民の寛容と善意とは、日本国民の間に、永く語り継がれて行くものと信じます」（昭和五十年十月二日・ホワイトハウスにおける米国フォード大統領夫妻主催の歓迎晩餐会）と結ばれました。

昭和四十六（一九七一）年の西欧七か国ご外遊と重ねてこの、昭和五十（一九七五）年の十五日間にも及ぶ米国ご訪問で、昭和天皇と香淳皇后は国際対戦の対立を超えて次代の国際平和を創りゆく日本の国際社会における新しい存在による新しい出発を確実にされました。

昭和天皇が最も理想とされたその、国際平和を、世界の国国と創ってゆく日本の存在――

その日本へも国際社会全体へも昭和天皇が深く祈願した〈永遠の平和〉――

祈願を込めて昭和天皇は米国ご訪問中に訪れた国連本部で、日本から贈った国連本部に響くその「鐘」へ永遠の平和の響きを伝えるよう思います。

国連本部訪問

日本よりおくりたる鐘永世のたひらぎのひびきつたへよと思ふ

（昭和天皇・昭和五十年）

歴史に稀有な絶望を事実とした日本でした。

しかし、そこから新たな〈平和を尊重する文化国家〉へと再生し、創生した日本でもありました。

この間の歴史をそうして、昭和天皇と常にひとつにあった方が香淳皇后でした。

先の大戦のご苦悩も日本復興の慶びも、日本が世界に認められれば認められるほどに深くあった先の大戦へのご悲痛もご悔恨も全ての思いを共に重ねた香淳皇后でした。

そうして成し遂げた新しい国際社会への新しい日本からの友好の結び合いです。

それを香淳皇后は、歴史上に初めて、日本の皇后となされ昭和天皇とごいっしょに訪れられた多くの国国へのご外遊によって果たされました。

ご外遊による国際親善への出発を皇室史上に始めて一歩としたことこそ、香淳皇后の〈后《きさき》としての歴史〉として今も煌《きら》めいている輝やきなのです。

註

（1）本書での昭和天皇記述は、拙著『昭和天皇　御製にたどるご生涯　和歌だけにこめられたお心』（ＰＨＰ研究所・二〇一五年）に拠りました。
（2）香淳皇后について、直接の記述は、主に次の文献に拠ります。
工藤美代子『香淳皇后と激動の昭和』（中央公論新社・二〇〇六年）
小山いと子『皇后さま』（主婦の友社・一九八八年）
村上重良編『皇室辞典』（東京堂出版・一九八〇年）
（3）徳川義宣・岩井克己『侍従長の遺言――昭和天皇との50年』（朝日新聞社・一九九七年）
（4）入江相政『昭和天皇とともに　入江相政随筆選Ｉ』（朝日新聞社・一九九七年）
（5）明治神宮監修・打越孝明著『御歌とみあとでたどる　明治天皇の皇后　昭憲皇太后のご生涯』（ＫＡＤＯＫＡＷＡ・二〇一四年）
（6）前掲（5）
（7）前掲（1）
（8）麻生太郎『麻生太郎の原点　祖父・吉田茂の流儀』（徳間書店・平成十九年）
（9）木俣修編『天皇皇后両陛下御歌集　あけぼの集』（読売新聞社・昭和四十九年）
（10）前掲（9）
（11）高橋紘編著『昭和天皇発言録』（小学館・平成元年）
（12）宮内庁侍従職編『おほうなばら　昭和天皇御製集』（読売新聞社・一九九〇年（平成二年））
（13）前掲（11）
記　特に昭和天皇と香淳皇后のご外遊も含め、記述は外務省ホームページ・宮内庁ホームページ・日本赤十字社ホームページ・赤十字国際委員会ホームページ確認に拠りました。

第六章　平成の后《きさき》・上皇后美智子様

一般ご家庭からはじめての后《きさき》

平成の御代《みよ》の后《きさき》でいらした只今の上皇后陛下は、近代に入って初めて皇族でもなく、五摂家でもなく、ご出自を一般のご家庭からとなさるご生家から立后した后《きさき》でした。

当時にはまだ正田美智子様でいらした上皇后陛下が、時の皇太子でいらした現在の上皇陛下とのご婚約が昭和三十三（一九五八）年十一月二十七日に決定され、発表されます。

この日から日本中が、皇太子の〝妃〟と決まり、将来の〈日本の皇后〉となりましょう正田美智子様への憧憬に、称讃に、何より慶賀にわき立ってゆきます。

それは、皇太子妃に、次代の皇后にお立ちになりましょう女性が、皇族や華族や平安朝以来の五摂家からではなく、慶びを表す国民とひとしく一般の国民のご家庭に生を享けられた女性ということもありました。

併せて皇太子妃に決定と公《おおやけ》にされた正田美智子様のあまりに典雅でノーブル、面立ちから佇《たたずま》いまで全体にかもし出されるエレガントに品格の高いお姿も、それらすべての奥に漂う知的な文化性も豊かな美しさも、そういう内に秘められた尊さを感覚される美智子様のすべてに国民のみなが魅了されたからでしょう。

そうして国民のすべてが慶び憧れた正田美智子様は、この時から六十余年を皇太子妃として、また新しい御代《みよ》の后《きさき》とされて、それまでの歴史になかった多くの新しい皇室を創り上げてゆきます。

新しい皇室はそうしてそのままに、新しい日本社会の〈幸〉へ広がりゆく創造を成してゆくのです。

ところでこの本の「第一章」（＊　光明皇后誕生と上皇后美智子様）に記したよう、美智子様の〝妃〟ご誕生は、遡る千年以上の古《いにしえ》にあった光明皇后が誕生した歴史と重なり映るようなのです。

光明皇后が奈良時代にあって、それまでは内親王から選ばれることが原則となっていた中に、臣下であった藤原氏から初めて皇后に立った歴史は、「第一章」で明らかにしたとおりでした。

臣下となる藤原氏ではありましたが、父・藤原不比等は律令制を法律となる「大宝律令」[1]に完成して大納言となり、平城遷都などへも領導して右大臣・正二位まで官位を授けられた公卿で、不比等の父で光明皇后には祖父となる人物が藤原鎌足でした。

鎌足こそ先には中臣鎌足であった歴史的存在で、中大兄皇子と共に大化の改新を推進するに、蘇我氏を滅ぼした功績を持ちます。これにより律令体制の基礎が築かれ、中大兄皇子は天智天皇となって永く日本に生きる体制造りを歴史に成し遂げました。

大化改新に着工する鎌足の改革のひとつは、日本に仏教を摂り入れる大事でした。これは、「第一章」に記したとおり、白村江《はくすきのえ》の戦い（はくそんこう）で日本が唐国等に敗北した後の国際社会で、日本が独立したひとつの国として存在してゆくに必要な教理であり、信仰であり、鎮護国家を願う対象として仏教こそ国の要と考えたこともありました。

そして改新はひとつひとつが成功の形を実現し、当時の国際社会で日本も独立した一国として国の形を整えてゆきます。

仏教とは、そういう中で天皇家にも当然に、藤原氏にとっても国を治めるに根幹とも骨格となる教理でした。そればかりではなく、時代に在っての仏教とは至高の学問であって、哲学の次元の思想に至る教理として社会的責任を持つ者たちに必然に修める教えでした。

藤原氏も鎌足はもちろんのことで、不比等も厚い仏教信仰を精神的支柱として政《まつりごと》にあたっています。その教えをひく光明皇后も生誕からごく自然の環境において深く仏教に帰依していたことは、「第一章」の、とりわけ（＊光明皇后の正倉院）に明らかにしています。

光明皇后には、この白村江の戦いで日本が敗北した後に新しい国創りを必要としていた時代状況下で、生家の仏教教理を尊重する学識・社会的見識や、またそういう生家が持つ政治力も経済力もによって可能となった悲田院と施薬院などの社会救済事業が歴史事実としてありました。

美智子様はどのようでしょうか。

皇太子妃に選ばれた昭和三十三（一九五八）年は日本が焦土と化した先の大戦の敗戦からまだ十三年しか経ていない頃で、何よりこの本でも「第五章」で詳しく説いた日本が国際社会で独立した存在に誕生した「サンフランシスコ平和条約」発効からまだまだ六年と言う、わずか六年が過ぎただけの時でした。

日本が新憲法と「平和条約」のもと、〈平和を尊重する民主主義の文化国家〉として、新しく国際社会で独立国に在ろうとするわずか六年の時です。

その時代と国際社会の中の日本の状況において、この「第六章」の主に（＊　聖心女子大学の女性教育）で思考する新しい「国際的人間観」を御内に深く修めた美智子様の存在は必然でした。

しかも〈新しい民主主義〉を象徴なさるような御生家の背景も加わりましょう。公《おおやけ》とされている御父方系となる祖の方方も母方系御祖の方方も、日本社会では至高となりましょう学識も文化も教養もみな修められた方方ばかりと見受けられ、御祖父正田貞一郎氏は日清製粉グループ本社の創業者として戦後に食糧事情が困難だった日本人の生活に多大な貢献を成し、美智子様のお妃決定時に日清製粉は日本を代表する超優良企業として、日本ばかりではなく米国等の海外諸国にも国際貢献を果たしていました。

美智子様ご自身もご生家の在り方も、〈平和を尊重〉し〈新しい民主主義による文化国家〉として日本が、世界の多くの民主主義国と共に次代の平和社会を創り国際貢献してゆくに、社会状況からも歴史の流れからも代わりえない方方と受けとめられます。

このような美智子様という方の次代へ后《きさき》となる皇太子妃誕生は、八世紀光明皇后の出現と重なり映りましょう。

光明皇后が、この本でも「第一章」に解き明かしましたよう、美智子様も多くの新しい歴史をそうして創り上げてゆきます。

何よりは、光明皇后が〈普遍〉とした〈皇后の大切〉の在り方——

それを継がれながら美智子様は、先の大戦の後に日本の歴史で初めて、新憲法のもとで「象徴天皇」として即位した只今の上皇陛下の后《きさき》となされ、〈象徴天皇・后《きさき》〉の在り方をひとつ、イデアとも理解される次元へ昇華されたことがあり、そのイデアとも考えられる〈永遠性〉は、光明皇后が大切とした皇后の在り方とひとつにつながってくることです。

日本が国際社会で独立する存在となる「平和条約」発効からわずか六年に、近代に入って初めて一般のご家庭から誕生した次代の皇后とおなりになる皇太子妃美智子殿下でした。

そして美智子様は、日本も国際社会も求める理想社会へ、次次と新しい実現を重ねてゆきます。

併せてご自身の内なるみ魂も〈永遠〉となる世界へ志向されながら、日本の皇后となされてのみ魂を昇華されてゆかれる表現を表わされてゆきます。

〝ひとりひとりの人間として〟〝みなが〈幸せ〉に〟ある理想社会へ——

新しい時代を求めた歴史を紐ときながら今度は、次の理想社会へ美智子様とともに希求してゆきましょう。

＊　天より遣わされた戦後日本への女神

明治の御代《みよ》は近代化とは言いながらも、日本を国際社会へ開き世界の国国と対等にあろうと目指した政府の方針によって、天皇を中心とする中央集権国家が形成され、皇后の出自は「皇室典範」に厳しく規定がありました。

しかし昭和二十一（一九四六）年十一月三日の「日本国憲法」公布から、翌二十二（一九四七）年五月三日施行に至ると、「国際社会で認められる民主主義国家日本」の「国の姿」がシンボル化されてゆきます。

新しい「日本国憲法」に先立って「国の姿のシンボル」が鮮明にされたのでした。昭和二十一（一九四六）年一月一日の昭和天皇「詔書」［人間宣言］[2]です。

それまでは現《あきつ》御神《みかみ》でした存在の天皇から、新しい民主主義国家日本においては〝人間〟であることへ、わたくしたちすべての国民と共にある〈ひとりの人間〉であることが公《おおやけ》にされたのです。

このことこそ、今、記している「第六章」で、この後、（＊〝ご家庭創り〟が国民みなの〈幸〉へ）で紐といてゆく、上皇陛下と上皇后陛下が創り上げた〝ご家庭〟の幸せがそのまま〝おひとりの人間〟となされての幸せへつながり、それこそが国民みなと創り上げてゆく〈幸せ〉への始まりでした。

同じく昭和二十一（一九四六）年に公布され、翌、二十二（一九四七）年で施行となる「日本国憲法」によって、天皇は主権の存する日本国民の総意に基く「日本国の象徴」であり、「日本国民統合の象徴」に定められます。

そしてこの、〈象徴〉と定められたことこそもまた、この「第六章」（＊〈象徴天皇・后《きさき》〉となされてのイデア）で希求してゆく上皇陛下と上皇后陛下が考求された「象徴天皇」の在り方から、美智子様が求められる〈象徴天皇・后《きさき》〉の在り方へつながり、そのイデアが何と、実は、八世紀光明皇后から、重ねて近代昭憲皇太后・貞明皇后から、〈普遍〉となってきた〈皇后の大切〉とひとつに、未来社会へさらに〈永遠〉とするべき〈大切〉になってゆく新しい始まりでもあったのです。

この、日本の再生と、その中での天皇の在り方は、そのままこの本でテーマとしている〈皇后の在り方〉に密着して、皇后の存在を求める本質的テーマとなりましょう。

この創生時に生まれた次代の后《きさき》、時の皇太子妃美智子殿下でした。

併せて戦後十年程の日本は、昭和三十（一九五五）年の神武景気から、三十二（一九五七）年にはなべ底不況があったものの三十四（一九五九）年の岩戸景気へ続く中で、昭和三十一（一九五六）年には「もはや戦後ではない」（旧経済企画庁・『経済白書』）と経済上の判断もされ、十二月に日本は国際連合へも加盟します。

そういう中で新しいイノベーションが起こり、日本全国各地の都市も年を追い日を追って各各に復興を遂げてゆくのです。

それでも未だ各都市の中では、当時にあって完全な復興もままならない状況もあって、経済的アンバランスも混在の日本の中で、美智子様の〝妃〟ご誕生は日本国民誰しもの〈希望の輝やき〉そのものでした。

人は美智子様のすべての美しさに魅了され、人間となされての皇族との一体感を感じ、民主主義国家日本の未来を視《み》、あの絶望から再生してゆく新しい日本の姿を想い描いては、一般ご家庭からお生まれになった妃と共に理想とする未来社会を創りえる喜びに満ち溢れます。

〈時〉にあっての希望の輝き――美智子様。

美智子様こそは戦後まだ十三年の歴史でしかなく、敗戦の絶望から新しい国創りを成そうとしている日本と日本人にとって、まさしく、〈天より遣わされ女神〉その方となる女性だったのです。

＊

聖心女子大学の女性教育

昭和三十三（一九五八）年十一月二十七日の正田美智子様「皇太子妃」ご決定後の発表以来、美智子様が学ばれた出身大学であった聖心女子大学について、日本中からの注目が集まりました。

聖心女子大学は世界四十二か国に百七十校の姉妹校を持つ国際的な女性教育の機関で、創立も千八百年にフランスに設立された女子修道会「聖心会」を母体として、二百年以上の歴史を積む世界的女性教育の大学です。日本では大正五（一九一六）年に聖心女子学院高等専門学校として開校し、昭和二十三（一九四八）年には日本で初めての女子大学のひとつとして発足した教育機関で、二十七（一九五二）年設置の聖心女子大学大学院も日本初の女子大学院となる研究教育機関でした。

千八百年設立の「聖心会」によって創設され世界中に百七十校もの教育施設を持つ聖心女子大学は、しかし世界的な周知の広さや高い評価と比べて日本では、世界的認知のほどには広くゆき渡った大学ではありませんでした。

それが美智子様の〝妃〟ご決定と同時に、日本中からも、本来となる国際的女性教育の大学として最高の評価に価する大学であると、多くの国際的女性リーダーを教育してきた本当の理解が定着したのです。

日本の聖心女子大学は「University of the Sacred Heart, Tokyo」として、イタリア・ローマの聖心会総本部のもとで、聖心女子大学内にも聖心会日本管区本部を持っています。

現在も日本女性として国際的に最も尊敬と思慕を集める上皇后美智子様と緒方貞子氏と、お二人共が聖心女子大学のご出身女性として代表に考えられる方方でしょう。

このように国際性に豊む聖心女子大学文学部外国語外国文学科を主席でご卒業された美智子様は、在学中にウェルフェア・メンバー（クラスの福祉委員）を行なった上で、全学生の自治のリーダーとなるプレジデント（全学自治会長）ともなり、卒業式では卒業生総代として「答辞」を読みました。テニスでは在学中に関東学生ランキング第四位にランクインされ、論文においては昭和二十九（一九五四）年度の成人の日記念読売新聞社主催コンクールで第二位に入選となり、大学卒業後もフランス語習得と共に児童文学の研究も続けられました。

大学時代までの研鑽や活動すべてから美智子様は日本の聖心女子大学卒業生代表として、昭和三十三（一九五八）

年にベルギーで開催された「聖心世界同窓会第一回世界会議」にご出席され、併せて欧米各国へご訪問の旅行へも赴かれました。

学生時代からすでに、当時にあって最先端で最高となりましょう国際社会に活躍できる女性教育を受け、御内に豊かとしながら、現実の国際的活動の社会貢献も重ねていた美智子様でした。

皇后に立たれてからの平成十（一九九八）年九月には、インド・ニューデリーで開かれた国際児童図書評議会（IBBY）世界大会で行なわれた大会のテーマとして行なった基調講演「子供の本を通しての平和」を果たされて、それこそは、現在に世界中の人人が知っている平成の后《きさき》でいらした美智子様の児童文学論でもあり、世界平和論ともなっている歴史的講演と言えましょう。

美智子様は、平成十四（二〇〇二）年のIBBY五十周年記念大会でもご祝辞を述べられて、IBBYの名誉総裁に任じられています。

IBBYでの美智子様の平成十（一九九八）年基調講演「子供の本を通しての平和」は、このように現代にあって「世界平和」への大きな貢献として世界中に知られていて、この本でも次の「終章」でくわしく求めます。

上皇后美智子様はすでに学生時代から、いえ、この「第六章」の先に（一般ご家庭からはじめての后《きさき》）で記したよう、ご誕生の時から、ご生家の中で豊かな文化も深い教養も高い英智も御内に培われ、何より大切な〝人間となされてのお心〟をご両親からのかけがえのないご慈愛によって養われながら加えて、先に記したような聖心女子大学での世界に開かれた高等教育でさらに、国際社会で最も尊重される〈平和〉理念をご自身の文学追求も通して志向され、〈永遠の大切〉へ昇華されてゆきました。

美智子様は生涯に影響を受けた人物として、学生達がマザー・ブリットと敬慕した聖心女子大学初代学長エリザベス・ブリットをあげられます。それは日本女性の中で国際社会に最も貢献されたと尊敬される聖心女子大学卒業生で、第八代国連難民高等弁務官を務めた緒方貞子氏も同じでした。

今、緒方氏の思想を著した著書[3]の中から、聖心女子大学の教育として社会的に求められる主なテーマを、マザー・ブリットの直接の薫育から見ることにしましょう。

○初めに「女性の新しい生き方へ、学問の勧め」。

「『いろいろな勉強をしなさい』と、ずいぶん言われました。それも社会科学ではなくて、哲学とかそういうものを学ぶべきだと……。それから、『結婚は、一度してしまえば一生していられるのだから、今はそんなことを考えないで、どんどん学問をしなさい』と言われましたね。『せっかく、女性が学問をするための四年制大学ができたのだから、それを十分に活《い》かしてほしい』ということを。今とおよそ違うのですよ。女子大学ができた時でしたからね、やっぱり」

（『緒方貞子戦争が終わらないこの世界で』）

○併せて「リーダーシップ力の育成」。

「皆さん、頭を使いなさい！　考えなさい！」

「聡明になりなさい！」

「あなた方の生涯は、決して、ほうきとはたきで終わってはなりません！」

「あなたたちは、鍋の底や皿を洗うだけの女性になってはいけません！」

「一度に一つのことしかできない女性になってはいけません！」
「二十八のことを、同時にできるようになりなさい！」
「自立しなさい！　知的でありなさい！　協力的でありなさい！」
「あなた方は、社会のどんな場所にあっても、その場に灯《ともしび》をかかげられる女性となりなさい！」

（『緒方貞子戦争が終わらないこの世界で』）

○そうして「学問――知性」と「リーダーシップ社会性」を併せ持っての「女性の『嗜み』――エレガンスと美の養い」。

――社会に出ていくリーダーとしての訓練も積みながら、しかし女性としても……

「『女性というものがリーダーになるには、そういう教養を持っていなければならない』と思っていらしたのではないでしょうか。日本語で言うと『嗜み』という言葉ですよね。女性としての嗜みを重視しておられて、ご自分も、きっとそういうふうにお育ちになったのではないかと思うのです」

（『緒方貞子戦争が終わらないこの世界で』）

○究極「国際社会の平和」の中心「人間観」。

「大事なのは……、〝人びと〟です。〝人間〟です。人びとというものを中心に据えて、安全においても繁栄についても、考えていかなきゃならないということは痛感しましたね。国連の場合は国家間機関ゆえに、国と国との話し合いというものが安保理の中にはあったのですが、それだけでものが解決するのではなくて、その国の中に、あるいは裏に、人びとがいるということを考えないとだめなのです。人びとというものを頭に置かないで、威張って国を運営できる時代ではないのですよ」

（『緒方貞子戦争が終わらないこの世界で』）

マザー・ブリットの教えの初めに「学問」が、それも「哲学」が求められていました。

美智子様の思考がイデアの次元へ昇華なされる啓示でしょう。

マザー・ブリットは、「学問」のために「考え」る「聡明」さを求め、「社会のどんな場所にあっても、その場に灯《ともしび》をかかげられる女性」を目指します。

皇后にあるご思慮の深さ、本当の智慧、そうして人間教育の源から全体へと豊かに広がった自らの「灯《ともしび》」で全体を明るく暖かくやわらかい光で包む女性が想われましょう。

何よりは、マザー・ブリットが願う「社会に出ていくリーダー」としてのリーダーシップと共に、「女性」としても「教養」あり「嗜み」を身につけたレィディーの姿でしょうか。

これこそが、男性女性が共に共生しながらひとつになり、より良い社会を創ってゆくに求められる女性ならではのリーダー性です。

この薫育が啓示する女性像は、世界のほとんどの人が美智子様を想ってお姿を想われましょうか。

最後には、人間社会を形成するひとりひとりの「人間」を尊ぶ人間観に裏付けられた国際貢献への思想もマザー・ブリットは説いていました。

この本「第一章」ですでに記したとおり、上皇陛下との［ご慰霊のお旅］への美智子様のご思想ともつながりましょう。

平成の御代《みよ》の后《きさき》となる美智子様には、ご生家の家庭教育も、ご出身の聖心女子大学教育も、すべてが生かされて国民みなが思慕する国母へ、国際社会から崇敬をうける日本の皇后へと豊かな年月を重ねてゆきました。そうして入内《じゅだい》されてからは、さらなる新しい「生きる」ことが待っていました。

美智子様は「皇后陛下お誕生日に際し（平成十六年）宮内記者会の質問に対する文書ご回答」の中で、古希を迎えられ、ご両親に育てられ守られていた頃を、はるかな日日のこととして思い出しながら「家を離れる日の朝、父は『陛下と東宮様のみ心にそって生きるように』と言い、母は黙って抱きしめてくれました。両親からは多くのことを学びました。」とお話されています。


「陛下と東宮様のみ心にそって生きる」


ご生家とご出身大学の教えの上に、昭和天皇と只今の上皇陛下の「み心にそって生きる」ご人生で、美智子様には時は常に「今」であって、その上にさらなる「時」を生きながら、日本の歴史をそのままに現在に生きる皇室の在り方を生き方となされ、いつも内に聖なる美しい〈永遠〉を志向しておいでとみ歌やご著書やおことばからは想われて参ります。

戦後日本へ遣わされた〈天からの女神〉は、常にご自分が在った全ての環境と全ての方方から、〈大切な全て〉を御身とされて、皇太子妃から皇后へと人生を重ねられてゆくのでした。

＊　〝ご家庭創り〟が国民みなの〈幸〉へ

昭和三十三（一九五八）年十一月二十七日の正田美智子様「皇太子妃」決定の発表に、国民みなが慶びにわいたのはもうひとつ、国民が一体感を強くする憧れの物語があったからでした。

美智子様の〝妃〟の決定は、それまでのお后《きさき》方の選ばれ方にはない、当時に皇太子殿下にあった上皇様との〝世紀のロマンス〟があってのことだったからです。

昭和三十二（一九五七）年八月十九日にそれは、軽井沢のテニスコートから始まります。

この日のこのテニスコートでのお二人のご邂逅《かいこう》から、〝テニスコートの恋〟と伝わるお二人の恋物語《ものがたり》が始まり〝世紀の恋〟となって、〝世紀のご成婚〟へと成就なさったのでした。

お二人で成就した美智子様の〝妃〟決定も、国民には新しい民主主義日本となった新しいひとりひとりの〝恋〟模様からと映り、美智子様へはもちろんに皇太子殿下でいらした現在の上皇陛下への一体感も次代への希望も抱く慶びになりました。

その喜びは皇太子様もひとしおでございましたでしょう。

その決定を一首の御製《ぎょせい》に託されました。

　　婚約内定して

語らひを重ねゆきつつ気がつきぬわれのこころに開きたる窓

（上皇陛下・昭和三十三年）

この時から五十年を重ねて上皇様は、平成二十一（二〇〇九）年四月八日の御結婚満五十年に際しての会見で「夫婦としてうれしく思ったこと」についての質問に、「第一に二人が健康に結婚五十年を迎えたこと」と、「何でも二人で話し合えた」「幸せ」を話されます。

その折りには、この「婚約内定して」題（昭和三十三年）の御製《ぎょせい》をあげられて、「結婚によって開かれた『窓』から」「多くのものを吸収し、今日の自分を作っていったことを感じます。」と話されました。この「おことば」からは、御製《ぎょせい》に表された「窓」という詞《ことば》にはいろいろな表象が込められたように受けとめられましょう。ご成婚から五十年のこの時、上皇様は「結婚満五十年を本当に感謝の気持ちで迎えます。」（平成二十一年四月八日・天皇皇后両陛下御結婚満五十年に際しての会見）とまでおっしゃられたのです。

上皇陛下には「結婚」は「幸せ」そのものであり、「感謝」となるかけがえのない慶びと理解されましょう。この「幸せ」こそが、上皇陛下が美智子様とお創りになった〝ご家庭〟の存在と、その〝ご家庭〟を共に創ってきた美智子様との恋の物語《ものがたり》があってのことでした。

上皇様の（昭和三十三）年「婚約内定して」御製《ぎょせい》以来は、美智子様もその御製《ぎょせい》に表わされた歌詞《うたことば》「窓」によって、恋の思いもご家庭の喜びも表わされ、いつしか歌詞《うたことば》「窓」によって綴られたお二人の和歌はお二人の恋物語《ものがたり》の絵巻のようになってきていたのです。

その一首。

平成五（一九九三）年を迎えた十二月になり、上皇様と上皇后様は平成の新宮殿にお遷りなさいます。

美智子様は、昭和三十五（一九六〇）年に完成してお二人が皇太子にあり皇太子妃であった時代に過ごされた東宮御所での三十余年となる思い出を表わしました。「三十余年《さんじふよねん》」を「君」と過ごした「この御所」に、夕焼の空が見える「窓」があることを、「移居」題で「三十余年《さんじふよねん》君と過ごしし此の御所に夕焼の空見ゆる窓あり」（平成五）と表わされたのです。

ここからさらに三十年を重ねられ、今度は只今の上皇様が天皇の座をご退位なさり、もう一度皇太子と皇太子妃時代三十年を暮らした同じ御所に、これからは上皇陛下のおわす仙洞《せんとう》御所としてお住まいになることとなって今度は美智子様が、皇太子妃時代に暮らしては、これから上皇后陛下としてお住まいになる御所への思いを「先々《さきざき》には、仙洞《せんとう》御所となる今の東宮御所に移ることになりますが、かって三十年程住まったあちらの御所には、入り陽《ひ》の見える窓を持つ一室があり、若い頃、よくその窓から夕焼けを見ていました。三人の子ども達も皆この御所で育ち、戻りましたらどんなに懐かしく当時を思い起こす事と思います。」（皇后陛下お誕生日に際し（平成三十年）宮内記者会の質問に対する文書ご回答）と話されました。

お二人の「こころに開きたる『窓』」から世紀の恋物語《ものがたり》が生まれ、恋は多彩な喜びとなり、お二人で〝ご家庭〟を創られてはさらに豊かな〈幸〉とおなりの上皇様と上皇后様でした。

そしてその幸せは上皇と上皇后とのお立場にある御方方の幸せもありますでしょうが、わたくしたち国民のどの家庭にもあるような幸せにつながるよう、どの家庭の夫や妻が感じるような国民みなの家庭と同じような幸せでしょうとお二人の御製とみ歌からは伝わります。

平成八（一九九六）年六月に上皇様は前庭神経炎によるめまいのため、しばらくご公務を変更されてご静養となりました。その「お病気」に美智子様は「陛下のお病気の時は本当に心配でございました」（皇后陛下お誕生日に際し（平成八年）宮内記者会の質問に対する文書ご回答）と述べられ、「短夜　聖上の御病《みやまひ》の後《のち》の日に」の詞書《ことばがき》で、「短夜《みじかよ》を覚《さ》めつつ憩ふ癒えましてみ息安けき君がかたへに」（平成八年）とのみ歌を表わされました。ご病気が癒えられまして、御息も安らかにいらっしゃるあなた様のお側に、短夜を何度も覚めながら、ご自分も「憩ふ」思いです。

病にあった夫と、心配し回復に安堵する妻との、どういう家庭にも共感されるような思いでしょう。

平成十五（二〇〇三）年一月十八日となり、上皇様は前立腺全摘出の御手術を受けられました。ご入院は一月十六日から二月八日までに至り、すると、入院時はまだ一月冬の季節が、ご退院の頃にはもう立春を迎えて季節はすでに暖かさも感じられる春へ移っていました。上皇様はお戻りになられた宮居の庭の春めく風景を、（わたくしのいとおしい妻）「我妹《わぎも》」美智子様とごいっしょにお庭に出て蕗《ふき》の薹《とう》を摘むことを表わします。

東京大学医学部附属病院を退院して
もどり来し宮居の庭は春めきて我妹《わぎも》と出でてふきのたう摘む

（上皇陛下・平成十五年）

蕗《ふき》の薹《とう》は早春の雪解けと共に地中から花の茎を、しかも春を彩《いろど》る緑色の茎を出します。応じられてでしょうか、合わせてでしょうか、美智子様もご快癒あそばされたあなた様のお側に「若菜」を摘む「幸」のごもったいない春を迎えるお慶びを詠まれました。

春

癒えましし君が片へに若菜つむ幸おほけなく春を迎ふる

（上皇后陛下・平成十五年）

「若菜摘《わかなつみ》」は、平安朝以来に万病を除き長寿をもたらすと伝わっていた若菜を、正月《むつき》の初子《はつね》の日に摘む野遊びから長寿を祈る宮中行事となっていた慶事です。上皇様のご快癒と迎春の慶びに、ご長寿を祈る「若菜摘」に応えては、上皇様の「ふきのたう摘む」から二首一組で展開するまさしく、王朝絵巻のような恋絵巻が綴られてゆくようでしょう。

平成二十一（二〇〇九）年には「結婚五十年」を迎えられ、お二人で皇宮警察音楽隊の演奏もお聞きになりますが、ここでお聞きになった「祝典の曲」こそ、ご成婚時に奉祝された團伊久磨作曲の、その名も「祝典行進曲」でした。

上皇様はその曲をお聞きになられたことを、詞書《ことばがき》「結婚五十年にあたり皇宮警察音楽隊の演奏を聞く」御製《ぎょせい》（平成二十一年）に表わされました。

平成二十二（二〇一〇）年十二月二十三日には上皇様が、同じく平成の二十三（二〇一一）年十月二十日にはいつも共にいらした美智子様もまた、共に七十七歳喜寿のお慶びを迎えられます。そして上皇様はまたこの時も重ねて、お二人おそろいで喜寿を迎えたことを、詞書《ことばがき》「共に喜寿を迎へて」と記された御製《ぎょせい》（平成二十三年）に五十余年を支えて来た（いとおしいわたくしの妻）「我が妹《いも》」も「七十七《ななとせなな》の歳迎へたり」と表わされました。

しかし平成二十四（二〇一二）年二月十七日となり、上皇様には今度は、冠動脈バイパス手術をお受けになるためにご入院となりました。その上に翌十八日は約四時間にも及ぶ御手術となりました。

その後でした。

美智子様は、『古事記』や『万葉集』以来の歴史上の詞《ことば》「天地《あめつち》」の用法で、人間界を超えた天にも春が立って、すべての生命も新しい息吹を生み出す地にも「天地《あめつち》」全体に「きざし」が来たものがあって、そのような春の兆《きざ》しの中で、「君」がその「春野」にお立ちなさる日が近いことを「歌会始御題　立　天地《あめつち》にきざし来たれるものありて君が春野に立たす日近し」（平成二十五年）と表わされました。

平成二十三（二〇一一）年三月十一日は一万五千人以上の人人が命を無常とされてしまうまでのあの、東日本大震災が発生します。

その折り毎に、東北から北関東の被災地も、被災した人人をも絶えることなくお見舞され続けた上皇様と上皇后様でした。

でも美智子様のお内にはご不安もおありだったようにも受けとめられる表現も、平成二十三年のお誕生日に際しての文書ご回答で「東北三県のお見舞いに陛下とご一緒にまいりました時にも、このような自分に、果たして人々を見舞うことが出来るのか、不安でなりませんでした。」と残しています。

が、すぐに、「しかし陛下があの場合、苦しむ人々の傍に行き、その人々と共にあることを御自身の役割とお考えでいらっしゃることが分かっておりましたので、お伴をすることに躊躇はありませんでした。」（皇后陛下お誕生日に際し（平成二十三年）宮内記者会の質問に対する文書ご回答）と続けておいででした。

平成二十八（二〇一六）年四月に発生した熊本地震へのお見舞に際しては、先のおことばの「躊躇はありません」ご決意を、被災にあった人人の傍《かたわ》らに立とうと「君」が「ひたに」お思いあそばすので、ためらいためたいしながらそれでも行くことを「被災地　熊本」題のみ歌「ためらひつつさあれども行く傍《かたは》らに立たむと君のひたに思《おぼ》せば」（平成二十八年）に表わされました。

平成二十五（二〇一三）年四月十五日となり、上皇様と上皇后様は、ご退位後に初めての私的旅行をなされ、長野県千曲市の「あんずの里」へお出掛けになります。

そこで上皇様は、古く「唐桃《からもも》」と言われて、梅から始まる春の桃・桜へ移ってゆく彩《いろどり》から続く、それらの花より少し大きい淡紅色や白色の彩《いろどり》や、また梅・桃よりも一層に豊かな芳香も広げている「杏子《あんず》」の花を、その花花が咲き誇る春の華やぎの中を（いとおしい妻）「妹」といっしょに歩むことを「あんずの里」題による御製《ぎょせい》（平成二十五年）で表わされました。

お二人の「歩み」に、お二人が歩まれていらした時の流れや、交《か》わされてきたお心や言葉も余情に想われるようでしょう。

平成二十八（二〇一六）年八月八日は大切な日となりました。上皇様が、ご譲位のお心への理解を国民に表わされたのです。そして二十九（二〇一七）年十二月八日には、平成三十一（二〇一九）年四月三十日に御位をご譲位されることが閣議決定されました。

閣議決定の翌平成三十（二〇一八）年に、上皇様は、「きんらん」の花が咲く景も歌会始で披講されました。

語

語りつつあしたの苑《その》を歩み行けば林の中にきんらんの咲く

（上皇陛下・平成三十年）

「きんらん」とは、昭和二十一（一九四六）年からの三年半を、小金井公園の中に設けられた御仮寓に住まわれた上皇様が、過ごされたかの地で初めてご覧になった花でした。その花が七十年の時を超えて、ある朝に「苑《その》」を語り合いながら歩み行くと、林の中に咲いている景です。「きんらんの咲く」に、花を見つけられた時の感動がそのまま伝わりましょう。

そして一首をその、「きんらんの咲く」と結ばれた表現からは、小金井の地できんらんの花をご覧になった学習院中等科時代から、平成三十（二〇一八）年までの上皇様の年月も想われましょうか。

そうしてもうひとつ、「きんらん」の花から想われる意味がありました。

〈金蘭《きんらん》の契り〉です。

「きんらん」は、代わりうることのできない人との、きわめて大切な交わりを象徴して〈金蘭の契り〉と表わされてきた伝統の花だったのです。

その花を、（いとおしいわたくしの妻）「我妹《わぎも》」（平成十五年）・「我が妹《いも》」（平成二十一年・二十三年）・「妹」（平成二十五年）とごいっしょに語り合いながら「あしたの苑《その》」（朝の苑・著者）を歩み行って、お二人でご覧になったように想われる表現「きんらんの咲く」には、美智子様との〈全蘭の契り〉も想われて、かけがえのない六十年の年月も想像してよろしいようにも想われて参ります

上皇様は平成十九（二〇〇七）年五月十四日の、スウェーデン国・エストニア国・ラトビア国・リトアニア国・英国へのご訪問前記者会見で、もし身分を隠して一日を過ごすことができるとしたら、どちらにお出かけになろうと思われますかと問われ、「皇后も私も身分を隠すのではなく、私たち自身として人々に受け入れられているときに、最も幸せを感じているのではないかと感じています。」とお答えになっておいでです。

正《まさしく》「人間宣言」によって「おひとりの人間」となられた天皇の、〈お幸せ〉。

そうしてそこからは、おひとりおひとりの人間同志として〝創られたご家庭〟でのお幸せも豊かとなりました。

そのお幸せを上皇様は平成二十五（二〇一三）年十二月十八日の「天皇陛下お誕生日に際しての会見」で、「天皇という立場にあることは、孤独とも思えるものですが、私は結婚により、私が大切にしたいと思うものを共に大切に思ってくれる伴侶を得ました。」とお話されます。そして「これまで天皇の役割を果たそうと努力できたことを幸せだったと思っています。」と続けられました。

上皇様のこの「幸せ」はそうして、「これからも日々国民の幸せを祈りつつ、努めていきたいと思います。」（平成二十五年十二月十八日・天皇陛下お誕生日に際しての会見）と、お二人が創られた〈幸せ〉が、「いつも国民と共に」ある「国民の幸せ」の祈りへ、いつしか国民みなの〈幸せ〉へと広がりゆきます。

その望みは今度は、そのまま国民みなから上皇様と上皇后様の〈幸〉を願う声へと弥えられてゆきます。

歌会始御題　幸

幸《さき》くませ真幸《まさき》くませと人びとの声渡りゆく御幸《みゆき》の町に

（上皇后陛下・平成十六年）

近代に入って初めて、一般のご家庭から入内《じゅだい》した美智子様が、戦後に［人間宣言］をなさっておひとりの人間となられた上皇様と〝創られたご家庭〟は、上皇様に豊かな〈幸〉となり、その幸せはそのままに国民みなの〈幸〉となって、両陛下も国民みなも共に幸いを願い合って、さらなる〈真幸《まさき》〉へ広がってゆくのです。

＊〝ご家族〟の中で慈しまれた今上天皇

昭和三十四（一九五九）年には、四月十日の、只今に上皇様とおなりの皇太子殿下と正田美智子様のご成婚に加えて、もうひとつ慶賀が続きました。

それこそが、ご成婚まもない九月十五日の皇太子妃美智子殿下のご懐妊発表です。

そして翌年の春も立って間もない昭和三十五（一九六〇）年二月二十三日に、お二人にとっての第一の御子様となる親王殿下がお生まれになりました。

皇長孫の誕生です。

そのお方こそが、只今の令和の御代にご即位なされた今上天皇です。

この時、お母様とおなりの美智子様は三首のみ歌を表わされます。

初めてのご懐妊をなされた昭和三十五（一九六〇）年には、「みづからの」と表わされた題で、美智子様の御胎内に宿った「胎児」は、「吾命《あぎのち》」を分けもつものと思ってきた「胎児」、でもその「胎児」はみづからの力で摂取しているということをみ歌に詠まれました。

そしてその御子がご誕生なさいます。

美智子様は「浩宮誕生」と題して、そのお慶びを「含《ふふ》む乳《ち》の真白《ましろ》きにごり溢れいづ子の紅《くれなゐ》の唇生きて」（昭和三十五年）と表わされました。御子が口に含む真白いお乳が溢れ出る、そのお乳を吸う御子の紅の唇がみるみる生きてくる生命感が伝わりましょう。

母の喜びも子の生命力への感動も合わせて実は、このみ歌こそ、歴史的となる一首なのです。

宮廷史に最初と言えるその大事(4)とはどのような歴史でしょうか。

日本の皇室史で初めて、東宮妃ご自身が、ご自分の母乳で親王様をお育てになったことでした。

美智子様は先の「浩宮誕生」題で、「含《ふふ》む乳《ち》の」一首に続いてもう一首のみ歌「あづかれる宝にも似てあるときは吾子《わこ》ながらかひな畏《おそ》れつつ抱《いだ》く」（昭和三十五年）まで詠み上げます。御子は、「吾子《わこ》」でありながら、でも、おあづかり奉る宝にも似て、ある時は畏れ多い思いを抱《いだ》きながら腕全体に抱くことでしょう。

天皇家においては、皇統を継ぎ、天皇家が国民みなと常に平安にあるために、親王様のご誕生は、第一にもなる大事です。美智子様は入内一年を待たず、今上天皇とおなりの浩宮徳仁《ひろのみやなるひと》親王殿下をご出産なさったのでした。このご懐妊とご誕生から、美智子様の代になって皇室で初めてと言われる新しいお育てが始まります。

始まりは、浩宮徳仁親王の御出産に際して「母子手帳」が発給されたことがあり、そして、ご出産も宮内庁病院でなさったことがあります。格式や伝習よりも、ひとりの母親として国民と同じようにあることや、新しい科学の分野の医療も同じように尊重されたのでしょう。

何よりは、皇室の永い伝統であった「乳母制度」「傳育宮制度」を廃止され、美智子様ご自身の「授乳による育児」

を始められたことがあります。

今上天皇の「御祖父君《おほぢ》」昭和天皇も、明治三十四（一九〇一）年四月二十九日にご誕生なされて後、生後七十日にして御養育掛となった枢密顧問官川村純義海軍中将伯爵邸に預けられ、御父君上皇陛下も、将来の天皇になるべく、昭和十二（一九三七）年三月二十九日の満三歳三か月にして、ご両親陛下の元から東宮仮御所で東宮傅育官によって養育されました。当初は週に一度の日曜日には宮中に参内してご両親陛下と面会の機会もあったものの、それもわずか数回にして、幼ない上皇陛下は、その後の日曜日も東宮仮御所で過ごされました。

この本の「第四章」で先に記しましたように、貞明皇后が、昭和天皇はじめ四親王方を、将来に国の元首となる方やその元首を助けなければならない弟君方として養育されるのに、母親の私情よりも公《おおやけ》での立場を優先した厳しさも伝わります。

昭和天皇と香淳皇后も、初めの皇子ご誕生にわが手でわが子を育てたいと望みながら、侍従共に拒否されて、昭和天皇が、宮城の敷地は三十万坪もあるのに「皇太子の住む一坪はない」と嘆かれた伝聞も残りました。

浩宮徳仁親王のご養育には、御父君上皇陛下が昭和三十六（一九六一）年二月に、今上天皇の一歳のお誕生日に際して、「いつまで子供と生活するかはわからないが、成人になるまでは、いっしょにいるつもりです。親と子が別れて生活するのは心の安らぎがない」と言い切ったことで、親王が御両親とひき離される乳母・傅育制度はなくなったとされます。

美智子様がご自身の母乳でお手元でごいっしょに養育しながら、ご自分で今上陛下を育てられるには、このように昭和天皇時代から六十年三代を要したのでした。その六十年間の三代もの歴史を重ねてこそ、美智子様の乳母・傅育宮制度廃止から、ご自分のお乳でご両親のお手元で〝家族〟としてごいっしょに過ごしながら、御子様方をお育てになる新しさが可能となったのです。

ここから当時に皇太子と同妃にあったお二人が創った〝ご家庭〟の中に生まれた新しい〝ご家族〟とおなりの第一皇子を、お手元で育ててゆく〝子育て〟が始まりました。

わたくしは以前に、和歌の研究に携わる一研究者として、上皇后陛下の御歌《みうた》を拝見して二冊の研究書[(5)]に記させていただいておりました。そこでは主に、美智子様が皇太子妃として、また皇后となされてお詠みになった公《おおやけ》からの御歌《みうた》を拝見させていただきました。

ここでは、今まで記していない公《おおやけ》の場での詠歌よりも、ご家庭の中での〝母の情〟が共感される美智子様のみ歌を拝見しましょう。

昭和三十五（一九六〇）年の第一皇子ご誕生の後に、四十（一九六五）年には第二皇子が、そして四十四（一九六九）年には初めての内親王がお生まれになります。美智子様は「紀宮誕生」（昭和四十四年）と題して三首ものみ歌を詠まれ、二首目に「母」であるご自身が住むと病院も家と思うらしく、子供達が「『いってまゐります』」と病院から帰ってゆく様子を詠まれました。「『いってまゐります』」とご挨拶する二人の皇子様の声も聞こえるよう、何よりも、ご自身を「母」と表わされた表現にご家庭でのご様子が想われましょうみ歌でした。

昭和四十六（一九七一）年には、その題も「御所」や「宮城」ではなく「家」で、外国ご訪問からのご帰国でしょう、「ふるさとの国」に帰ってきた中に、「家」で待っている三人の「吾子《わこ》」（わたくしの子）を、「家に待つ吾子《わこ》みたりありて」と表わされました。一般の家庭でも母親が外出先から、〝子供が待っているから早く帰らなければ〟などの思いで急ぎ帰宅することはよくあることでしょう。その一般家庭と同じ母親としての情がごく自然に伝わってくる表現でしょう。

御子様方も次第に少年の年代に成長し、とりわけ男の子の成長期の食事は、成人からは元気に多くの食事を摂るように見えることも一般です。

美智子様も「栗鼠」題（昭和四十六年）で、御子様方をくるみを食む小栗鼠《こりす》に似た仕様に見立てて、「愛《いと》しも子等《ら》」が、ひたすらに食す様子も詠まれました。何とも可愛らしい仕草も想像され、その可愛らしい御子様方への情愛もお母様ならではと思われて、暖かく楽しいそして一般の家庭でよくある成長期の男の子を持つ食卓の家族の風景が連想されましょう表現と受けとめられます。また、わたくしたちが少しの外出をする際など、母や祖母から〝寒いからセーターをもう一枚持って行きなさい〟とか、〝雨が降りそうね、傘を持って出なさいね〟などと言われて、その通りだったと思った経験は誰もが記憶にありましょう。そういうふとしたことばに何気ない母の情や祖母の愛の細やかさが心にしみたことも、わたくしたち皆が思い出に残ることでしょう。美智子様も、「花冷え」題（昭和五十二年）で、園の果てに大島桜を訪れるという子を「園の果てに大島桜訪《と》ふといふ」と、重ね着の衣を持たせたご自身を「子に重《かさ》ね着《ぎ》の衣《きぬ》をもたせぬ」と表わされていて、普通の一般の家庭での母と子との姿が視《み》えてくるようです。

美智子様が上皇様と創られた〝ご家庭〟の中で三人の御子様方は、おひとりおひとりが大切な〝ご家族〟として、いとおしい「吾子《わこ》」として慈まれ、育まれてご成長なさってゆかれたのです。

そしてご成人となった第一皇子浩宮徳仁親王殿下が、現在の今上天皇ですが、親王様は昭和五十八（一九八三）年六月末から六十（一九八五）年十月初旬までの二年四か月をオックスフォードにご滞在なさりオックスフォード大学にご留学となりました。

留学中のご生活について、ここでは今上様のご高著『テムズとともに　英国の二年間』(6)の中から拝見して参りましょう。

オックスフォードご滞在は、昭和五十八（一九八三）年六月二十一日に、ロンドン・ヒースロー空港へ降り立った所から始まります。大使公邸での十二日間に、ご生涯の研究テーマと関連するテムズ川と再会し、心がとらえられ、町の雰囲気に大きな魅力を感じられて、オックスフォードで二年間を過ごせるご自身の幸せを思われます。その後にホームステイとなるホール邸では、ご自分を誰かということを知らない人の中でプライベートに、ご自分のペースで好きなことを行なえる時間の貴重さや有益さを楽しみました。

十月四日にはマートン・コレッジの新入生となり、オックスフォード大学のコレッジ制度やテュートリアル制度のすばらしい環境で研究を重ね、ここで研究された結果は後に'The Thames as Highway'(Oxford。一九八九)と題されて出版されました。

その後、今上天皇[7]は、平成三(一九九一)年に、オックスフォード大学名誉法学博士号を取得され、水運史のご研究から広く、世界の水研究へとフィールドを広げられて、平成十九(二〇〇七)年から二十七(二〇一五)年までは国連水と衛生に関する諮問委員会(UNSGAB)名誉総裁も務められました。

このご留学ではご研究のみならず、将来の天皇となされて明治の近代化以来に大切となる世界の国国との〈平和への親睦〉についても貴重な経験からのご思考を大成されていて、それらもご高著[8]「9 英国内外の旅」の中の「ヨーロッパ諸国を回る――諸王室との交際」に拝見されます。

ご高著[9]中には、この本の「第六章」において求めている(＊〝ご家族〟の中で慈しまれた今上天皇)が、上皇様と上皇后様の創られた〝ご家族〟の中で、大切にも大切な〝家族〟「吾子《わこ》」としてご養育されたご様子を記す一文もとりわけに拝見されます。

「5 オックスフォードでの日常生活」「家族の訪問」には、「家族の訪問はたいへんに嬉しいことの一つ」とされ、「一九八四年の二月後半」に「私の両親」がベルギーに立ち寄った際にベルギー国王陛下に呼ばれて「両親と再会」なされた「楽し」みが記されて、国王王妃両陛下と「両親」との長い間の友情から実現した再会に「感謝」なされました。上皇様と上皇后様のロンドンご訪問には、オックスフォード関係方方が「遠来の両親」に温かい配慮をされたことに「無上」の「嬉し」さを記されます。同年の七月末には「妹の清子」が、「一九八五年の三月には弟の秋篠宮」

が訪ねられ、「家族全員」が訪ねてくれて今上天皇の生活の場を案内できたことに「大きな喜び」を記されました。

これらを記す「両親」「妹」「弟」「家族」とのおことばからも、ご家族をご案内された今上天皇の「楽し」み、「嬉し」さ、「大きな喜び」の表現からも、今上天皇が明記なさる「家族」が受けとめられて参ります。

最後に今上様は「終章　二年間を振り返って」「離英を前にして」の中で、「その間実に様々なものを学んだ」とご回想されて、「日本の外にあって日本を見つめ直すことができたこと」は、「私にとって何ものにも代えがたい貴重な経験となった。」と思い返されました。

その上で、このご高著の「序」となされた「はじめに」の最後を、今上様は次の一文で結びました。[10]

私は本書を二年間の滞在を可能にしてくれた私の両親に捧げたい。両親の協力なくしては、これから書き記す、今にしてみれば夢のような充実した留学生活は、実現しなかったと思われるからである。

一九九二年　冬

（今上天皇・『テムズとともに　英国の二年間』）

この御高著を受けられて詠まれた美智子様のみ歌です。

川

「父母《ちちはは》に」と献辞のあるを胸熱《あつ》く「テムズと共に」わが書架《しょか》に置く

（上皇后陛下・平成五年）

美智子様が上皇様とお創りになられた〝ご家庭〟では、お三人の皇子様方内親王様おひとりおひとりが大切に慈しまれてご成長なさってゆかれました。

そこには、一般のわたくしたちと共感する母としての思いも子としての思いも母と子の姿までが映ります。

そうしてご成長なされた浩宮徳仁親王殿下は二年間の英国ご留学へ旅立たれ、かの地での二年間を貴重なご体験の中で過ごされました。そのご留学体験のご高著に、ご研究活動はもちろん、将来の天皇となされての〈平和への諸外国との親睦〉も、加えて東宮家を家庭としてご成長された〝家族〟のひとりとしての感謝も今にこのように深く拝見されました。併せてそのご高著を献上された美智子様み歌「川」（平成五年）からも、「『父母《ちちはは》』」との「献辞」に「胸」を「熱《あつ》く」なされた御母宮様の熱いお胸の内が響いて参ります。

今上天皇が記された「家族」「両親」「父」「母」「弟」「妹」と「家族全員」を表すおことばに、美智子様み歌「川」（平成五年）に表わされた「『父母に』」の歌詞《うたことば》に、美智子様が丹精をこめてお慈しみの限りを尽くされて創られた〝ご家族〟のお姿と、そこでのかけがえのないおひとりおひとり同志のおつながりも〝ひとつのご家族〟としての深い絆による在り方も印象されて参りましょう。

＊〈**象徴天皇・后《きさき》**〉**となされてのイデア**

平成の御代《みよ》の后《きさき》・皇后美智子様は、〈象徴天皇〉として即位した天皇の初めてとなる后《きさき》でした。

それは昭和二十一（一九四六）年十一月三日に公布され、二十二（一九四七）年五月三日で施行となった「日本国憲法」に天皇は「日本国の象徴」「日本国民統合の象徴」と定められたからです。

およそ日本の歴史において「天皇」に何らかの位置付けがされたことはありましたでしょうか、天皇は天皇であって、そこに何かの位置付けがされた歴史は見出せないように考えられます。

そしてその、先の大戦後に、国民主権による民主主義を理念とする〈平和〉な〈文化国家日本〉の天皇として、即位時の初めから象徴天皇に在った方が、只今の上皇陛下でした。同時に〈象徴天皇〉の〈后《きさき》〉に立った方が、只今の上皇后陛下でした。

その上皇陛下は平成二十八（二〇一六）年八月八日に「象徴としてのお務めについての天皇陛下のおことば」を広く国民に向けて公《おおやけ》となさいます。そして平成三十一（二〇一九）年四月三十日をもってご退位なさられることになります。

そこでは、即位して以来に「象徴」と位置付けられた天皇の望ましい在り方を、日日模索してきたと述べられています。その中でそうして、上皇様が在位中にお大切に考え、お務めを果たされて幸せとされたことが国民へ向けて述べられました。

上皇陛下「おことば」
私が天皇の位についてから、ほぼ二十八年、この間《かん》私は、我が国における多くの喜びの時、また悲しみの時を、人々と共に過ごして来ました。私はこれまで天皇の務めとして、何よりもまず国民の安寧と幸せを祈ることを大切に考えて来ましたが、同時に事にあたっては、時として人々の傍らに立ち、その声に耳を傾け、思いに寄り添うことも大切なことと考えて来ました。天皇が象徴であると共に、国民統合の象徴としての役割を果たすためには、天皇が国民に、天皇という象徴の立場への理解を求めると共に、天皇もまた、自らのありように深く心し、国民に対する理解を深め、常に国民と共にある自覚を自らの内に育てる必要を感じて来ました。こうした意味において、日本の各地、とりわけ遠隔の地や島々への旅も、私は天皇の象徴的行為として、大切なものと感じて来ました。皇太子の時代も含め、これまで私が皇后と共に行《おこな》って来たほぼ全国に及ぶ旅は、国内のどこにおいても、その地域を愛し、その共同体を地道に支える市井《しせい》の人々のあることを私に認識させ、私がこの認識をもって、天皇として大切な、国民を思い、国民のために祈るという務めを、人々への深い信頼と敬愛をもってなし得たことは、幸せなことでした。

（平成二十八年八月八日・「象徴としてのお務めについての天皇陛下のおことば」）

上皇様は、ご在位中に常常のべられていた主に大きな二つを、お大切に考えと受けとめられましょう。

〈どのような時も常に国民と共にあること〉

〈常に国民の安寧と幸せを祈ること〉

これはそのままに、〈象徴天皇・后《きさき》〉となされての美智子様の在り方となってゆきます。

この本の「第一章」（＊　光明皇后〈皇后の大切〉）で拝見した「熊本県慈愛園子供ホーム」題（昭和三十七年）み歌に表わされた「母なき子」との交流、「第四章」（＊　関東大震災でのお見舞・救護）に拝見した平成二十三（二〇一一）年三月十一日東日本大震災への、「海」題（平成二十三年）・「岸」題（平成二十四年）、「復興」題（平成二十四年）三首に表わされたご自問・「立ちて待てる」こと・「村むらよ」との呼びかけ、同じく「第四章」（＊〈光明皇后のご再来〉ハンセン病患者の救済事業）にて拝見の、「坂」題（昭和五十一年）「昭和五十年沖縄愛楽園御訪問」そのことであり、すでに「第一章」から折り折りに拝見してきたみ歌の表現に受けとめさせていただけましょう。

そして美智子様ご自身も上皇様に「お伴」をなさって、たとえば被災地にいらっしゃることに「躊躇はありません」（皇后陛下お誕生日に際し（平成二十三年）宮内記者会の質問に対する文書ご回答）と、明確に「行く」（「被災地　熊本」題・平成二十八年）とみ歌に表されたその、表現そのままの通りでした。

そうして、かならず、いつも、美智子様は、どれ程の絶望からも、決して絶望に終わることなく、〈未来の希望〉へ導くご啓示を下さいます。

たとえば、「第四章」（＊ 関東大震災でのお見舞・救護）で拝見した東日本大震災に表わされた三首の最後、「復興」（平成二十四年）で、「今ひとたび」「立ちあがりゆく」の導きの通りでした。いつも美智子様はわたくしたちを決して置き去りにすることはなく、わたくしたちと〈いつもごいっしょ〉にと受けとめられる表現を、たとえば「復興」（平成二十四年）では「村むらよ」の通り、表わしていらっしゃいます。

いつしか国民からも、そのように在る美智子様に、〈幸《さき》く〉〈真幸《まさき》く〉（「第六章」・「幸」題・平成十六年）（＊〝ご家庭創り〟が国民みなの〈幸〉へ）の声があふれ、社会全体に〈幸い〉が広がっていきました。これからもみなで創ってゆく幸せな社会はより豊かとなってゆきましょう。

このことは先の大戦からの絶望にも同じでした。

やはりこの本の「第一章」、（＊ 上皇后美智子様〈世界が思慕する祈り〉）で拝見したとおり、「硫黄島」（平成六年）・「硫黄島」（平成六年）・「広島」（平成七年）・「礎」（平成七年）・「サイパン島」（平成十七年）・「ペリリュー島訪問」（平成二十七年）の表現のように、悲しく、切なく、苦しく、心はより深く痛み、苦悩し、絶望の極みへ追い込まれ、陥っても、しかし、美智子様の表現には、〈魂鎮《たましず》め〉とひとつに、かならず〈祈り〉が生きていました。

「ペリリュー島訪問」（平成二十七年）は、〈鎮魂《ちんこん》の祈り〉から、「白きアジサシ」（「ペリリュー島訪問」・平成二十七年み歌表現結句）に象徴される〈未来への希望〉と印象される〈平和への祈願〉へ導かれるように受けとめられましょう。

〈象徴天皇・后《きさき》〉となされての美智子様が大切となされたことは、人間社会で起こりうるどのようなことの時も、〈いつもわたくしたち国民に寄り添う〉ことと、どういう祈りも〈幸いを祈願〉する導きと考えられます。

美智子様は、「平成」の新しい御代《みよ》を迎えて題も「平成」（平成二年）そのままに、三首ものみ歌を詠まれました。

一首は、平成の御代《みよ》のとりわけの朝の雨が降る風景を、やはり美智子様の詠法で多彩に拝見されますよう、『万葉集』以来の歴史上の詞《ことば》「大地《おほつち》」や「しづめ」（鎮め・著者）を表現して「平成の御代《みよ》のあしたの大地《おほつち》をしづめて細き冬の雨降る」と表わされたみ歌です。新しい御代《みよ》が明けたその特別の朝に、それまでの大地を鎮《しず》める雨でしょう。

また一首が、皆でいっしょに「手《たひ》らけき代」を築きましょうと、多くの人人のそのことばが国中に満ちる慶びが充ちるみ歌です。

平成
ともどもに平《たひ》らけき代を築かむと諸人《もろひと》のことば国うちに充《み》つ
（上皇后陛下・平成二年）

新しい御代《みよ》「平成」を迎えての、象徴天皇として初めてご即位なされた上皇様の后《きさき》、美智子様のお大切は、〈いつも国民といっしょにあって〉〈幸いを求め祈る〉ことと導かれましょう。

ところでみなさま、ここでちょっとふり返ってみましょう。

上皇様と上皇后様がお考えご実行なされていらした象徴天皇の在り方とは、実は千年の古《いにしえ》に光明皇后が〈大切〉とした在り方、正《まさ》しくそのこととひとつではないでしょうか。

そして近代になって昭憲皇太后・貞明皇后からも大切と継がれながらさらに、その千年の大切に近代の考え方の〈博愛〉の精神も融合して、時代の社会に叶う国際的〈大切〉となっていた〝普遍なる真〟そのものではないでしょうか。

天皇・皇后の〝普遍〟となる在り方とは、千年の時を超えて生き、継がれ、さらに新しい生命ともなって現代の

〝真〟となって存在したのです。

そうしてこの〝普遍なる真〟は、この本の「第一章」（＊ 上皇后美智子様〈世界が思慕する祈り〉）で思考したように、現在の国際社会で最も敬愛される〈大切〉となっています。

それではその、現在の国際社会で最も崇敬をいただく大切が、将来の日本の皇后の中でどのように生かされてゆくのでしょうか、それによって未来の国際社会に日本の皇后はどのような国際貢献を果たされる存在になってゆくのでしょうか、未来への展望をいよいよこの本の「終章」で希求してゆきましょう。

＊ 「遠白《とほしろ》き」「神」への〈祈り〉

ご成婚から四十年を迎え、美智子様は当時を回想されてあるみ歌を詠まれました。

それが「結婚四十年を迎へて」との詞書《ことばがき》によります一首（平成十一年）です。

結婚四十年を迎へて
遠白《とほしろ》き神代の時に入るごとく伊勢参道を君とゆきし日
（上皇后陛下・平成十一年）

「遠白《とほしろ》き神代の時」に入るように上皇様とごいっしょに伊勢参道をゆかれた日、その日へのご回想を「結婚四十年を迎えて」表わされました。

それでは、ここに表わされた「遠白《とほしろ》き」とはどのような世界でしょうか。

それはみなさまもご存知の、『方丈記』を著した平安時代末の鴨長明が、和歌について記した『無名抄』の中で、和歌の究極の境のひとつとして求めた世界なのです。

その世界とは「姿麗《うる》はしく、清げに……丈高《たけたか》く遠白《とほしろ》き」と表わされる崇高雄大で奥深い幽邃の境を象徴して、どこまでも無限に果てしない壮大な美にある聖なる〝白〟の世界――

伝統和歌で論じられる特別な表現で、このように感覚される「神代の時」に入るように、伊勢参道を上皇様とゆかれた日、その日を、美智子様はご成婚から四十年もの年月を重ねて表わされたのでした。この「遠白《とほしろ》き」と言う、平安朝歌論において最も崇高で美しい世界を象徴する一詞《ひとことば》は、一首の中に表現される方法の中で、和歌史においては「遠白《とほしろ》き」詞《ことば》が象徴する次元の世界へ和歌を飛翔させてきた歴史にあります。

「君」とゆかれた「参道」の伊勢神宮は、天照大御神《あまてらすおおみかみ》が祀られる内宮として知られる皇大《こうたい》神宮と、豊受《とようけ》の大御神が祀られる外宮となる豊受大神宮との両社の宮社を総称します。

天照大御神とは一般に尊称される「天照大神《あまてらすおおみかみ》」で、『古事記』には黄泉国《よみのくに》から帰った伊邪那岐命《いざなぎのみこと》が禊《みそぎ》の際に左目を洗った時に生まれたとされ、高天原《たかまがはら》の主宰神となる葦原中国《あしはらのなかつくに》を貫ぬく至高神でした。『日本書紀』には神代の一書《あるふみ》に伊奘諸尊《いざなぎのみこと》・伊奘冉尊《いざなみのみこと》の両神が、大八洲国《おおやしまのくに》はじめ万物を生み終わった最後に、「天の下の主」としてこの「日神」を生み出したとも記されています。

光華明彩《ひかりうるわしく》して六合《あめつち》の内に照り徹る、まさしく天上にあって最初の〈女神〉統治神でした。

この大神が天孫瓊瓊芸命《ににぎのみこと》を、葦原中国《あしはらのなかつくに》の主として遣わし、地上の統治者としたことがそして、次に日本国家の統治者についての起源の物語となりました。

天照大神は、『古事記』でも『日本書紀』でも、日本社会の誕生に根本となる稲作にとって最も大切な「太陽神」とされ、他の自然神とは並びえない至上の神に崇められています。

何よりは、永く、日本人の信仰の対象として精神的支柱となってきている存在にある神と言えましょう。天皇の太祖となるこの〈日本の女神〉はそして、そのままに天皇の祖先神となって永く崇敬を受けてきたのです。「遠白《とほしろ》き」（平成十一年）み歌は、美智子様がこのような歴史を現代に生きる天皇家に入り、皇位を継がれる日嗣《ひつぎ》の皇子《みこ》の妃となるご決意でしょうか、ご覚悟でしょうか、何かを秘められてその世界へ入られ、四十年となる長く重い年月を経てようやく表わされた表現と印象されましょう。

ここからさらにまた十年の年月が重なりました。

美智子様は、同じ鴨長明『無名抄』からの歌詞《うたことば》「遠白《とほしろ》し」に表現されるもう一首のみ歌「歌会始御題　光」「君とゆく道の果たての遠白《とほしろ》く夕暮れてなほ光あるらし」（平成二十二年）を詠まれました。ご成婚から今度は五十年となった平成二十一年（二〇〇九）年四月頃の暮れなずむ皇居内を、上皇様と散策された折りの印象です。

上皇様とゆかれる道の果ての「遠白《とほしろ》く」ある景には、夕暮となってもやはり光があるらしいと映っている光景でした。

一首は皇居の中の夕暮方の景を詠まれましょうが、ご成婚五十年の年月とご成婚月の四月の頃のことも想いながら、平安期以来に鴨長明が究極の聖なる美の白い世界と象徴した「遠白《とほしろ》く」表現に、お二人の人生の「お歩み」を表象する「道」表現も併せて考えますと、一首全体には、上皇様と五十年の年月を歩まれていらして今もまだ「お歩み」の中にありながら、これからも上皇様とゆく「道」の「果たて」の、長明が記した「遠白《とほしろ》く」ある世界が視《み》えるように印象されて参りましょう。そこは五十年もの長い年月を経た人生の夕暮の頃の風景のようには見えますが、でもまだ彼方には永遠に求めている「光」が感覚される世界と映ってくるようです。

平安時代の末期に、長明が最も崇高で幽邃とした聖なる「遠白《とほしろ》き」白い美の世界、その世界に象徴される神代の時に入るように上皇様と伊勢参道の道をゆき、四十年を経てその時も「遠白し《とほしろ》」に象徴されては、さらに十年を重ねて今度はその幽邃美に「光」も感覚して、お二人が歩まれてゆかれる「道」の「果たて」への尽きない希求も印象されるようなご志向が視《み》えて参ります。

さて、上皇様がご退位の提案をなさった平成二十八（二〇一六）年には、天皇家にとって歴史的となる節目の祭となりました。

記紀系譜上に第一代となる神武天皇の二千六百年祭です。

美智子様も、神武天皇が即位したと伝わる橿原宮跡に創建されたと伝承される橿原神宮を参拝されました。

そして「神武天皇二千六百年祭にあたり　橿原神宮参拝」となる詞書《ことばがき》によるみ歌「遠つ世の風ひそかにも聴くごとく樫の葉そよぐ参道を行く」（平成二十八年）を詠みます。

現代からは時間も空間も遥かかけ離れた遠い歴史の世界の彼方の「遠つ世」の風、その風をひそかにもひそかにも聴くように、その風に樫の葉がそよぐ参道を行くことでしょう。

遠つ世の世界が風を通して透《す》いて視《み》えるように……その風を全身の融覚で感じながら、ひそやかな風の音やそよぐ樫の葉の音を聴覚で感知しては、風と共に葉の香りまでも臭覚に漂うような、五感すべてで感覚される印象の風景に美智子様のお姿も映えるようでしょう。

そうしてお進みなさっては、まるで時空を超えてその世界そのものへ入ってゆかれるような「遠つ世」の世界――

「神武天皇二千六百年祭にあたり」の詞書《ことばがき》によるみ歌（平成二十八年）に視《み》えてくるのは、「遠つ世」（平成二十八年）の風を、ふつうは体感で感覚する風の、聴こえないほどの風を、ひそやかに聴くように感覚をとぎすまして、「遠つ世」（平成二十八年）の世界をご希求なさってゆかれるようなご志向と感覚されましょう。

神武の時に入るように聖なる白い美の「遠白き《とほしろ》」（平成十一年）世界に向かわれ、四十年の年月を重ねられ、さらに十年の年月が加わっても、その聖なる白い美の「遠白《とほしろ》く」くある世界（平成二十二年）にはまだご希求なさる「光」（平成二十二年）が感覚され、いつしか「遠つ世」（平成二十八年）へとご希求も静かに向かわれてゆきました。

このご希求の道にこれまでこの本で紐といてきた美智子様の〈祈り〉が一すじとなり、「遠白《とほしろ》く」ある世界（平成二十二年）の「光」に尽きることのない〈祈り〉の〈永遠〉が印象されましょう。

そこに、神へ向かわれてゆく〈祈り〉が果てしなく生きてゆくと伝わって参ります。

〈永遠〉へご昇華なされてゆくみ魂

近代を迎えて初めて、一般のご家庭から次代の后《きさき》となる皇太子妃に入内《じゅだい》した美智子様でした。

そして、美智子様の皇太子妃ご誕生は、時代と社会の背景から八世紀光明皇后の立后《りつごう》と重なって、まさしく先の大戦の後の日本へ天から遣わされた〝女神〟となることでした。

一般ご家庭での深い慈しみや高い教養も、学ばれた聖心女子大学からの国際的人間観を中心とする次代社会での女性教育も御内に養なわれ、入内なさってからは昭和天皇と只今の上皇陛下の御心にそって生きられる年月に美智子様は新しい時代の皇后の大切を歴史となされてゆきます。

象徴天皇として初めてご即位された上皇様との、国民みなの〈幸〉へ広がり豊かとなった〝ひとりひとりの人間〟としてお二人が創られた〝ご家庭〟のあり方も、歴史となりましょう。

そのご家庭でおひとりおひとりの御子様方を〝ご家族〟として慈しまれ、社会で最小になる人間社会〝ご家庭〟で今上天皇をご養育なされたこともまた、皇室の新しい歴史でした。そうして上皇様と美智子様〝ご両親〟に育てられた今上天皇は、〈国民みなといつも共にあり〉〈つねに幸いを祈る〉象徴天皇の大切を継がれ、天皇ご自身も〝おひとりの人間〟であることを嬉しまれ、「父・母・弟・妹・家族」関係を日常としながら、国民みなの〈幸〉がより豊かになれる社会を考究されていらっしゃいます。

美智子様の「吾命《あぎのち》」（昭和三十五年）を御胎内にあって自ら「摂取」（昭和三十五年）され、美智子様がはぐくまれた新しい天皇の存在です。

何よりは、〈象徴天皇・后《きさき》〉となされてのあり方の形成でした。それは上皇様と共にあってご考究された〈どのような折りもかならず国民と共にあり〉〈どういう場でもいつも国民の幸いを祈る〉ことにありました。

そうしてそれこそが実は、民主主義国家日本となった日本の〈象徴天皇〉の在り方としてご考究されながら、同時に、私見に確認できる所では記紀で十六代とされる仁徳天皇から、また八世紀の光明皇后から〈普遍となってきた大切〉でした。この本でテーマとしている后《きさき》の在り方から考えますと、皇后の〈大切〉とは、あくまでも現存する資料からの私見の範囲ではありますが、八世紀の光明皇后から変わることなく継がれ、生き続けてきた〈大切〉そのものだったのです。

その〈大切〉を美智子様もご自身の使命として、おひとつ、おひとつと社会的実現を遂げられ、それらの形を丁寧につみ重ねられて、上皇様と一歩、また一歩とお歩みなされながら、いつしか上皇様と共に果たされた［ご慰霊のお旅」に代表されるご活動は、国際社会全体からの崇敬を受ける国際社会永遠のテーマへと飛翔してゆきます。

そこには、「天皇陛下御還暦奉祝歌」題によって詠まれましたみ歌「平和ただに祈りきませり東京の焦土《せうど》の中に立ちましし日より」（平成六年）にご祈念なさる「平和」を、それだけをただご一念に〈お祈り〉なされてきた上皇様と、いつも何もひとつにある美智子様の、「平和」への〈祈り〉が深く生きてのことと考えられます。

当然にその、ご一念の〈平和ご祈念〉は、社会全体の〈幸〉への希望へとつながってゆきました。

美智子様は、美しい「虹」に象徴されましょう「喜び」を人人で分け合って共有することを一首のみ歌、題もそのまま「虹」による「喜びは分かつべくあらむ人びとの虹いま空にありと言ひつつ」（平成七年）に詠まれました。

強調表現「つべく」によって、喜びはかならず分け合うべきことでしょうとの理想の提唱、その理想として象徴される「虹」が今、空にあると言いながら人人が空のひとつを見上げてゆく志向――「虹」は、みなで分け合って、みなでひとつへ志向する〈幸〉かと思考されます。

国際社会全体の〈永遠〉のテーマとなる［平和］の〈幸〉――美智子様ご生涯のテーマでしょう。

一般ご家庭から皇太子妃へ、皇后へおなりの美智子様は、御成婚から四十年、五十年、六十年と年月を重ねられる中で、「遠白《とほしろ》き神代の時」（平成十一年）の世界へ向かわれ、「遠白《とほしろ》く」ある世界（平成二十二年）にまだまだ〈永遠に希求〉なさる「光」を感覚され、「遠つ世」（平成二十八年）へ向かわれてゆきました。

そこには、皇族や五摂家からではない一般ご家庭から后《きさき》となられた美智子様が、ご志向なされながら御内とされてきたひとすじの〈祈り〉が印象され、「光」は〈永遠〉のようでした。

長い年月にご使命を果たされ、皇室の新しい創造をひとつひとつご丁寧に歴史とし、それらすべての中で御身にされたご志向によりみ魂も〈永遠〉へとご昇華されながら、正田美智子様から、

皇太子妃美智子殿下へ、そうして皇后美智子陛下へ、只今は上皇后美智子陛下とおなりの、この地上の日本へ、天から遣わされた〝女神〟美智子様でした。

註

（1）本書で律令制については、大津透『日本史リブレット73　律令制とはなにか』（山川出版社・平成二十五年）に拠ります。

(2)「詔書」［人間宣言］（『官報　號外』・印刷局・昭和二十一年一月一日）
(3)小山靖史『緒方貞子　戦争が終わらないこの世界で』（NHK出版・二〇一九年）
(4)この部分の宮廷史は主に以下に拠ります。
中村隆英『昭和史　Ⅰ』『昭和史　Ⅱ』（東洋経済新報社・平成五年）
主婦の友社編『貞明皇后』（主婦の友社・昭和四十六年）
工藤美代子『国母の気品　貞明皇后の生涯』（清流出版・二〇一三年）
川瀬弘至『孤高の国母　貞明皇后』（潮書房光人新社・二〇二〇年）
工藤美代子『香淳皇后と激動の昭和』（中央公論新社・二〇〇六年）
小山いと子『皇后さま』（主婦の友社・一九八八）
(5)編・釈『皇后美智子《こうごうみちこ》さま　全御歌《ぜんみうた》』（新潮社・二〇一四年）
拙著『美智子さま御歌　千年の后』（PHP研究所・二〇一七年）
(6)徳仁親王『テムズとともに――英国の二年間』（学習院教養新書7）（学習院総務部広報課・平成五年）
(7)徳仁親王『水運史から世界の水へ』（NHK出版・平成三十一（二〇一九）年）
(8)前掲（6）
(9)前掲（6）
(10)前掲（6）

記　上皇陛下と上皇后陛下についての主に歴史的記述等も含めては、外務省ホームページ・宮内庁ホームページ・厚生労働省ホームページ・警察庁ホームページ・消防庁ホームページ・復興庁ホームページ等の、各事項監督官庁ホームページに拠りました。

終章　将来の国際社会における日本の皇后方

八世紀の光明皇后以来に、日本の皇后の〈大切〉となっていた〝普遍性〟を求めてきました。それは、日本に暮らす人みなが共に〈幸〉へ向かえる〈平和社会〉でした。

そして日本が海外に開かれた近代国家となった明治を迎え、千年に煌《きら》めいてきた皇后の〈大切〉と、近代の思想による「博愛」理念とはひとつに融合され、千年の〝普遍性〟はさらに国際社会全体と共にある日本にとって、〝永遠〟へと志向する〈大切〉になってゆきます。

それでは将来の国際社会において、これまでの歴史に〝永遠普遍〟と志向してきた皇后の〈大切〉はどのように在るのでしょうか。

「千年にきらめく日本の皇后方」の〈大切〉が、将来の国際社会でどのような価値をもって煌《きら》めいてゆくのか、最後にその将来への展望を遥るか求めてみましょう。

＊

昭憲皇太后(註A)

百年を迎えた世界初の国際人道基金

〈昭憲皇太后基金〉による国際貢献

昭憲皇太后が国際社会に成した歴史は、「世界で最も古い国際人道基金――昭憲皇太后基金」です。

詳しくは「第二章」「第三章」に記しましたが、明治四十五（一九一二）年にアメリカ合衆国のワシントンD．C．で開催の第九回赤十字国際会議において、昭憲皇太后が国際赤十字に下賜した十万円（現在の約三億五千万円）を元にして、その基金は創設されました。

昭和十九（一九四四）年を除いて大正十（一九二一）年から現在まで毎年毎に空くことなく、昭憲皇太后の命日四月十一日に基金の利子が世界各国の赤十字社と赤新月社に分配されて、各国や地域の救護を必要とする人人の救済や、福祉の発展、防災、病気予防などの活動に使われてきました。

令和三（二〇二一）年には、大正十（一九二一）年の第一回基金分配から昭和十九（一九四四）年の一年を除いて百回目の基金分配となり、その累計配分額は十七億円以上にものぼりました。この間に世界初の国際人道基金となった昭憲皇太后基金は、世界百六十一か国の国や地域へ分配されています。

記念となった令和三（二〇二一）年［百回目］［昭憲皇太后基金］は、十六か国に、日本円で約五五九一万円と、スイスフランに換算して四七五九九七スイスフラン総額が配分されました。

［第百回］の「昭憲皇太后基金」支援事業の、配分国と支援目的となった活動を示します。

1. ケニア赤十字社（アフリカ）・若年層へのデジタルボランティア活動の推進
2. マラウイ赤十字社（アフリカ）・災害対応体制の構築
3. 南スーダン赤十字社（アフリカ）・植林による環境保護活動
4. ベナン赤十字社（アフリカ）・女性のリプロダクティブ・ヘルスと自主性の支援
5. バハマ赤十字社（南アメリカ）・気候変動に強いコミュニティの開発
6. コスタリカ赤十字社（南アメリカ）・先住民コミュニティの安全な生活環境の構築
7. ニカラグア赤十字社（南アメリカ）・高齢者への新型コロナウィルス感染症対策支援
8. アルゼンチン赤十字社（南アメリカ）・組織強化のためのシステム構築
9. フィリピン赤十字社（アジア大洋州）・水・衛生環境の改善
10. パキスタン赤新月社（アジア大洋州）・血液製剤の保管機能の強化と供給システムの自動化

11.ベトナム赤十字社（アジア大洋州）・プロジェクト管理と社会福祉に関する能力強化
12.東ティモール赤十字社（アジア大洋州）・リプロダクティブ・ヘルスの知識向上
13.エストニア赤十字社（ヨーロッパ・中央アジア）・ボランティア研修の体系化による能力強化
14.ジョージア赤十字社（ヨーロッパ・中央アジア）・健康増進への継続的な取り組み
15.ルーマニア赤十字社（ヨーロッパ・中央アジア）・児童養護施設にいる若者の脆弱性の解消
16.イラン赤新月社（中東・北アフリカ）・ビジネスアプローチによる地域の能力強化

基金分配の第一回となった大正十（一九二一）年から第百回目となる令和三（二〇二一）年まで百年もの間には、世界情勢も大きく変動すると共に、地球温暖化等の自然環境も大きく変化して、それによって起こる自然災害のこれもまたさらなる大変化を引き起こしては、最近の世界に困難となっている新型感染症の拡大まで、等と、救護を必要とする状況の大きな変革に合わせて、救護のシステム構築や専門的脳力向上等も、救護する人人の問題意識の向上も社会の複雑化に伴なってより多様に高いものが求められてくる社会へ、社会全体が著しく大きな変動となってきました。

それらの流動する国際社会の中で百年間もの年月に、絶えることなく国際貢献を果たしてきた昭憲皇太后基金なのです。

令和四（二〇二二）年には、昭憲皇太后基金も創設から百十年となる記念の年を迎えました。

この百年以上もの間には昭和十九（一九四四）年だけを除いて、百十年もの長い年月に及び変わることなく世界中に［人道支援］を重ね、その途では貞明皇后・香淳皇后・上皇后美智子様からの下賜金も増額されながら、百周年には現在の上皇陛下と上皇后陛下御方方からの御下賜金に加えて、明治神宮と明治神宮崇敬会による基金増額献金運動で集められた一千万円の寄付も加わった昭憲皇太后基金でした。

令和四（二〇二二）年は「昭憲皇太后基金」が創設されて百十年目を迎えた記念の年に当たり、四月二日には日本赤十字社・明治神宮国際神道文化研究所・赤十字国際委員会（ＩＣＲＣ）と共催で、明治神宮会館で記念シンポジウムが開かれました。

テーマは「代々木の杜で考える平和・人道支援・ＳＤＧｓ」です。

各部のテーマも「第一部　国際人道支援のはじまりとその最前線～ジュネーブと南スーダンから届いた動画リポートをもとに～」と「第二部　今、私たちができること～明治から令和へ志を受け継いで～」で、昭憲皇太后の理念も歴史も、歴史に成したことも、決して過去のことではなく、百十年間に絶えることなく続く現在の存在にも、そして将来へも続いてゆく本来の尊さなのです。

昭憲皇太后基金が生かされている「赤十字の七つの基本原則」があります。


［人道Ｈｕｍａｎｉｔｙ］人間のいのちと健康、尊厳を守るため、苦痛の予防と軽減に努めます。

［公平Ｉｍｐａｒｔｉａｌｉｔｙ］いかなる差別もせず、最も助けが必要な人を優先して支援します。

［中立Ｎｅｕｔｒａｌｉｔｙ］すべての人の信頼を得て活動するため、いっさいの争いに加わりません。

［独立Ｉｎｄｅｐｅｎｄｅｎｃｅ］国や他の援助機関の人道活動に協力しますが、赤十字としての自主性を保ちます。

［奉仕Ｖｏｌｕｎｔａｒｙ　Ｓｅｒｖｉｃｅ］利益を求めず、人を救うため、自発的に行動します。

［単一Ｕｎｉｔｙ］国内で唯一の赤十字社として、すべての人に開かれた活動を進めます。

［世界性Ｕｎｉｖｅｒｓａｌｉｔｙ］世界に広がる赤十字のネットワークを生かし、互いの力を合わせて行動

します。

これら「基本原則」のもとに昭憲皇太后基金は、現在も基金を募っていて、わたくし達も日本赤十字社や明治神宮を通していつでも献金をすることができるのです。

「赤十字の七つの基本原則」とは、「平時」からどのような戦争にも流動変動してゆくことのないための、社会全体への［理念］と［活動］となりましょう。

昭憲皇太后の理念と活動との、イデアと魂との最もの真にも、〝いかなる戦争もあってはならない〟との信念が生きてのことと考えられます。このような〝真〟をもって、〝いかなる戦争も起こらない〟ための〈国際平和〉を理想として［基金］の元となる下賜を行なった昭憲皇太后でした。

［昭憲皇太后基金］こそは、明治の后《きさき》・昭憲皇太后が〈永遠の国際平和〉を祈願して成した世界初の国際貢献であったのです。

その后《きさき》の、「世界平和祈願」を詠む二首に、歴史と成った国際貢献と理想を想います。

四海兄弟

もとはみなおなじねざしの人ぐさもことばの花やちぢにさくらむ

（昭憲皇太后・明治十五年）

ほどほどにたすけあひつつよもの海みなはらからとしる世なりけり

（昭憲皇太后・明治三十二年）

もとはみな同じ根からの「人ぐさ」も、今は、言葉の花が千千に咲いていることであろう世界の人が皆、兄弟であることを想い願う心（明治十五年）から、良い状態に助け合いながら、世界中の人が皆、兄弟と知る世であることへの詠嘆（明治三十二年）です。

世界中の人人が皆すべて兄弟として共に「ひとつの平和社会」に在りたい、在ろうとの雄大な、そうして未来を見つめての祈願です。

ここに、国際社会へ開かれた近代日本初めての后《きさき》となられた昭憲皇太后の理想と、その理想からの国際貢献が生き、次代の国際社会での日本の皇后の在り方の啓示も煌《きら》めいているのです。

＊　貞明皇后（註B）

〈人間尊重〉理念から導かれてゆく、誰ひとり取り残さない未来のＳＤＧｓ社会

貞明皇后が歴史に残した国際貢献のひとつは、本書「第三章」に記しましたロシア革命によって取り残されたポーランド孤児救済でした。

最も庇護されるべき何の力もない子供達が、逆に、自分達ではどうすることもできない大人同志の、しかも国と国との問題によって危険に置かれてしまった状況下にある子供達への救護です。

究極の弱者救済のひとつでしょう。

日本の皇后方が、歴史において、社会的に最も弱い子供の中でもとりわけ、両親を失なった子供や病にある子供へ特別の慈愛をかけていたことはこの本でも記してきました。その中でも貞明皇后には、「第三章」「第四章」に記した通り、次代社会を創る者こそ子供達であって、子供達こそ社会全体で育ててゆく者との考えが伺われました。

ところで「第六章」に、社会全体が〈幸〉を志向してゆく導きの象徴に、上皇后美智子様が詠まれたその題も「虹」（平成七年）となるみ歌を拝見していました。

が、実は、貞明皇后も、「虹」と言う題（昭和四年）でみ歌を表わしていたのです。そのみ歌も、空に掛け渡っている「虹の大橋」を皆で空を見上げる内容でした。空に掛かる「虹」は、皆でそのひとつを志向する美しく聖なる世界への導きの象徴と印象され、その貞明皇后のみ歌は、美智子様の「虹」（平成七年）の「人びと」と見上げる「虹」ではなくて、「わらは」（童・著者）の「声」に空を見上げての「虹」というみ歌なのです。

虹

よびかくるわらはの声に空みればかけわたしたり虹の大橋

（貞明皇后・昭和四年）

貞明皇后には、社会全体で慈しみ深く育て上げ次代の社会を創る子供達こそが、将来の〈幸《さいわい》〉な社会へ導くかけがえのない存在との思考が、歴史の中の皇后方よりも良く伝わりましょう。

将来の国際社会への掛け橋となる「虹」への思考から、歴史上の后《きさき》方よりもより広い社会的見地で、ポーランド孤児救済や、広く社会全体の子供達へ育成を熱心に行なわれたこともひとつ、大きな国際貢献と考えられ、本文の最後にも重ねてその、貞明皇后「虹」題（昭和四年）み歌を貞明皇后の表現として提唱したいと考えます。

次いで貞明皇后が歴史とした国際貢献は、何よりもハンセン病患者救済の社会事業です。

ハンセン病は明治六（一八七三）年にノルウェーのハンセンによって発見され、後に伝染力が強いとする誤りから社会的偏見が広がりました。

日本でも明治四十（一九〇七）年の「癩《らい》予防ニ関スル件」制定以来は、昭和六（一九三一）年の「癩《らい》予防法」・昭和二十三（一九四八）年「優生保護法」・昭和二十八（一九五三）年「らい予防法」（既法律改正）と、半世紀近くもの長きに渡り、国の制度によって患者達は医学上の誤りから「偏見」と「差別」の著しい中に追い遣られます。

それは人間としての尊厳を圧殺され、国の制度という全く抵抗できない中での不条理に、それでも〝生きる〟ことをしなければならない究極の人間否定でしょう。

「らい予防法」が廃止されたのは何と、平成の時代に入っての、平成八（一九九六）年のことなのです。

そして平成十三（二〇〇一）年になって、「らい予防法」違憲国家賠償請求訴訟に患者側原告が勝訴判決を獲得し、その判決に基づいて平成十三（二〇〇一）年には、厚生労働大臣が各療養所を訪問して患者方に謝罪を行ないました。

隔離政策や人権侵害の実態が科学的・歴史的に検証されて、再発防止の提言がまとめられたのは、平成十七（二〇〇五）年になってから、そしてそれに拠り、今からわずか十余年以前でしかない平成二十（二〇〇八）年の「ハンセン病問題の解決の促進に関する法律」制定でようやく、平成二十一（二〇〇九）年四月のごく近年に法律が施行されたのでした。

そこには、「社会に根強く残る偏見や差別の解消」「ハンセン病の元患者が、地域社会から孤立することなく」「安心して平穏に暮らすことのできる基盤整備」が「大きな問題」とされて、「問題の解決を促進するため」に元患者達による議員立法制定の努力が、苦痛と苦悩と共に重ねられたことがあります。

制度が正しく整うまでに百年以上を要しました。

制度が形となっても未だ内実において、「偏見」「差別」のない平常な社会の内実が伴なうまでに、一体どれ位の年月と人人の意識改革が必要となりましょうか。

この歴史にあって貞明皇后は、およそ今から百年の以前に既に、「差別」と「偏見」にある人人へ救護の必要を考え、全力とも受けとめられる力を尽くされ救済事業を成し遂げました。

まだ「癩予防ニ関スル件」（明治四十（一九〇七）年）の法律下にあった大正の時代に、です。

未だ「差別」と「偏見」が根強い令和の時代から遡る百年の以前となる、大正の時代に、でした。

時代の先を見通し、善と悪を科学的に正確に判断し、何より〈人間の尊厳〉をこそ〈尊重〉しなければならないとの、貞明皇后の〈人間観〉――それは、当時にあって［思想の次元］の［観念］でもあったはずです。

この国際貢献へ百年後の社会に先立って自身の思想〈人間観〉を、形として社会に啓示した貞明皇后でした。

そして貞明皇后のこの啓示は、時を超えた世界的貢献へと進展します。

現代においては人権問題とは決してあってはならないことで、その問題意識は一応の広がりを見せてはいるようです。それらの問題はセクシュアル・ハラスメント、アカデミック・ハラスメント、パワー・ハラスメント等のハラスメント問題として多くの場面で問題化はされています。それでも社会を構成する人人が本質を理解した上で、これらの問題を根本から人間社会において消滅するにはかなりの困難があるようにも考えられます。

どのような「差別」も「偏見」も、決してあってはならないのになぜ、差別も偏見も無くならないのでしょうか。

どのような場面でも自らが優位に立ちたいとか、優位に立てる要素がない場合には相手を貶めて優位性を作りたいとかの人間の奥に潜む〝性《さが》〟とも考えられましょう悪性でしょうか。

では、どうすればそれらの不条理は無くなるのでしょう。

すべての人間に〈人間としての尊厳を尊重〉することと、併せて、自らについてもその〈尊厳〉を誇りとすることへ、ひとつの道筋としてそこに行き着くと考えます。

そして、その、究極の、〈人間としての尊厳を尊重〉する〈人間観〉を、思想の次元で観念としていた方こそ、貞明皇后、その方でした。

貞明皇后がハンセン病患者救済に大きな社会事業を成して百年を経た現代です。

二〇〇〇（平成十二）年九月にニューヨークで開催された国際ミレニアム・サミットで、国連ミレニアム宣言が採択されました。

翌二〇〇一（平成十三）年になり、前年に採択された国連ミレニアム宣言を基に「ミレニアム開発目標」（Millennium Development Goals: MDGs）（ＭＤＧＳ）が策定されます。

「ＭＤＧｓ」は開発分野での国際社会共通の目標として、「目標1．極度の貧困と飢餓の撲滅」「目標2．初等教育の完全普及の達成」「目標3．ジェンダー平等推進と女性の地位向上」等から、「目標7．環境の持続可能性確保」「目標8．開発のためのグローバルなパートナーシップの推進」へ、二〇一五（平成二十七）年までに達成するべき八つの目標を揚げていて、その目標達成に国際社会全体で取り組む活動でした。

この「ＭＤＧｓ」目標はそして、達成期限二〇一五（平成二十七）年までに一定の成果をあげました。

二〇一五（平成二十七）年九月の国連サミットにおいて今度は、この、「ＭＤＧｓ」の後継として「持続可能な開発目標」（Sustainable Development Goals: SDGs）（ＳＤＧｓ）が採択されました。一定の成果をあげた「ＭＤＧｓ」に引き続き、発展途上国だけの目標であった「ＭＤＧｓ」から今度は、先進国自身も共に取り組むユニバーサル（普遍的）なものとして二〇一六（平成二十八）年から二〇三〇年までとなる国際目標です。

それらは「目標1．貧困」「目標2．飢餓」「目標3．保健」「目標4．教育」「目標5．ジェンダー」「目標6．水・衛生」「目標7．エネルギー」「目標8．経済成長と雇用」「目標9．インフラ、産業化、イノベーション」「目標10．不平等」「目標11．持続可能な都市」「目標12．持続可能な消費と生涯」「目標13．気候変動」「目標14．海洋資源」「目標15．陸上資源」「目標16．平和」「目標17．実施手段」の十七目標となります。

これら十七目標を全体としてご覧になったみなさまは、お気付きになりましょうか。

この本全編を通して「第一章」から「第六章」まで、千年昔から日本の皇后方が〈大切としてきた使命〉であって、さらに世界に開かれた近代日本となって百五十年以前から、近代の后《きさき》四代が、光明皇后以来に〈大切〉としてきた使命にさらに、近代の「博愛思想」や「人道理念」やも融合して、〈より大切な使命〉としてきた〝普通なるもの〟、そのものではありませんか。

「SDGs」は、先の十七目標に百六十九のターゲットも加えて、「持続可能な開発のための二〇三〇アジェンダ（二〇三〇アジェンダ）」として現在は二〇三〇年までの国際開発目標となっています。

この終局でひとつ、みなさま方はお気付きになりましたでしょうか。

ここで理念とされる終局のテーマこそもまた千年昔から、併せて近代の后《きさき》四代が、とりわけに貞明皇后が最もとして、時に自身の生命ともなしてきた〈大切〉そのものではありませんか。

現代の国際社会で各各の国が共に世界全体の〝普遍なるもの〟から、〝永遠〟へ創り上げる目標のテーマも、日本の皇后方は千年の以前から自らの〈大切な使命〉としていたのです。

とりわけ歴代皇后の中でも貞明皇后には、〈人間を尊重〉する〈尊厳〉へのイデアとも考えられる思想が生きていて、この本の「第三章」「第四章」で記した歴史を成しました。

その歴史は大正の時代から百年を重ねて、現在からさらなる将来の国際社会で〝普遍なる〟価値を持って〝永遠〟に希求されるべき理想へと輝やいてゆく尊さでしょう。

これこそが貞明皇后が歴史に永遠とした国際貢献となりましょう。

貞明皇后の、それでは、次代社会を創る子供達と共に希求する〈幸《さいわい》〉な社会が印象されるみ歌一首を、先にこの章で拝見した「虹」題み歌（昭和四年）と、平和な国際社会が共に睦み合って世界中の人みなが〈幸《さち》〉を得られるべく救いたい祈願の「日本赤十字社に給へる」詞書《ことばがき》み歌（大正十四年）を、そうして何よりSDGsへつながるとも考えられましょう、地上に生あるものすべてが互いに恵みを与え合って皆が共存しうる共生社会へ〝恩〟までも抱く「第四章」で貞明皇后の〈人間観〉までとも受けさせていただいた「衆生恩」題み歌（昭和十五年）の三首にて、貞明皇后の世界を見つめてみましょう。
将来の国際社会に理想のように提唱された三首に、貞明皇后の祈願へ導かれながら。

虹
よびかくるわらはの声に空みればかけわたしたり虹の大橋
（貞明皇后・昭和四年）

日本赤十字社に給へる
四方の国むつみはかりて救はなむ幸なき人の幸を得つべく
（貞明皇后・大正十四年）

衆生恩
物みなのめぐみをひろくうけずして世にありえめや一時をだに
（貞明皇后・昭和十五年）

「虹」（昭和四年）からは、この「終章」「貞明皇后」で先に、子供こそ将来の社会に〝かけがえのない存在〟と思考したみ歌で拝見したよう、将来を担う子供たちによって「かけわた」される「虹の大橋」に象徴される美しい未来社会が印象されます。
「日本赤十字社に給へる」（大正十四年）にこそ、「第三章」で詳しく享受したとおり、〈世界すべての人の幸〉へ、

「幸なき人」を〈救う〉ご一念から、そのために世界の国国が睦み計ってゆく親善へ、その果てに実現するであろう〈永遠の世界平和〉へと導かれましょう。

「衆生恩」（昭和十五年）のみ歌も同じくこの一首にこそ「第四章」で広く深く共感した〈ご自身もおひとりの人間〉となされて、この地上に生きとし生くるもの自然物も動物も小さな虫たちも命あるものすべてへの、〈人間への尊厳〉から〈生命《いのち》をもって生きる存在すべてへの尊厳〉までが〈尊重〉され、貞明皇后の〈人間観〉も啓示されながら貞明皇后の歴史における存在が確実となることでしょう。

そうしてこれらのイデアからさらに、将来の国際社会における日本の皇后方の国際的使命も煌《きら》めいてくることと考えられます。

＊　香淳皇后(註C)
日本の皇后初めての〈外遊親睦〉と国際赤十字

香淳皇后が歴史とした国際貢献は、昭和四十六（一九七一）年の昭和天皇に伴なった西欧七か国御外遊と、昭和五十（一九七五）年との、同じく昭和天皇に伴なったアメリカ合衆国への公式ご訪問による〈親睦外交〉でしょう。

これについては先に「第五章」で詳しく記しましたが、先の大戦という日本の歴史で唯一となった究極の絶望を超えて、〈平和と文化を尊重する民主主義国日本〉として、国際社会の多くの民主主義国家と〈親睦〉により交友を結ぶ始まりの大事でした。

それを日本の皇后として初めて成したことが、香淳皇后の国際貢献の歴史となりました。

本書「第五章」でも記したよう、香淳皇后は本書でみ歌の底本としている歌集に、「欧州の旅」を題として、経由国を含む八か国で十八首のみ歌を残しています。

中で、「欧州の旅」「スイス　二首」題の一首目には、「赤十字」を始めた「デュナン」の苦しみを、ジュネーヴの秋にしみじみ思うみ歌「赤十字を始めしデュナンの苦しみをジュネーヴの秋にしみじみと思《も》ふ」（昭和四十六年）を表わしました。

「デュナン」と尊称されるアンリー・デュナンは、日本がまだ江戸期にあった一八二八（文政十一年）にスイスはジュネーブに誕生した実業家でした。一八五九（安政六）年にイタリア統一戦争の激戦地ソルフェリーノの近くを通りかかり、フランスのサルディニア連合軍とオーストリア軍の戦いで四万人もの死傷者が打ち捨てられている現状を見て町の人人や旅人達と懸命の救護も行ないます。

信念は、「傷ついた兵士はもはや兵士ではない、人間である。人間同志としてその尊い生命は救われなければならない」でした。

そして一八六二（文久二）年十一月となり、『ソルフェリーノの思い出』を出版します。

そこで説く理念が、「1．戦場の負傷者と病人は敵味方の差別なく救護すること」「2．そのための救護国体を平時から各国に組織すること」「3．この目的のために国際的な条約を締結しておくこと」でした。

ヨーロッパ各国はこの理念に大きな共感を持ち、一八六三（文久三）年二月に五人委員会が発足し、五人委員会の呼びかけに応じてヨーロッパ十六か国の参加で初めの国際会議が開かれ赤十字規約が作成されました。

そうして一八六四（元治元）年に至り、ジュネーブ条約と言われる赤十字条約が調印されたことにより、国際赤十字組織の正式誕生となったのです。

その後にアンリー・デュナンは、一九〇一（明治三十四）年となり第一回ノーベル平和賞を受賞し、一九一七（大正六）年は今度は赤十字国際委員会（ＩＣＲＣ）が、第一次世界大戦における人道支援によりノーベル平和賞を受賞となり、一九四四（昭和十九）年に入って第二次世界大戦における人道支援によりノーベル平和賞を受賞しては、赤十字誕生百周年にあたる一九六三（昭和三十八）年へ至り国際赤十字・赤新月社連盟（ＩＦＲＣ）でノーベル平和賞を共同受賞となりました。

このような理念と世界平和活動への歴史をもつ国際赤十字の中でも、現在は世界百八十七の赤十字社の中でも最大規模となっている日本赤十字社において、歴代皇后方が務められる名誉総裁としての役割こそは、日本の皇后の世界に貢献する国際的使命そのものと考えられます。

香淳皇后には日本赤十字社名誉総裁としての理念も尊ばれ、欧州七か国御外遊とアメリカ合衆国公式ご訪問での歴史的使命を果たされたと考えられます。

やはり同じくこの本の「第五章」で拝見した香淳皇后の「欧州の旅」題十八首の内から先に拝見した「アンリー・デュナン」を「思《も》ふ」み歌と、同じく「欧州の旅」十八首の中に「イギリス　四首」題（昭和四十六年）で詠まれた四首目の「ウェストミンスターアベイ」と題されたみ歌から、この章で香淳皇后を求める最後として香淳皇后の国際社会への願いを求めましょう。

欧州の旅

イギリス　四首

ウェストミンスターアベイ

堂内の無名戦士の墓のうへに花環そなへてふかくいのりぬ

（香淳皇后・昭和四十六年）

み歌は、堂内の無名戦士の墓の上に花環を供えて深く祈られたことを詠まれています。

「いのり」と表わされた表現には、先の大戦で命を無常とした人人への魂鎮《たましず》めがもちろん想われましょう。

しかし、香淳皇后の歴史からも、常に昭和天皇とおひとつにあった香淳皇后の先の大戦へのご悲痛からも、先の悲惨を超越しての新しい友好への願いまで想われましょうか。

魂鎮めの先にも、新しい友好への願いの先にもあるものは、親睦による友好を結び深めて各各の国が民主国として成熟しながら、共に創り上げてゆく新しい国際社会が映りましょう。

それこそが、世界大戦を乗り越えての〈平和〉世界。

香淳皇后が皇后として初めて成した外遊と公式ご訪問の歴史も、国際社会皆で創り上げる〈平和〉への参加と考えられてきます。

歴史において唯一ともなった日本国民と日本社会の危急存亡の時であった先の大戦で、しかしその大戦と敗戦の絶望も、GHQによる占領政策下の日本の危機も体験した香淳皇后でいらしたからこその深い祈りが伝わりましょう。

その危機を乗り越えて新しい〈平和世界〉へ貢献してゆく日本の皇后となされての存在が、香淳皇后の歴史としてここから生き続けてゆく〈祈り〉となってゆきます。

加えて、将来の世界各国との親善に望まれることとしては、〈文化交流〉も考えられます。

各国独自の〈文化〉はその国の歴史も伝統も内包していて、それはその国に生きてきた多くの民族の〈思想〉〈アイデンティティー〉そのものと言える要。平和への形ある貢献に加えてこの本の「第一章」で明記したとおりに皇后の本来とは、平安朝以来の歴代后《きさき》方が歴史としてきたような〈文化の創造〉〈文化の継承〉にもありました。

そしてやはり「第五章」で拝見したよう、とりわけにも香淳皇后は、その〈平安朝文化の本来〉を御身となさりながら、さらに現代皇后として現代に本来を生かした文化を多彩に創っていらっしゃいました。

このような日本文化を他国や他民族に紹介される機会がさらに多く作られ、日本人も他国の独自の文化や他民族のかけがえのない歴史を共にして、互いにより深くより多様性をも理解し合ってゆけるような交流も願われます。

そのような〈文化〉交流がそして、国際社会を形成する各国各民族相互間の〈本質理解〉へつながり、〈平和社会〉へと結び合ってゆけることを祈りながら。

＊　上皇后美智子様（註D）世界が敬慕する［ご慰霊のお旅］と文学活動『子供の本を通しての平和』

上皇后美智子様が現在の国際社会から敬慕される国際貢献といえば、上皇陛下と重ねられた［ご慰霊のお旅］、正《まさ》しくそのことと申せましょう。

お旅についてはこの本で「第一章」に記させていただきました。

お旅に赴かれましたご信念には、「第六章」（〈永遠〉へご昇華なされてゆくみ魂）で拝見した「天皇陛下御還暦奉祝歌」題によるみ歌「平和ただに祈りきませり東京の焦土《せうど》の中に立ちましましより」（平成六年）に表現なされた、〈平和〉へのご一念の〈祈り〉が生きてのことでしょう。

併せて考えられますことは、「第五章」で主に考求した昭和天皇と香淳皇后の、一度は敵国として戦った国と、その悲惨を超越して新しい国際社会に向かい、新しく親睦を結び交わして共に平和な世界を創ってゆくご志向を、その使命を継がれてのおひとつおひとつのお旅とも考えられましょう。

そして「お旅」は現在、世界中の人人から敬愛をうけて尊ばれる歴史となっています。

この［お旅］とひとつとなるご一念からの、上皇后美智子様の世界への貢献と申せば、この本の「第六章」（＊聖心女子大学の女性教育）でも触れさせていただいた平成十（一九九八）年に美智子様が、国際児童図書評議会（ＩＢＢＹ）世界大会で行なった基調講演と、それをご高著となされた『橋をかける　子供時代の読書の思い出』(1)が掲げられましょう。

美智子様の文学活動はみ歌はもちろんに、作詞、創作、童話英訳と多彩な表現方法で表わされていて、現在でそれらの文学活動と共に『橋をかける　子供時代の読書の思い出』も世界的に敬愛されている上、とりわけにみ歌と『橋をかける　子供時代の読書の思い出』を中心に多くの作品が世界の複数の国に翻訳されて深い共感を共にする文学作品となっています。

美智子様の文学活動全体を拝見しますと、歌集は二冊が公《おおやけ》にされておいでです。

『皇太子同妃両殿下御歌集　ともしび』（宮内庁東宮職編集・婦人画報社・昭和六十一年）
『皇后陛下御歌集　瀬音《せおと》』（大東出版社企画・編集・大東出版社・平成九年）

このご創作に加えて、みなさまも親しまれている子守唄も作詞なさっていらっしゃいます。

『愛のゆりかご　日本の子守歌』（中日徹編・東亜音楽社・一九九五年）
「ねむの木の子守歌」（作曲：山本正美・一九六六年）

さらには童話のご創作から、同じく童話の英訳までもご高著になさいました。

『はじめてのやまのほり』（絵・武田和子・国際版絵本シリーズ・至光社・一九九一年）
『どうぶつたち（The Animals）：まど・みちお詩集』
（選・英訳：皇后美智子、絵・安野光雄・すえもりブックス・一九九二年）
『ふしぎなポケット（The Magic Pocket）：まど・みちお詩集』
（選・英訳：皇后美智子、絵・安野光雄・すえもりブックス・一九九八年）
『バーゼルより―子どもと本を結ぶ人たちへ』（すえもりブックス・二〇〇三年）

尚、美智子様にはおことば集も公とされていて、そのご高著にも公《おおやけ》の場での「お言葉」「ご講演」と共にみ歌も入集されています。

『歩み　皇后陛下お言葉集』（宮内庁侍従職監修・海竜社・平成十七年）

このような文学活動を重ねられる美智子様は、日本語表現の童話を英訳なされる活動もされていて、先の『どうぶつたち（The Animals）』は、まど・みちお氏が日本人で、詩人として、初めて、一九九四（平成六）年の国際アンデルセン賞作家賞を受賞されました。

美智子様の文学活動はみ歌に拝見してきたようなイデアにもご昇華なされて、平成十（一九九八）年九月二十日から二十四日までインドのニューデリーにあるアショカ・ホテルで開催された国際児童図書評議会―International Board on Books for Young People（ＩＢＢＹ）―第二十六回世界大会（「子供の本を通しての平和」）においても、会議初日の二十一日朝の、ビデオテープによって基調ご講演(2)をされました。

テーマは、大会テーマの「子供の本を通しての平和」です。

そこで美智子様は、子供時代の読書経験をふり返られて、その後のご自分の考え方や感じ方の「芽」になるようなものを残された何冊かの本について、「平和」という脈略の中に置かれながらお話をされました。

その中では美智子様が小学校に入る頃に始まった戦争のため、疎開されている折りに御父様が東京から持ってこられた日本の神話伝説の本に詠まれた倭建御子《やまとたけるのみこ》(3)の后《きさき》で弟橘比命《おとたちばなひめのみこと》(4)の和歌や物語等に加え、主に三冊の本から感じた「愛と感謝」が、また加えて一首の歌から初めて得られた本からの「喜び」が、それら全体によって「心がいきいきと躍動」なさって「生きていることへの感謝」が湧き上がってきた「快よい感覚」などが話されます。

とりわけは、日本の五七五七七の定型で書かれたその一首に、「古来から日本人が愛し」「定型としたリズムの快さ」の中で「言葉がキラキラと光って喜んでいるように」思われて、「詩が人の心に与える喜びと高揚」を「初めて知った」お話でした。

詩が人の心に与える喜びと高揚を初めて知られ、美智子様にとっての子供時代の読書とは、何よりも「喜び」を与えられるものであり、本から与えられるその「根っこ」がさらなる「喜び」へ、そして「想像力」と共にご自分のお心を高みに飛ばされる強い「翼」へと感じてゆかれた深いテーマへと、お話は進みました。

そうしてそれによってご自身に「楽しみ」がもたらされ、世界が広げられ育てられる大きな助けであったとご自分のテーマが語られた後におひとつ結ばれました。

最後に、「読書」の大切な意味として、「読書」は「人生の全て」が決して単純ではないことを教え、人は「人と人との関係においても」「国と国との関係においても」複雑さに耐えて生きていかねばならないことを教えてくれるもの、と、平和へのつながりへ広がりゆく人間の生へ導かれます。

だからこそ、「子供達が」「根」「翼」を持ち、「愛」を知り、「それぞれに与えられた人生」を生き、一人一人が全ての人の「ふるさとである」「地球」で「平和の道具」となっていくために〝子供達と本を結ぶ大切〟があると提唱さたのでした。

基調講演は、『橋をかける』(5)という書名に日本国内で出版された上に、ポルトガル語・チェコ語・ロシア語・ウクライナ語・中国語・韓国語・タイ語等の多くの国の言語にも翻訳されて出版されています。

美智子様の文字活動はこの『橋をかける』のみならず、ご創作［御歌《みうた》］も童話関係の書も多くの国の言語となって広く世界中の人人の心へ浸透しています。

どうしてでしょうか。

ひとつだけ記させていただけるなら、それらの文学作品に生きる人類普遍のテーマゆえでありましょう。

その人類普遍のテーマとは。

〈永遠の平和〉

そのことと考えます。

本書「第一章」「第六章」で記したよう、美智子様のみ歌はどのような絶望にあってもかならず、〝希望〟へ導き、〝幸《さいわい》〟をもたらし、みながそのようにある〝平和〟への希求〈祈り〉こそが一筋となっていました。

国際児童図書評議会——International Board on Books for Young People（ＩＢＢＹ）——第二十六回世界大会のテーマこそもまさしく、「子供の本を通しての平和」でした。

この人類普遍のテーマ〈永遠の平和〉へ、これまで「第六章」（＊「遠白《とほしろ》き」「神」への〈祈り〉）（＊〈永遠〉へご昇華なされてゆくみ魂）で主に辿らせていただいたよう、美智子様がご志向なされ、ご昇華なされていらっしゃる一筋のみ魂が生きていらっしゃるからこそ、民族も性も国境も超えて美智子様の文学作品は世界中の〝人間の心〟に共に生き続けてゆくのです。

そのひとすじとはどのような道でしょうか。

〈祈り〉

そのことと印象されます。

〈永遠の平和〉への〈祈り〉によって美智子様は、「第六章」で記した（＊ 天より遣わされた戦後日本への女神）から、将来の国際社会でわたくしたちを導く女神へとなってゆかれたのでした。

このような、入内《じゅだい》なされてから今日《こんにち》までの美智子様のご活動も文学作品もすべてが、現在から将来への国際貢献と考えられるのです。

最後に、終戦五十年となった節目の年に、広島で開催された第四十六回全国植樹祭に題も「植樹祭」と詠まれたみ歌で、美智子様の表現では文法上から稀有に強い禁止の表現となる〝この子供たちに戦《いくさ》を存在させるな〟と受けとめられる一首「初夏《はつなつ》の光の中に苗木植うるこの子供らに戦《いくさ》あらすな」（平成七年）と、また「第六章」で、〝皆で創り上げる平和への象徴〟と印象された「虹」題のみ歌一首「喜びは分かつべくあらむ人びとの虹いま空にありと言ひつつ」（平成七年）とに、美智子様のご提唱なさる〈永遠の平和〉へ導かれたく願います。

永遠希求の世界平和

「千年にきらめく日本の皇后方」の〈大切〉を、とりわけ近代の后《きさき》四代の〈大切〉を紐といてきました。

それでは将来の国際社会において、日本の皇后方はどのように存るのでしょうか。

千年の〝普遍〟を生かしてさらに〝永遠〟となる尊さへの志向と考えられます。

その〝永遠普遍〟なる尊さこそ、

〈平和〉

この、国際社会全体の〈平和〉を希求し、日本の皇后の立場から各時代にあって各皇后方がなさるご活動こそが、日本の皇后の役割ともひとつには考えられましょう。

その活動を考える時、広く世界へ開かれた日本近代の新時代に、明治の后《きさき》・昭憲皇太后がお力を注がれた日本赤十字社のご活動も、後に世界で初めての国際人道基金［昭憲皇太后基金］となる万国赤十字総会へのご寄付も未来社会へ向かう国際貢献でした。

要には「平時の救護事業を奨励」という、この本の「はじめに」に記した地球環境の変動等からの防災はもちろん、この地球に生きるひとりひとりの人間みなが、〝決してどのような戦いも起こさない〟ための、『平時』からの具体的な社会形成」へのイデアが生きてのことと考えられます。

昭憲皇太后から百年を重ね、この「終章」（＊ 貞明皇后）で記した国際社会で共通目標とする「ＭＤＧs」「ＳＤＧs」に加えてもうひとつふたつ、日本政府から国際社会へ提唱して形と成った「ＥＳＤ」をあげましょう。

それは、「持続可能な開発のための教育：ＳＤＧs実現に向けてＥＳＤ　ｆｏｒ　二〇三〇」（二〇二〇—二〇三〇年）です。二〇〇二（平成十四）年に日本が「持続可能な開発に関する世界首脳会議」に提唱して、同年の第五十七回国連総会で採択された国際枠組みとなる「国連持続可能な開発のための教育の十年」（二〇〇五—二〇一四年）や、二〇一三（平成二十五）年の第三十七回ユネスコ総会採択で教育に関するテーマとなった国際的枠組みでした。日本の提唱した「ＥＳＤ」（Education for Sustainable Development：ESD）が国連総会で採択された上、この「ＥＳＤ」によって、「ＳＤＧs」十七目標全てに目標達成の方向性が示されたことはひとつ、日本が国際的役割を果たしうる歴史となりましょう。

ふたつ目は、一九九九（平成十一）年に日本が主導となって設立した国連人間の安全保障基金「人間の安全保障アプローチ」です。

ここでの重要は、「人間一人一人を保護する」という思想です。

これを受けて二〇一二（平成二十四）年の、国連総会において、「人間の安全保障」とは、「人間中心の、包括的で、文脈に応じた、予防的な対応を求める」ものと決議されました。

「人間の安全保障」はまた、「人間中心」「誰一人取り残さない」「二〇三〇アジェンダ」の基本理念であると同時に、目標の究局となる「普遍性」へ完成されてゆきます。

昭憲皇太后の国際社会へのイデアと、貞明皇后の人間尊重理念は、百年を経て日本が国際社会全体へ「普遍なる貢献」を成しうる歴史を創り上げました。

これら具体的社会形成と共に、この本でテーマとする〈和歌〉伝統を継がれる皇后のご存在となされてその役割を果たされるのには、ここまで希求してきたとおり、日本の皇后ならではのご使命のひとつとなる

〈祈り〉

そのことと考えます。

〈和歌こそは祈り〉


が本性《ほんせい》に生きての表現なのですから。

千年に日本の皇后方が使命としてきた大切は、そうして人類が世界に在るかぎり、継がれてゆく煌《きら》めきと、わたくし著者は深く願っているのです。

註

A「終章」（＊　昭憲皇太后）についての記述は主に次の文献・資料に拠ります。

明治神宮監修・打越孝明著『御歌とみあとでたどる　明治天皇の皇后　昭憲皇太后のご生涯』（ＫＡＤＯＫＡＷＡ・二〇一四年）

明治神宮監修『昭憲皇太后実録』（吉川弘文館・平成二十六年）

日本赤十字社ホームページ

赤十字国際委員会ホームページ

外務省ホームページ

B「終章」（＊　貞明皇后）についての記述は主に次の文献・資料に拠ります。

川瀬弘至『孤高の国母　貞明皇后』（潮書房光人新社・二〇二〇年）

工藤美代子『国母の気品　貞明皇后の生涯』（清流出版・二〇一三年）

国際連合広報センターホームページ

外務省ホームページ

文部科学省ホームページ

法務省ホームページ

C「終章」（＊　香淳皇后）についての記述は主に次の文献・資料に拠ります。

拙著『昭和天皇　御製にたどるご生涯　和歌だけにこめられたお心』（ＰＨＰ研究所・二〇一五年）

日本赤十字社ホームページ
赤十字国際委員会ホームページ
外務省ホームページ
宮内庁ホームページ

D「終章」（＊　上皇后美智子様）についての記述に関する確認文献・資料は次の通りです。
（1）美智子『橋《はし》をかける　子供時代《こどもじだい》の読書《どくしょ》の思い出《おもいで》』（文藝春秋・二〇〇九年）
（2）前掲（1）
（3）前掲（1）
（4）前掲（1）
（5）前掲（1）

記　特に国際的ご活動については、ＪＢＢＹ（日本国際児童図書評議会）ホームページ・外務省ホームページ・宮内庁ホームページにおいて確認の記述となります。

おわりに

〈和歌〉の世界にわたくしが初めて入りましたのは、まだ年齢もわからない幼少の頃であったと想います。

その時分は、祖父母が親しませてくれた日本のいろいろなお稽古ごとが楽しくて、とりわけにわたくしの心が魅了されましたのは、琴の糸の調べを奏でます琴曲と、その調べにのって歌う〈和歌の詞《ことば》の美しさ〉でした。

「千鳥の曲」では、『百人一首』で広く知られる「淡路島かよふ千鳥の鳴く声に幾夜寝ざめぬ須磨の関守」を琴曲の調べと共に歌い、山田流琴曲の中で、師範となる最も奥を極めた「小督の曲」には、曲の物語展開も情景描写も、そこに歌われる平家の女性たちの心も、平安期の和歌の詞《ことば》や『平家物語』を語った五・七調の美しい韻律で綴られていて、いつしか、それらの〈歌詞《うたことば》〉も〈和歌の韻律〉も、もちろん〈和歌世界〉も、わたくし自身の感性や美意識となってゆきました。

そうしていつの頃からか、この、美しい〈和歌〉を、わたくしなりに、もっともっと本質まで求めてみたいと思うようになりました。

このような思いでわたくしは、日本文学の研究に入ります。

さらに、その中で、わたくしは、めくるめく〈和歌〉が髣髴とする余情の表現方法や、和歌でありながら絵巻物のように展開させてゆく組歌の詠歌方法や、そこで和歌が完結する物語世界などに至り、この、〈和歌〉と言う表現を、世界に紹介したいとまで望むようになりました。

これらを求め、積み重ねた和歌世界は、中古から中世へ、天皇の詔《みことのり》による勅撰和歌集の八集全てを研究した『八代集の表現の思想史的研究』となり、平成二十一（二〇〇九）年に、国立大学法人埼玉大学大学院より博士（学術）Ｐｈ．Ｄ．を授けられました。

博士論文『八代集の表現の思想史的研究』は、翌平成二十二（二〇一〇）年に、『八代集表現思想史』として出版となり、その年に東京で開催された国際ペンクラブ世界大会となる「第七十六回　国際ペン東京大会　二〇一〇」に出展されることにまでなったのです。

学生時代から志していた〈和歌世界を国際社会へ〉ご紹介させていただきたい願いは、ここでひとつ、わたくしの中で慶びとなりました。

その上、わたくしにとりまして、思いも至さない慶賀をいただくことになります。

「第七十六回　国際ペン東京大会　二〇一〇」に出展となった『八代集表現思想史』を、平成の御代《みよ》に在りました天皇陛下と皇后陛下へ、大変に畏れ多くごもったいないことながら、天皇陛下へは、古来の慣例のとおりに、著者作成「客観的説明文」を添えさせていただきまして、皇后陛下へはお手紙を添えさせていただき、お届け献上させていただけました。

そのときめきは、清少納言が皇后定子に『枕草子』をご内覧いただいた時のよう、紫式部が一条天皇と中宮彰子に『源氏物語』を奏上申し上げた責任とでも申せましょうか。

それにつきまして、平成の御代《みよ》の天皇からは過分なお詞《ことば》を賜わり、皇后美智子様よりは、お優しいおことばと共に、

『皇后陛下御歌集　瀬音《せおと》』

を御下賜《ごかし》たまわりましてございます。

この時を機に、わたくしの和歌への希求は、平安期を中心とする古典の世界から現代の和歌へと、さらに広く多様になってゆきました。それがまたひとつ、形となりましたのが、美智子様八十御賀を記念して奉祝させていただきました平成二十六（二〇一四）年（新潮社）上梓、

『皇后美智子《こうごうみちこ》さま　全御歌《ぜんみうた》』でございます。

その後、年月の中で、昭和の后・香淳皇后へも、大正の后《きさき》・貞明皇后へも、各各の時代にあっての后《きさき》方の御歌《みうた》も親しませていただき、この度には、明治の后《きさき》・昭憲皇太后の御歌《みうた》も学ばせていただける機会を拝受できました。

今、わたくしの中で、ようやく、〈和歌とは何か〉〈どのように日本人と日本に生き続けてきたのか〉〈将来の国際社会へ啓示される大切とは〉等などの本質的テーマが視《み》えて、観得されるように考えられます。

それを、歴代皇后の和歌にも御歌《みうた》にも希求してまとめてみましたのが、この本となりました。わたくしにはまだ遠い道のりではありますが、深く敬慕させていただく美智子様の御歌《みうた》ご表現「君とゆく道の果たての遠白《とほしろ》く夕暮れてなほ光あるらし」（「歌会始御題　光」・平成二十二年）に、志向してゆく世界を感覚させていただきますと、この御歌《みうた》に表わされますよう、「道の果たての遠白《とほしろ》く」ある世界に感覚される美しく聖なる「光」を、遥かに見つめながら、その在ることを信じ、永く希求して参りたく願います。

この本が、つたないわたくしなどの筆によって形となるよう、かけがえのない和歌作品も古典文学作品も創り出して下さった古来の歌詠みの方方や文学者の方方に、それを絶えることなく現代まで、〈固有の日本文化〉として継ぎながら、いつも新しい創造を成してきて下さった歴史の中のすべての方方に、心からの尊敬と感謝を捧げ、御魂の平安を心より祈念致して、筆を終えたく存じます。

上皇陛下と上皇后陛下のご成婚記念日となります慶日に
令和五（二〇二三）年四月十日

秦　澄美枝

底本・引用文献・論拠文献

底本

上皇陛下

宮内庁公式ホームページ発表御製《ぎょせい》　平成二年～平成三十年御製《ぎょせい》

『新装版　道　天皇陛下御即位十年記念記録集　平成元年～平成十年』
（宮内庁編・日本放送出版協会［NHK出版］・平成二十一（二〇〇九）年九月二十五日）

『道　天皇陛下御即位二十年記念記録集　平成十一年～平成二十年』
（宮内庁編・日本放送出版協会［NHK出版］・平成二十一（二〇〇九）年九月二十五日）

上皇后陛下

『皇太子同妃両殿下 御歌集　ともしび』
（宮内庁東宮職編集・婦人画報社・昭和六十一年二月十一日）
昭和二十年～昭和六十一年御製《ぎょせい》

『皇后陛下御歌集　瀬音《せおと》　新装版』
（大東出版社企画・編集・大東出版社・平成二十三年六月三十日）
昭和三十四年～平成八年御歌《みうた》

『歩み　皇后陛下お言葉集』
（宮内庁侍従職監修・海竜社・平成十七年十月十七日）
平成九年～平成十七年御歌《みうた》

『道　天皇陛下御即位二十年記念記録集　平成十一年～平成二十年』
（宮内庁編・日本放送出版協会［NHK出版］・平成二十一（二〇〇九）年九月二十五日）

宮内庁公式ホームページ発表御歌《みうた》
平成十八年〜平成二十年御歌《みうた》
平成二十一年〜平成三十年御歌《みうた》

昭和天皇　『おほうなばら　昭和天皇御製集』（宮内庁侍従職編・読売新聞社・一九九〇（平成二年）十月二十日）

香淳皇后　『天皇皇后両陛下御歌集　あけぼの集』（木俣修編・読売新聞社・昭和四十九年四月十五日）

貞明皇后　『貞明皇后《ていめいこうごう》　その御歌《おんうた》と御詩《おんし》の世界《せかい》―『貞明皇后御集《ていめいこうごうぎょしゅう》』拝読《はいどく》―』（西川泰彦・錦正社・平成十九年十月三十一日）

昭憲皇太后　『類纂　新輯昭憲皇太后御集』（明治神宮編纂・発行・平成二年十一月一日）

引用文献

今上天皇　『テムズとともに―英国の二年間（学習院教養新書7）』（徳仁親王・学習院総務部広報課・平成五年二月二十三日）

論拠文献

本書は、著者自身の和歌・御歌《みうた》への学問上の解釈方法により、左記に明示する拙著で著わしてきた研究を基盤として、考証を重ね、体系化した方法・思想に拠りました。

博士論文　『八代集の表現の思想史的研究』（国立大学法人埼玉大学大学院文化科学研究科・平成二十一年）

拙著　『和歌戀華抄　WAKARENGESYOU』（澄美枝・アカデミー出版・平成十年）

『王朝みやび　歌枕のロマン』（朝日新聞社・二〇〇五年）
『宮廷の女性たち—恋とキャリアの平安レィディー—』（新人物往来社・二〇〇五年）
『八代集表現思想史』（福島民報社・二〇一〇年）
『清盛平家と日本人　歴史に生きる女性文化』（講談社ビジネスパートナーズ・平成二十四年）
『昭和天皇　御製にたどるご生涯　和歌だけにこめられたお心』（PHP研究所・二〇一五年）
『美智子さま御歌　千年の后』（PHP研究所・二〇一七年）
『大学の哲学〈安全配慮義務〉—教員〈質向上〉の方法—』（PHP研究所・二〇一八年）
編・釈　『皇后美智子《こうごうみちこ》さま　全御歌《ぜんみうた》』（新潮社・二〇一四年）
共著　『歌ことば歌枕大辞典』（角川書店・平成十一年）
『集英社版　大歳時記』（集英社・平成元年）

特に引用致しました原文については、各章の最後に出典を明記しております。

古典和歌は『新編国歌大観』（全十巻）（角川書店・昭和五十八年から平成四年）に、古典文学は『枕草子』（「日本古典文学全集　11」）（小学館・昭和五十年）、『平家物語　一』（「日本古典文学全集　29」）・『平家物語　二』（「日本古典文学全集　30」）（小学館・昭和五十一年）に、他は「日本古典文學大系」（岩波書店）本に拠りました。『百人一首』のみ島津忠夫訳注・『新版《しんぱん》　百人一首《ひゃくにんいっしゅ》』（KADOKAWA・平成三十年）を底本としました。

歴代皇后の御歌《みうた》解説や、古典文学・歴史上の表記はじめ、全体の記述は、主に左記に拠っています。

藤平春夫、他六名編『和歌大辞典』（明治書院・昭和六十一年）

日本国語大辞典第二版編集委員会・小学館国語辞典編集部編『日本国語大辞典　第二版』（全十三巻）（小学館・平成十二年から同十四年）
松村明・三省堂編集所編『大辞林』（三省堂・一九九八年）
中村幸彦、他二名編『角川古語大辭典』（全五巻）（角川書店・昭和五十七年から平成十一年）
中田祝夫、他二名編『古語大辞典』（小学館・一九八四年）
諸橋轍次『大漢和辞典』（全十五巻）（大修館書店・平成元年から同二年）
上田万年、他四名編『大字典』（講談社・昭和五十一年）
国史大辞典編集委員会編『国史大辞典』（全十五巻）（吉川弘文館・昭和五十四年から平成九年）
日本史広辞典編集委員会編『日本史広辞典』（山川出版社・一九九七年）
朝尾直弘、他二名編『角川新版日本史辞典　最新版』（角川学芸出版・二〇〇七年）
大津雄一、他三名編『平家物語大事典』（東京書籍・二〇一〇年）
藤樫準二『皇室事典』（毎日新聞社・昭和四十年）
外務省外交史料館日本外交史辞典編纂委員会編『新版　日本外交史辞典』（山川出版社・一九九二年）

＊特に平成時代の天皇・皇后両陛下はじめ、歴代皇后方の記述についても、宮内庁・外務省・文部科学省・内閣府・総務省・環境省・厚生労働省・農林水産省・気象庁・消防庁・警察庁・復興庁の、公式発表記事・記述に拠りました。
＊加えて国際社会の記述については、国際連合広報センター・日本赤十字社・赤十字国際委員会の、公式発表記事・記述に拠りました。

著者紹介

秦　澄美枝　HATA, Sumie

日本文学家（研究家・作家・歌人）
博士（学術）Ph.D.・和歌文化振興協会　代表・山田流琴曲教授　秦 珠清

『皇后《こうごう》美智子《みちこ》さま　全御歌《ぜんみうた》』編・釈　（新潮社・2014年）
『昭和天皇　御製にたどるご生涯　和歌だけにこめられたお心』
（PHP研究所・2015年）
『美智子さま御歌　千年の后』　（PHP研究所・2017年）

❀　❀　❀　❀　❀

『八代集表現思想史』　（福島民報社・2010年）
『和歌纈華抄　WAKARENGESYOU』
（澄美枝・アカデミー出版・平成10年）
『王朝みやび　歌枕のロマン』　（朝日新聞社・2005年）
『宮廷の女性たち―恋とキャリアの平安レィディー―』　（新人物往来社・2005年）
『大学の哲学〈 安全配慮義務 〉―教員〈 質向上 〉の方法―』　（ＰＨＰ研究所・2018年）

聖心女子大学大学院・早稲田大学大学院で日本文学を研究
国立大学法人埼玉大学大学院文化科学研究科
博士（学術）Ph.D.取得（平成21年）

和歌でつゞる　千年にきらめく皇后史

2023年4月10日 初版第1刷発行

著　　者：秦　澄美枝
発 行 者：前田智彦
装　　幀：武蔵野書院装幀室
発 行 所：武蔵野書院
〒101-0054
東京都千代田区神田錦町3-11 電話03-3291-4859　FAX 03-3291-4839

印刷製本：三美印刷㈱

ISBN 978-4-8386-1006-8 Printed in Japan